半生往事

滕生庚 · 著

安徽师范大学出版社

· 芜湖 ·

责任编辑:吴　琼

装帧设计:王　彤　　陈平霞

图书在版编目(CIP)数据

半生往事 / 滕生庚著 . — 芜湖:安徽师范大学出版社,2018.2

ISBN 978-7-5676-3318-6

Ⅰ.①半… Ⅱ.①滕… Ⅲ.①散文集 – 中国 – 当代　Ⅳ.①I267

中国版本图书馆CIP数据核字(2017)第320595号

半生往事　　　　滕生庚◎著

出版发行:安徽师范大学出版社

　　　　　芜湖市九华南路189号安徽师范大学花津校区　邮政编码:241002

网　　　址:http://www.ahnupress.com/

发 行 部:0553-3883578　5910327　5910310(传真)

　　　　　E-mail:asdcbsfxb@126.com

印　　　刷:江苏凤凰数码印务有限公司

版　　　次:2018年2月第1版

印　　　次:2018年2月第1次印刷

规　　　格:700mm×1000mm　1/16

印　　　张:17.125

字　　　数:230千字

书　　　号:ISBN 978-7-5676-3318-6

定　　　价:49.00元

序

一

我哥哥已进耄耋之年,但壮心不已,这几年写了不少东西,有游记,有口述历史,有简明家谱。2013年11月开始整理自传体回忆录,经过一年默默耕耘,于2014年写出10万余字初稿。他拿着初稿征求各方面意见和建议,作了多次修改补充,书稿于2015年末完成,定名为《半生往事》。几个稿本我都看过,感觉他是用心在回望那个年代家庭变故和他个人成长的历程,他讲述的那些故事引起了我的共鸣,唤起了我尘封多年的记忆。

我们的父母从二十世纪一二十年代走来,饱受社会动荡、军阀割据、国共斗争、日寇侵略、水患灾荒之苦。我们家是一般家庭,父母是普通百姓,居住在穷乡僻壤的水乡小镇上。彼时中华大地都笼罩在狼烟四起、政治迷茫、经济凋弊的乱世中,谁家能够幸免大灾之痛大祸之苦? 哥哥1936年出生,命运又能好到哪里?他写的《半生往事》在前几章如实反映了那段苦难辛酸的历史,令人动容。

我们的父亲以银匠为业,以手艺为生,母亲相夫教子,克勤克俭,维持家庭。我们是平常人家,在小纪街上一点名气也没有。我们就在这样的家境中长大,哥哥第一个出生,首先受到家庭的熏陶,受苦最多,醒悟最早,从小到大孝敬父母,关爱弟妹,照顾家庭,尽到了一份长子的责任,大哥的责任。我小时候就有个印象,感觉哥哥很勤劳,常做起床叠被、抹桌扫地、烧火做饭、洗锅刷碗等家务,是父母的好帮手,弟妹的好榜样。

等我长大后,哥哥虽然离开家,但对父母的孝敬、对弟妹的关心一点也不少,我在丁沟中学上学那几年,他对家庭的支持、对我的帮助都尽心尽力。我们兄弟之间的感情刻骨铭心,非岁月消逝能打磨掉的。1955年秋,哥哥被分配到兴化竹泓小学任教，一个月工资24元，寄10元回家，每月如此，妈妈收到钱都要掉眼泪。1956年1月，哥哥报名参军，听说到了泰州，我和家骏由田盛年带路赶往泰州找哥哥，部队出发了，扑了个空，只有15岁的我，在往返的路上一路走一路哭，伤心啊，哥哥你在哪里？1959年我过20岁生日，收到哥哥的礼物——一支英雄金笔。在那个年代，英雄金笔可值钱了，一支要好几块钱。能用上英雄金笔的学生寥寥无几，足见这份礼物的珍贵。1961年我被保送到西安军事电信工程学院，当时丁中只有两人获此待遇，非常不容易。哥哥从成都赶回来为我送行，他返程时又在西安停留，为的是到学校看我。分别时我不由自主地抱着哥哥痛哭，说想家想父母，哥哥没有劝止，说哭吧，哭够了会轻装上阵，奔自己的前程。

哥哥从小知道爱家，他走向社会后，眼界开阔了，懂得了很多的道理，有了理想信念。除了爱家的观念根深蒂固，更有了爱国情怀。他初为人师不久，毅然报名参军，从兴化走上保家卫国的从军路是最好的例证。1958年台海局势紧张，他身为解放军的一名战士，知道肩负保卫国家安全的神圣职责，自觉宣誓：效忠祖国，国家危难时愿赴汤蹈火，为国捐躯。他在部队服役五年多，虽无功绩，但他为能把一生中最美好的青春年华献给人民军队，为祖国站岗放哨而感到自豪。

哥哥于1960年加入中国共产党，从此他紧紧跟着党，坚信党，无论是普通党员或是做党务工作，他都不忘履行入党誓词和党员义务，模范贯彻执行党的方针政策。他从部队复员到成都，正是自然灾害严重的困难关口，但在我俩的通信中，他从未提过一个难字，叫过一个苦字。1964年1月，我到成都看望哥哥和未来的嫂子，他身上穿的仍然是从部队带回来的褪了色的黄棉衣。面对各种困难和逆境，他始终坚持正确的政治方向，保持共产党人的艰苦朴素本色。

哥哥自少年走向社会，入过不少行当，在上海亲戚的商行干过杂工；为父亲的杂货店当过跑腿；在竹泓当过老师；当兵那几年做过文化教员、打字员;在成都空军航空装备修理厂工作时,在工会搞过文体宣传工作、在政治部任过秘书、在车间班组劳动过;当过知青带队干部;还当过车间支部书记,筹建七二一工人大学并任支书和教员。他干一行爱一行成一行,一步一个脚印,留下不少好口碑。

我大学毕业分到成都,当时想靠哥哥近,互相有个照应。在后来的日子里,哥哥总是牵挂着我,关心着我的饮食起居,关心着我的工作进步,关心着我的终身大事。有段时间我身体不好住了医院,更让他放心不下,多次探望安慰,给了我父母般的温暖。哪晓得哥哥为了离父母近,更好地照顾他们,1977年放弃成都到了芜湖,让我心里难过了好一阵子,留下万千思念。

哥哥从事秘书工作二三十年,文笔得到锻炼,他写的《半生往事》结构严谨,层次清晰,叙述详细,时间、地点、人物、事件、过程、结果交代得都很清楚。全书以事件为经、以时间为纬编织成一幅绚丽多彩的时代画卷,主题突出,主次分明,详略适度,文字朴实。书中讲述的每个历史片段都很实在,有血有肉,鲜活生动,有一定的吸引力和感染力。读完初稿,我建议他如果在文字上再加加工,增加某些背景资料的铺垫,可读性就更强了。相信本书付梓时,这项润色工作哥哥早已完成。

编史修志,总结经验,启迪后人,这是我们中华民族的优良传统。当今盛世年华,国泰民安,民间修志撰史之风方兴未艾,哥哥退休之后不忘笔耕,既不落伍于新形势新生态,又可以健脑强身,做到了老有所为、老有所乐,我给哥哥点个赞。

今年的12月31日,欣逢哥嫂金婚志禧,我代表老家的其余七弟妹祝大哥大嫂金婚快乐,幸福安康,牵手百年,再浪漫一把走向钻石婚,我们都向哥嫂看齐。愿滕氏后代明天更美好!

生　才

2015年12月31日

序
二

童年的时候,公公婆婆常常念叨的大舅舅,那是带给我们童年快乐的人。

少年的时候,公公婆婆常常凝望着墙上照片的大舅舅,那是我们引以为傲的人。

青年的时候,公公婆婆让我读一封封家书中的大舅舅,那是我们敬重的人。

现在的大舅舅,是我们前行的动力,心中的一盏明灯。他的一切行动向我们诠释着什么是"老大"。

他用爱包容着我们,我们的爱也永远萦绕着他。

他的名字叫——滕生庚。

曹 冰

2005 年 2 月 16 日

自序

我的儿子云起在北京开一个小公司，成天忙得团团转，但他比较注重有张有弛、劳逸结合，除游泳、打网球、打台球等锻炼身体、放松心情的活动外，还抽空读一些历史方面的书，以增加阅历，陶冶情操。我在北京将近十年的日子里，他时不时问起父母的过去，祖辈的经历，亲朋的往来，家族的变迁，故乡的风情，等等。2013年暑假，我在北京住了40天，祖孙三代同看清史的一张碟片，有70集，大概看了40集。有时边看边聊，他说希望我把家史编出来，留给后人，承前启后。想想，云起的想法既传统又时尚，忘记过去就意味着背叛，牢记历史才能开辟未来，我应予积极回应，不要让云起失望。

其实，生才弟也有这个想法，他曾说我们每次回小纪、江都团聚时，好多话题都围绕着我们的父母养育我们九个儿女的苦难辛酸。如果把这些过往记录下来，会很有价值。血脉相传，继往开来，一个家庭生生不息，就是社会的一个缩影。

写好家史，说说容易做起来难，一是我的文笔不行，文字功底浅薄，写出来的东西没有文采，缺少感染力，谁看都头疼，有什么价值呢？二是我对老祖宗的事知之甚少，长辈在世没有请教过，我们滕姓的根在哪里？怎么落到小镇小纪的？祖辈的奋斗，父辈的艰辛，年代久远，从记忆中已搜索不到反映历史的真凭实据。三是创作环境受限，写东西要沉静下来，把全部心血用上去，十分耕耘，才有几分收获。但我俗事缠身，免不了分心。

不过也不是一点条件没有，我在职三四十年基本和文字打交道，退休一二十年也没有离开过方格。1996年退休是退而不休，被工厂返聘五六年，修厂史、编年鉴、参与《空军航空装备条例》编写；2003年前后，又被招回三个多月写材料；2009年7至11月，再次返聘整理档案，建成工厂图片档案20卷；临时性任务也有多次，工厂只要找上门，我都欣然接受，按照要求完成。2011年，随儿一家到河南四市五地旅游，写了五篇万余字的《中原游记》；2012年和玳璘到广东佛山看望战友加兄弟张开榜夫妇，小住半月，回来又写了五篇万余字的《佛山印象》；在北京带孙子那段岁月，每天写日记，从未间断，短的百把字，长的过千字，不让脑和手闲着，叫它天天爬格子。所以，我的文字能力还在，脑子还算灵活，手书还算工整，这点水平将就着能把家史鼓捣出来。

怎么写，写什么，我设想了几步。第一步，回忆。把能记的事统统记下来，不分年月，不管地域，想起多少记多少，立想立记，记得越详细越好。实际上这就是收集资料的过程，把脑子里细枝末节的东西挖出来、晒出来。有了材料，巧妇就不再做无米之炊。第二步，立纲。材料有了，要梳理整合，拉出纵横条条，分清主次，立出纲目，每一纲目里说什么写什么做到心中有数。第三步，拟稿。材料有了，提纲立了，接着就是动手拟稿，按照提纲把材料往里装，在写作过程中不断对纲目进行调整增删，对材料作取舍补充，花时间费精力写出草稿。第四步，修改。草稿出来，首先送给我的弟妹、妻子、儿女看，听听他们的反应，再请行家里手审阅，征求意见，然后修改形成初稿。第五步，再修改定稿或止步收藏。走完前四步大概需要一年至一年半时间，如果实现第五步定稿，时间就无法估计了。我想达到初稿程度就行，交给晚辈保存，留下一份家史和我个人成长史的粗线条经络，供后人了解、研究滕氏门宗历史时参考。

按照我起初的想法写一部家史，这也符合生才弟弟和儿子云起的愿望，但在立纲拟稿中往往偏离这一主题，家的内容越来越少，我个人学习成长、走向社会的东西越来越多，所以我把题目改了，原拟题《我的父母我的家》，现改为《半生往事》。这样以我为主线，讲述我的前半生经历，讲述我的父母在我前半生中的担当和我对父母的反哺回报，讲述我在走向社会后，历经的风雨世事，走过的坎坷艰辛。我的弟妹作为一条辅线，只讲在父母身边的事，他们走出家门融入社会就略去了。不知这样写会不会引起负面效应，心里没有底。回忆我的前半生，不免有许多对我有过帮助、有过恩情的人要在文中被提起，为了不至于叨扰人家现在平静的生活，名字我尽量略去或使用化名。但我与这些老朋友携手从风雨中走过，萦绕在我心中的情谊随着时间的流逝日益累积，我谨以本书再次向他们致谢。

《半生往事》截止时间为1977年12月，想往后写，实感精力不济，好在这年云起9岁上小学三年级，女儿滕林7岁也上学了，兄妹俩应该都能记事，他们的事由他们自己去回望吧，父母对他们的养育也由他们去回味吧。

我们一家在芜湖这三十多年，国家发生了翻天覆地的变化。我和玑璟赖以生存的工厂也逐渐摆脱困境，生产经营状况蒸蒸日上。在这个大环境下，家庭也经历着从凭各种票证生活到烧上新疆的天然气，大型超市、公立医院、优质教育资源就在身边的巨大转变。一双儿女由小学、中学到大学，继而走向社会，立业成家，不经意间我们脸上有了皱纹，青丝变成白发。蓦然回首，作为曾经把青春献给空军航空装备修理事业的职工，作为曾经用无私的大爱养育儿女的我们，历经沧桑，无怨无悔。看到面前欣欣向荣的工厂，我们自豪；见到身后儿女两家及孙儿滕逸翔、外孙贲滕积极向上，我们骄傲。

我和玑璟从风雨中走来，转眼间已近五十年，倍感今天的幸福生活来之不易。我们会手牵手，心连心，迎日出，赏夕阳，直到永远。

滕生庚

2014年12月于芜湖

目　录

壹

日寇暴行，家在劫难中苦撑

我的家在小纪

我的家在江苏苏北小纪镇。

小纪古名小溪，后来为纪念纪姓艄公慈航义渡而更名为小纪，其历史始于唐朝，距今已有一千四百多年。小纪原属泰县，1941年划归江都县管辖。

小纪位于江都东北部，自然风光秀美，境内河道纵横，水网密布，有着"渔舟轻荡，珍禽掠水，飞动成彩"的自然生态环境，是名副其实的苏北水乡。

小纪与樊川、丁沟、邵伯、大桥等地同属江都的主要集镇，但相较之下，它的地理位置最为优越：处于上河与里下河的交汇点上。小纪向南向西的广大区域称为上河，向东向北的广大区域叫做里下河。所以，我们小纪既是上河与里下河地区物资（主要是稻谷）贸易集散地，又是人员往来的交通枢纽，每逢集期会期，市面很是热闹。

小纪是生我养我的地方，虽然我十五六岁就外出谋生，但家乡观念、故土情结始终没有变。时至耄耋之年，还魂牵梦绕着曾经的镇容镇貌。过往的风土人情，常一次次一幕幕地出现在眼前。

小纪的街道

小纪有南街、北街、西街三条整齐的街道，东面临河的地方叫东河边，四条街相连相通，在我的印象中呈"井"字形，但有书记载这四条街像棋盘，故称为棋盘街。另有财神庙前的一条后街，五条街是支撑小纪市场的商业街。

南街长百余米,宽五六米,路面由长条形花岗石铺成,街两边大部分是商店,也有少数住家。我家的银匠店居南街之中,因此,我从小就在南街上走来走去,对它再熟悉不过了,但要准确地把街上每个小店小铺记下来也难,后经多人回忆证实,才得以还1950年前后这段历史的原貌:

自东向西朝南商铺依次是,陈氏①杂货店、曹氏香店、滕氏熏烧店、王氏南货店、尤氏石灰店、吕氏炭店、滕氏杂货店、张氏布店(解放后为银行)、滕立志②银匠店、许氏棉花店、滕氏酱园店、滕氏豆腐店、徐氏日杂店、滕姑老太住宅、刘氏杂货店、钱氏香店、李氏剃头店、青脸大奶奶住宅、顾氏染坊、蒋氏饺面店、马氏五洋摊、潘氏住宅等。

朝北店铺是,滕氏茶水炉、滕氏烧饼店、孔氏灯笼店、桂氏杂耍店、老两口杂货店,凹进去一家是陈氏米行,刘大酱园店、刘二炒货店、吴氏烧饼店、高氏肉案、宗氏烟(旱烟、水烟)店、田氏茶食店、周氏一店两用卖广货行中医、钱氏香店、缪氏烧饼店、曹氏日杂店、顾氏锅薅店、天元堂药店、徐氏缝纫店、钱氏饭店、滕氏铜锅店、钱氏银匠店、孙氏炒货店、殷氏药店、朱氏茶叶店、卞氏茶水炉、江氏酱园店、王氏饭店等。

我家银匠店与许氏棉花店共租沈家三间两厢店面,我家居东,他家靠

---

① 书中原本以店主姓名为店名的,收入本书时,隐作其姓+氏一字为店名,下同——编者注。

② 该店店主为本书作者的父亲——编者注。

西,中间店堂两边是两家柜台。许家在厢房摆台弹棉花,"嘭嘭啪啪"的声音响个不停;我家在店堂干活,"叮当叮当"的敲打声也时有发生,但两家都习以为常,相安无事,各做各的买卖,共处共荣了十几年。

我家银匠店与周家广货店隔路相对,两家又是亲戚,我的南京娘娘滕立正嫁给周老先生的二儿子周百川为妻。我小时候爱到他家店里玩,行医的周老先生人很和气,记得有一天我到他店里借扫帚,口齿不清地说:"老太爷借扫帚用一下。"他便笑着说是老太爷来借扫帚,弄得我怪不好意思。其他的店除个别进去买过东西,都没有踏进过人家的门槛。

北街路面由青砖铺成,商户比较集中,一家挨一家,严氏布庄、滕氏南北货店、滕氏酱园店等都在此聚集。这里的店门面大,惹人注意,货品充足,在南街看不到的东西,准能在北街买到,连袁家的烧饼店也有两开间,烧饼的花式有好几样,适合不同口味的人群。北街上有真武庙(前身叫北极宫)、地藏寺、滕姓北祠堂等文化设施,这是北街特有的一种气质和内涵。

西街路面铺的也是青砖,商店以饮食为主,烧饼店、饭店、饺面店、肉案、茶水炉等店铺一家挨着一家,叫得响的有大菩萨饮食店、缪氏饭店、王氏饺面店。鱼虾摊分布在街的两边,打鱼人、鱼贩子赶早入市,大小木盆一个挨一个,吆喝声打破了清晨的宁静。早市后,小吃摊、炒货摊、杂货摊便陆续登场迎客。汤氏棉麻店在西街属于另类,他家卖的是棉线,店堂边就是棉线作坊,所雇工人一天到晚忙个不停,小纪镇仅此一家。

东河边随河的走向,路面宽窄不一,商店有几家:张氏布店、韩氏布店、张氏酱园店、张氏蛋行、周氏竹行等。东河边的功能在码头,里下河地区的船到小纪来,都停靠在东河边沿岸。每逢集期节日,这里的大船小船排成排,进进出出,上上下下,十分忙碌,描绘出一幅水、船、人、码头、商店融为一体的街肆图。

南街的东头有座单孔石拱桥,叫石桥,在众多的桥中独一无二,是小纪的地标之一。石桥桥面长宽约四米,单边有十四级台阶,两旁是石雕栏杆,大小木船在桥下能自由通行。日军侵占小纪时,一条铁驳机动船(汽艇)被卡在桥下,进退不得,最后用笨办法——凿石才把船退回来,日军的侵略罪行深深留在了桥下的石缝中。

石桥之东,称石桥河东。在人们心目中,石桥河东是小纪的边缘,河东的人过石桥叫"上街",所需生活用品、柴米油盐一般上街去买。主妇一早出门,挎个篮子上街,蔬菜荤菜、油盐酱醋,满满当当拎回家。家里来个客,买点熟食之类,也得过石桥上街办。其实河东也有几家大小店铺,磨豆腐的,压面条的,请香烛的,打铁的,卖布匹、烟酒的都有,还有一店,小纪仅有,这就是陈记棺材店,听起来刺耳,但也是人间必需。曾听人说打起仗来陈记棺材不够用,一棺装几个人也不足为怪。

西街两端,南面与南街的结合部叫九龙口,此名来历我曾问过老人们,他们也不清楚;北面与北街的联结处形成一个十字路,十字路周边聚集了不少小摊贩,是小纪的闹市;十字路向北就是磨子口,因圆圆的磨盘嵌在十字路中央而得名;磨子口向西就是比半个足球场还大的西油坊广场,这里逢集期会期是农产品、农具、手工业品等物资贸易的平台,是大型集会、重大活动的场地,也是一处简易运动场。

北街的东头是条断头河,河上有两座桥,外侧是座高架桥叫石缸儿桥,内侧是座平桥,断头河因此得名叫琵琶沟,因河水不流,枯水时发臭,故又名

图(1)　1953年小纪的石桥

臭沟头。臭沟头虽然名字不好听,但这里有小纪最大的春生堂药店,中药柜子有好几排,西药摆在玻璃橱中,十分显眼。最红火的是九如斋茶食店,一家剃头店也不小,到夏天用土法煽风,让顾客享受清凉,生意自然好,我青年

时也到他家剃过头。这里的铁匠铺、酒坊也小有名气。

南街与北街之间有一条人行巷叫东堂巷,北街与典当行之间的人行巷叫裕和巷。裕和巷是单一的人行通道,东堂巷中有几家商店,沈氏茶叶店、韩氏布店、缪氏茶食店,还有一家染坊、蜡烛坊,这里开的澡堂远近闻名,父亲时有光顾,偶尔也带我去洗把澡。另外,各街还有一些背街小巷,形成路网,方便人们出行。

除街面上的商店外,还有几家企业在小纪镇及周边有点影响,它们是东边的东油坊,西边的西油坊,南边的碾米厂,北边的典当行。典当行是一座深宅大院,墙高院深,小纪镇上绝大多数人都没有进去过,更不用说我们这些小孩子了。

小纪是水乡,有桥才有交通,有名的桥有八座,除了前文提到的石桥、石缸儿桥、平桥外,还有通往许家庄的银桥,通往宗村的砖桥(又称玉带桥),通往竹墩的太平桥,通往靳家庄的红桥,通往高庄徐庄的家家桥(曾叫姊姊桥)。这八座桥除红桥外我都走过,走得最多的是石桥,上上下下不知走过多少次,只有那流走的时光能够铭记。

小纪的街道各有各的故事,传说南街是一条龙,石桥是龙头,石板路是龙身,九龙口是龙尾,龙头卧于南北向的大河之上,时刻监察着水情,难怪从未听大人说过小纪镇遭遇过水患水灾,我想这可能是九龙治水的功劳。

小纪的饮食

饮食业撑起小纪市场半边天,体现了"民以食为天"。尤其在比较安定的岁月里,小到无店无名的肩担、露天小吃摊,大到正儿八经的茶食店、饭店,饮食行档分布于大街小巷,满足镇上乡下百姓的需求。

茶食店有南街上的田吉升,臭沟头的九如斋,东堂巷的中和斋等。这些店铺以面、油、糖为主料加工成各式各样的茶食,有方酥、江齐、傲子、桃酥、麻饼、大京果、小京果、云片糕、交切片、酥心糖、京果粉等一二十个品种,中秋节做月饼,重阳节做重阳糕,过年做年糕,既满足大众消费,又是民间礼尚往来的馈赠佳品,生意一般都不错。

饭店、饺面店、包子店各街都有,但西街上的几家店号生意最好。小纪镇上的人家,家里来客就会到大菩萨家端两个菜,请人吃早茶就到缪氏店里吃鱼汤面,或到王氏店里吃包子。缪家的鱼汤面很有特色,汤浓味鲜,两个面球一样大小,浇头有油炸长鱼或鲜嫩肉丝,一碗足以饱肚。大菩萨家的菜肴品种不少,狮子头(斩肉)、肝腰合炒、炒长鱼、烧杂烩、烩三元(肉元、鱼丸、虾丸)、肚肺汤、鸭羹汤都是招牌菜,具有淮扬菜风味。

滕氏熏烧店在南街上独树一帜,他家的卤菜以猪下水为主,包括猪头肉、口条、耳朵边、肝腰肠肚,另有油炸小鱼、油焖虾、卤豆腐干、扎素鸡等,色香味俱佳,引人垂涎欲滴,是最好的下酒菜。一到傍晚他家就把摊点摆到北街热闹的市口,招揽顾客。

除有头有脸的饮食店外,摆摊的、挑担游走的小吃也不少,油炸摊有油炸虾池、油炸臭豆腐干、油炸油老鼠(面饼,炸出来像老鼠)、油炸春卷等;酒酿摊的酒酿分大碗、小碗,小碗2分钱,大碗4分钱;炒货摊有花生果、花生米、蚕豆、葵花籽、西瓜子等。挑担游走的摊主们随季节变化而各出拿手货,春秋季节卖馄饨、阳春面,夏天卖凉粉、五香豆,寒冬腊月卖糖粥、汤圆、酒酿元宵等。小吃一般晚上入市,摊主点着马灯敲着梆梆走街串巷,把买卖做到家门口。

还有一样就是捏(吹)糖人,这可是绝活,做出来的糖人,简单的是一只口哨、一把大刀、一支花箭,复杂一点的能吹出猪狗猫鼠等一些动物,个个精灵活现。最难的是能捏成人物形象,有孙悟空、猪八戒、哪吒等,栩栩如生,特别能吸引孩子们的眼球。

塑面人的手艺也不错,塑出来的面人五颜六色,个个惟妙惟肖。每个面人背后都有故事,摆在一起气势不凡,赢得围观者啧啧称赞。不过,面人买来只能欣赏,不能吃。

小纪的饮食比较大众化,但也有独特之处,传承下来并在江都境内被称为美食的有两样,一是鸭羹汤(民间称鸭羹丁儿汤)二是熬面。小纪地处里下河地区,盛产芋头,时兴养鸭。小纪芋头以港口芋头最佳,它个头大,甜粘香,易保存;小纪饲养的鸭子,大多在河塘中觅食天然饵料,自然肉质细嫩鲜美。料好汤才好,小纪鸭羹汤的主料就是产于本土的鸭子和芋头,用鸭汤、芋头丁和肉丁烹制并佐以青蒜花、胡椒粉而成的一碗香味扑鼻、热气腾腾的鸭羹汤,谁能抵挡它的诱惑。

小纪熬面食材很讲究,面要筋道,汤要纯正,食材要新鲜。猪肝腰、虾仁、鸡肉、鳝鱼丝要当天的鲜货,另据季节配的竹笋片、茭白、小青菜、菠菜等辅料也要新鲜,所以吃小纪的熬面要提前一两天预约,这样才能吃到色质鲜艳、香气诱人、味道鲜美、酥脆爽口的熬面。

小纪的庙宇

小纪是一座文化古镇,虽然户籍人口只有几百户几千人,但有远近闻名的六庙四庵。六庙即东南边的都天庙,马家东的龙王庙,北头的财神庙(又称太子庙),西头的红土地庙,镇南的张康庙,北街上的地藏寺;四庵指南庵堂(又名观音庵)、北庵堂(又名福星庵)、西庵堂(又名青云庵)、喜庆庵,前三庵的住持皆为尼姑,唯喜庆庵住持是和尚。还有不少小的土地庙分布于较偏僻的路口、河边口。财神庙属道教,其他归于佛教。小纪人尤其中年以上的家庭主妇念经信佛的人不少。

马家东的龙王庙传说有房六十间,可见我们水乡百姓对龙王爷的偏爱,对治水的投入与重视。

都天庙鼎盛时期有相当规模。进得山门,迎面是都天行宫,行宫一侧是万莲台,另一侧是文昌阁,居中的东首是关帝庙,西面是岳王庙,正殿是都天庙,后头是娘娘庙,形成庙中有庙的壮观布局。万莲台是座戏台,时有戏班到这里来演出,我的校友张月仙说她的母亲是个戏迷,每有演出都会赶到万莲台看戏。

都天庙曾遭日军炮击、火烧,损毁过半,后得到修缮,虽难复原貌,但不失它的宏伟与庄严。每年农历四月初一开始会期三天,这里热闹异常,四面八方的信众香客都涌来朝拜,点烛焚香,念经祈福,香火映红半边天,钟磬之声不绝于耳。有一年四月初一这天,举行了隆重的都天巡游大典,盛况空前,那场面至今仍时不时在我的脑海里盘旋。

大典那天清早,众僧诵经,给都天菩萨开光,抬都天菩萨上轿,其他准备也一一就绪。约九时许,都天巡游大典正式启动,鼓乐震天,鞭炮齐鸣。巡游先导是四位壮士,他们各持一面大锣,边走边敲,威风凛凛。紧跟其后的是跳马皮,他光着上身,腰系宽带,右胳膊微曲,一根钢针穿透肘臂,下面吊一盏灯,透着杀气,小孩子们又想看又害怕。接着是高跷队,有十几个人,穿着红红绿绿的花衣服,边走边做些动作,营造不一样的氛围。再就是几对童男童女,一律戏剧打扮,光彩照人。他们不用自己走路,分别站在壮汉的肩上,由壮汉握住他们的小腿保持平衡。看到他们,我们一帮同龄小朋友羡慕极了。后面就是巡游的主体——八抬大轿抬着都天菩萨,僧人、信众和香客簇拥在周围护驾,最后是彩旗、乐队。巡游队伍沿着石桥河东的小路行进,过石桥,上南街,转西街,经真武庙不停,再到西油坊广场。在广场歇息后,从原路返回,历时三四个小时。沿途人山人海,纷纷向都天菩萨鞠躬作揖,祈求菩萨保佑,天降洪福,风调雨顺,五谷丰登,国泰民安,家庭幸福。这一天,小纪镇完全沉浸在欢乐祥和中。

可惜,都天庙在战火中毁于一旦,连残砖碎瓦也没留下。龙王庙、张康庙、地藏寺也因天灾人祸早已灰飞烟灭,我小时候只听老人们说过,没有见过它们的真身。

真武庙即北极宫建于明弘治八年(1495),距今已有五百余年历史。相比都天庙,真武庙要幸运多了,主要是大雄宝殿保存了下来。尽管殿内真武佛像和护卫他的四大金刚已荡然无存,除了要两三人才能合抱的楠木柱子外,没有门窗,空旷一片,但这里并不寂寞,每逢节日还很热闹。殿外小摊小贩云集,行人熙熙攘攘,殿内成了比试才艺的舞台,踢毽子、练石锁、抖空竹、玩杂耍，一出接一出，一场连一场，吸引很多人围观、鼓掌、叫好，我和很多小孩一样喜欢到这里来玩，看大人表演。

踢毽子的人真行，踢得高，踢得多，踢出各式花样，还互相较劲，一个比一个踢得漂亮，赢得满堂彩。

练石锁的力大无比，把石锁高高抛起，让它落在身体的不同部位，肩、背、臂、肘等处都是落点，落点不一样，显示着耍石锁人的本领大小，难度最大也是最精彩的是落在头顶上，而且要做到人动锁不动，人转一圈，石锁朝向不变，或锁动人不动，锁在头顶上旋转一圈，人站立朝向不变。把人看得目瞪口呆，直为他们捏一把汗，真是惊险极了！耍石锁的大哥大叔们，个个身怀绝技，一上场就招数尽出，一个胜过一个。

抖空竹各显其能，嗡嗡的响声震撼着大殿的每个角落，你方作罢我登场，把空竹抖得花样百出。"好！好！好"的助阵声此起彼伏，热闹气氛一浪高过一浪，让我流连忘返，误了吃饭时间。

美丽的小纪，可爱的故乡。我的小学校友花如成、钱守伦等人曾对小纪历史面貌作过一番考证，归纳为：

一场——西油坊广场

二馆——东公馆（苏公馆）、西公馆（宋公馆）

三宫——三元宫、北极宫（后称真武庙）、炎帝宫；三口——九龙口、
　　　磨子口、楼湾口

四庵——南庵堂（观音庵）、北庵堂（复兴庵）、西庵堂（青云庵）、喜
　　　庆庵

五街——南街、北街、西街、东河边、后街

六庙——都天庙、龙王庙、财神庙、红土地庙、张康庙、地藏寺

七沟——红土地庙沟、财神庙沟、西庵堂沟、琵琶沟、滕家沟、马家
　　　沟、江家沟

八桥——石桥、石缸儿桥、平桥、银桥、砖桥、竹墩桥、红桥、家家桥

小纪镇的这些古迹古貌，在我孩提时、少年时，部分已湮没在历史的尘埃中，到我长大外出再回故乡时，变化就更大了。

1958年，全国掀起社会主义建设高潮，"三面红旗"迎风劲舞，大跃进势不可挡，小纪也积极响应，快步跟上，搞了大拆大建。12月，我从部队回家探亲，石板南街不见了，修了一条从石桥到汽车站的马路，马路两边的房子统一规划重建，面貌一新。

后来，石桥拆掉了，改建成水泥砖头砌筑的平桥；西油坊广场不见了，取而代之的是一个影剧院；河南垛南面的河道变成了一条公路，公路两边建了中学、政府单位、水厂、银行、商店等。

再后来，乡镇企业兴起，大大小小工厂遍布小纪周边，财神庙拆了，盖了一座北头医院，琵琶沟被填平成了商业街。

再再后来，真武庙得到修缮，大雄宝殿重新塑造了真武佛像和护卫他的四大金刚，增建了前殿后堂，整个规模扩大，修旧如新，古刹重生，庙名改为"真如寺"，被列为江苏省重点文物保护单位。多年不见的香火又袅袅升起，晨钟暮鼓又让人们找回了失去的记忆。真如寺向南修了一条近千米大道，东首建了真如广场……

小纪变了！大变了！每次回家看到眼前的小纪我都有如此的感叹。但我心中的热盼是回到故乡故土能看看孩提时的情景，看看那座石拱桥和桥下那清澈的水流，走走南北西东井字形的街道尤其是南街上的石板路，品品九龙口的神奇和磨子口的朴实，闻闻东油坊、西油坊飘出的油香和南边米厂散发的米味，瞧瞧渔民在大河中撒网或放鱼鹰捕鱼，小孩在小河边垂钓的自然景色。可是，这些都从眼前消失了，它只留在我的记忆中，藏在我的梦境里。尽管如此，仍不会改变我对故乡的眷恋，随着社会进步和经济发展，我对生我养我的小纪依然魂牵梦萦。

我是父母头生子

滕姓在小纪是一个大姓,当地有句俗话:千户人家八百滕。但追根溯源,我们并不是土生土长的小纪人,祖父的一句话道出了历史的由来。

据妹妹生英回忆,她曾听祖父说过,我们滕姓的祖先在安徽。我问生英祖父当时是怎么说的,是在什么情况下讲的,想从中了解更多的细节,生英说:"遇到过节或有什么大事,父母就叫我请祖父过来吃饭,一路上祖父就会说一些过去的事,我年纪小,不知哪码通哪码,但祖父说我们的祖先是从安徽逃荒过来的,这句话我记得清楚。"

祖父的这句话非常重要,说明我们的祖先不是小纪的原住民,是从安徽逃荒迁徙而来,在小纪这方土地上落地生根,开花结果;继而枝繁叶茂,分枝分权;后来人丁兴旺,家族文化兴起,分成南北两个祠堂。

斗转星移,往事越千年,据书载中国滕姓起源于山东。经上下五千年历朝历代变迁,我们的祖先或部分或族群由山东迁到安徽,其中子孙后代或部分或族群由安徽迁到江苏,再其中或部分或族群到了小纪。

我来到这个世界这么久时间,有一天终于明白过来,我们小纪滕姓的祖先在安徽,但根应该在山东,我们是山东滕姓从远古到近代薪火相传、生生不息传下来的子孙。

小纪滕姓有两个祠堂,南祠堂建在南街的南边,祠堂前有高一块低一块的空地,统称南祠堂广场;北祠堂位于北街,坐北朝南,前后两进,各房五间,西邻地藏寺,前进临街。前后进有东西厢房及走廊相连,中间是个天井,是传统的四合院建筑。我小时候进去过,胆小不敢多留,有一点点印象:堂屋里立着好多灵牌,那是我们老祖宗。

属于北祠堂的我们这支族群,排辈从诗开始,诗、礼、传、家、立、生、有(友)、道。诗之前的辈分有没有,我想可能是有的,祖辈排下来应该是多枝多条,但年代久远,无从查考。祠堂里会保存着族谱家谱,后来祠堂没了,到哪里寻根问祖?

我家这支族群,诗、礼两辈老祖宗情况不清楚,在家中的堂屋里曾有座祖宗龛,里面供奉着祖先的牌位,后来破"四旧"被破掉了。到传字这一辈,我听父亲讲过,有一点模糊概念,即滕传x①娶程氏,育有四男四女。四男,老大滕家琪未婚;老二滕家兴娶杨氏,育有滕立宾、滕立珍、滕立民三女;老三滕家林未婚;老四滕家和娶莫氏,育有滕立志、滕立正、滕立本二男一女。四女叫什么不清楚,她们分别嫁给李、陈、梅、胥四家。

滕传x②娶解氏育有一子,其子娶姚氏,未生育。该子在上海谋生,他的母亲在小纪因居无住所,我父母接受她住在我家茅屋的西房间,父母叫她三

①其名不详。
②其名不详,为上文所提滕传x的弟弟。

太太,我们小孩叫她三老太,说明她是传字这一辈的第三房媳妇。

滕家兴无子,在旧社会叫某人无后,但在兄弟之间的后代中如有男孩可以过继,我的父亲滕立志就是从滕家和膝下过继来的,成为滕家兴门下的过继子,排行在滕立宾之后。所以我们小孩称谓滕立宾为姑妈妈、滕立珍为三娘娘、滕立民为老娘娘。

父亲少年时离开亲生父母,到小纪跟着祖父学手艺。祖父开银匠店,没有伙计,没有店员,就靠他一个人,父亲成了祖父的帮手。父亲上过学,有一点文化,再加勤奋好学,经过几年带教磨炼,银匠一套手艺掌握得很快,祖父也就放心把店交给他打理。

父亲22岁时,迎娶20岁母亲完婚。母亲顾惠英,宗村人,在四姐妹中排行老四。听母亲说,她一出生差点儿遭遗弃,因为前面是三个姐姐,父母希望她是个儿子,好继承顾家的香火,结果又是个丫头,父母气急了,要把她丢掉,幸亏有好心人劝说,才保住一条小命。

母亲怎么从宗村嫁到小纪的,母亲在世时我没问过,但事后我和生英探讨,可能是这个原因促成了这门婚事:我家祖父的银匠店,斜对面就是田吉升茶食店,两家关系可以,田氏的妻室是宗村人,她在宗村有一个干女儿,这个干女儿正是我母亲的大姐顾广德,母女关系不是亲生胜似亲生,由于这层关系,田氏的妻室便充当了我父母可信可亲的月下老人。

1936年1月30日,即农历甲子年正月初七,父母生了我,生肖属鼠,出生地石桥河东,取名生根。我是父母头生子,是祖父母的长头孙,从诗算起,是第六代孙。在北祠堂里,当时,生字是最晚的一辈。我的出世给家庭带来了欢乐,给母亲带来了尊严,给全家带来了希望。他们希望我像一棵小树,根深深扎在土壤中,经得起风吹雨打;他们希望长子长孙生根发芽,开花结果。我小时候,备受全家的关照和宠爱。

但是,头生子是比较难养的,母亲才21岁,既要侍奉公婆,又要照顾父亲,还有年少的小姑子,孱弱的身体难以承受家庭的重压。再说母亲初为人母,没有多少育儿的经验,所以我自幼体弱,常闹些小毛病,搞得全家人担惊受怕。我在1岁多的时候得了场大病,大人抱着我到处求医问药,也不见效,病情越发严重,到了气息奄奄的地步。母亲日后告诉我:"抱在怀里连呼吸都听不到了,看着干枯的小生命,眼泪都哭干了,草席铺在地上,把你放在上面,衣服都穿好了,准备送你走。"母亲每说到这里都要叹口气,缓和一会儿才接着说:"你父亲没有放弃,他说死马当着活马医,请来老中医号脉,开了药方,几口汤药灌下去,居然缓过来了,连服几天,药到病除,身体慢慢长好,恢复了孩提时的神气。"是上苍怜悯这条小生命,是老中医方剂神效,抑或是父母难舍难分之情,后来我想也许三者兼有。这就是命,进了鬼门关,阎王爷不收,于是又回来了。一晃就是八十个春秋轮回,至今仍受着阳光雨露的滋润,健康地活在这个世界上,享受美好生活,不能不说是非常幸运的。

祖屋被日本鬼子烧了

　　我家和小纪的居民一样,希望过平平常常的太平日子,可是1937年7月7日,侵华日军制造卢沟桥事件,从强占的东三省伸出侵略魔爪,妄图吞并全中国,从此战火向大江南北蔓延,中国人民进行了可歌可泣的八年抗战。

　　日军闯到南京,制造了骇人听闻的南京大屠杀,三十万同胞遇难。他们杀到扬州泰州,有多少家庭骨肉分离,妻离子散。小纪这么小的地方他们也不放过。1940年秋,日本鬼子的铁蹄踏进小纪,无恶不作,实行"三光",惨无人道。最可恨的是农历九月十七这一天,丧心病狂的鬼子兵拿着汽油瓶掷向商铺、掷向民宅、掷向庙庵,霎时浓烟滚滚,火光冲天,熊熊火熖吞噬着千年古镇,一间间商铺一片片民宅一处处寺院顷刻间化为焦土,南街、西街还有东河边被烧得满目疮痍。

　　我家是一幢砖瓦房,前后两进,是祖上留下的家产,分属叔伯两家,这场浩劫中也未能幸免,烧得只剩下残垣断壁。祖父母几次到被烧毁的屋前哭泣,在他们看来,烧了祖屋像挖了祖坟一样,有违天理,让人如利剑穿心,痛不欲生。一家之痛,家家之痛,可想日本鬼子的罪孽在中国人民心中留下的伤痛有多深。

　　所幸房子烧了人没出事,祖父母做了防备,我和生英也紧跟着父母逃了出来。而姑母家未满周岁的小表弟却被困在草堆旁,在这千钧一发的危急时刻,滕三老太冲进火海将其抱出,救了一条性命。表弟的命保住了,他的父亲在上海恒大布店当店员,一天外出后再也没有返回,表弟自幼就失去了父亲。

一个安静的小镇被日本鬼子搅得天昏地暗,久久笼罩在恐怖中。

房烧了,家没有了,何处栖身?小纪人一脸惊悚,一片迷茫,纷纷逃离。父母带着一家老小也走在逃难的路上,目的地是小纪北边的一个小村庄叫丁家垛。为什么逃到这里?后来从父亲的诉说中才知道其中缘由,因为这里是里下河的水网地区,河道交错,交通闭塞,不熟悉水路难以上岸落脚,小鬼子还没有打到这里。另外,因为祖父开银匠店,手头有些积蓄,在丁家垛买了十几亩田,自己不种,租给一个姓宗的人家种,祖父待人宽厚,没有催租逼租,租佃之间关系很好。躲日本鬼子的烧杀,这里比较安全可靠。

然而,时近隆冬,北风呼啸,天寒地冻,我们一家挤在一间茅屋里,过着极其艰难的生活,主要是缺少御寒的衣被、缺少果腹的食品,再加战乱频仍,惊吓不断,无医无药,祖父祖母相继病逝,抛骨他乡。

祖父祖母在贫病交加中走了,一个新生命却在饥寒交迫中诞生,他来得不是时候,但又正当其时,见证了日本帝国主义在中华大地上犯下的滔天罪行,他的第一声啼哭好似对日本鬼子侵略行径和大东亚共荣谎言的控诉。他就是我和生英的弟弟,生于1940年12月24日(农历冬月二十六),生肖属龙,父母给他取名叫生才,希望在战乱中出生的他,比哥哥姐姐有财气,有才能,有超过父辈祖辈的才干,长大为国效力,光宗耀祖。

日军在小纪依靠伪军汉奸站住了脚,建立了伪政权,稳定了秩序。在度过了寒冬,熬过了黑夜之后,1941年春夏之交时,父母带着我们兄妹三个,告别临时栖身不堪回首的丁家垛,回到久违的小纪。

租唐奶奶家的房子安身

父母没能把祖父母带回小纪,有点黯然神伤,但是在那个兵荒马乱的年代,有谁能保证家庭不出事、老小平安呢。生才能够安全降生,月子里母子尚能安好,就是万幸了。

父亲事先作了安排,租下唐奶奶的房子暂且安身。这年我已6岁,懵懵懂懂开始记事。唐奶奶的住处在石桥河东楼湾口,离我家的老宅有一段路。此房有两进,各三间,前后进之间有个天井,天井的东面是厨房,西面围墙开一扇门,门边长了一棵枇杷树,树下面是个茅坑。唐奶奶住前进,我家住后进。虽然前进北墙正中有一道门通后进,但我家都是从院门出入,不打扰唐奶奶。

住唐奶奶家的房子有三年多,这段时间发生了很多事。伪政权实行保甲制,镇下设保,保下设甲,规定多少户为一甲,多少甲为一保。日本鬼子占领了小纪,但心中也害怕,怕国共两党的和平军、新四军团结起来攻打他,送他们回老家,就在小纪多处建炮楼筑工事,由保甲长到各家各户派民伕,给他们服劳役。甲长派到我家,点名要男劳力,但父亲去不了,卧病在床。打从乡下回到小纪后,父亲身体一直不好,主要是生活压力大,银匠店生意惨淡,没有什么收入,一家人要吃要穿,钞票从哪里来,因而心力交瘁,精神紧张,以致病倒。保甲长不管你家死活,不派人服劳役,绝对过不去,没有办法,只有母亲顶上。

母亲个子矮小瘦弱,全家一日三餐,缝缝补补,吃喝拉撒,全靠母亲一个人,还要去做民夫,繁重的体力劳动,怎能吃得消?每当日落后,母亲拖着疲惫不堪的身体回家,父亲就不忍心,偷偷地抹眼泪,我们兄妹也心痛,喊着妈妈,妈妈!而母亲从不讲白天的经历,总是淡淡地说,不要紧,睡一觉就没事了。所幸不是天天如此,甲长派到才去,他们不登门,就是我家平安的一天。

老天有眼,父亲能下床了,身体一天天好起来。店开张了,每天的生意如何,从他下班回家的脸上能猜到几分,如果愁眉苦脸默不作声,肯定一天没有顾客登门;如气定神闲应声答话,一定是当天开门见喜有了进项;如喜笑颜开主动打招呼,必定今日做成了一笔买卖。不过,在我们子女眼里,父亲经常是第一种表情。小小年纪的我很迷惑,父亲很本分,凭自己的手艺挣钱,靠银匠店养家糊口,他的这一简单朴实愿望,为什么难以实现呢?

1943年农历十月初十,我的第二个妹妹出世,生肖属羊,父母给她取名生桂,她是父母的第四个儿女了,两男两女,如果是太平时期,倒确实是一个让人羡慕的美满家庭。可当时日军的铁蹄正蹂躏着中国大地,老百姓无不处在水深火热中,生桂一来到这个世界上,注定就是一个苦命孩子。

在生桂不到1岁的时候,母亲病了,得的是一种黄肿病,脸色如黄纸,身体也发黄没有血色。但母亲很坚强,她病了,却没有倒。她不能倒,家里全靠她。母亲一边操持家务,到宗村外婆家,请求外婆和大姨妈家的支持,弄点麦子啊,稻米啊,麦草稻草带回补贴生活;一边在宗村咨询治病良方,经过数月土方治疗,母亲的黄肿病渐渐消退,最终治愈。

什么叫幸福?母亲得了大病,治好了,康复了,这对儿女来说,就是幸福。母亲是儿女的依靠,不管外面的世界多么诡谲,不论家庭是富贵还是贫贱,有母亲可以依靠,有母亲的爱,才是童年的幸福,才有半生的幸运。我自

1岁多得了那场大病后,身体就不是太好,冬天流黄浓鼻涕(鼻炎),夏天打摆子(疟疾)说来就来,每次发病,都是母亲操心,带着我到好远的土地庙去躲摆子(民间一种土法治疗),躲不掉就紧紧抱着我,用她的体温减轻我那发寒发抖身体的病痛,我病一次,母亲就要瘦一圈。

打从祖屋被日军烧了后,家境每况愈下,添丁进口固然增加了负担,但主要原因是市场萧条,生意不振,使生活来源岌岌可危。尽管父母在这几年的劫难中,苦苦地支撑着这个家,但仍然免不了诸多苦难的发生,曾经亲历过的事,如今回忆仍历历在目。

一锅浆糊难以下咽

一日,煮了一锅浆糊,这是怎么回事?因为米缸中空空如也,面(淮麦糁儿)坛里也快见底,误将仅剩一盆的小麦面粉下了锅,便成了一锅浆糊,浆糊怎么吃?然而面对断炊,这是唯一的食物呀!于是调上盐,正好一家人用来充饥。

精神脆弱难以弥合

一天晚上,忽听院中的枇杷树沙沙作响,原来是一只像黄鼠狼模样的"小精灵"在上蹿下跳。父母见状紧张得不得了,觉得这个精灵万一掉下茅坑,灾祸就会临头,让全家的境遇雪上加霜。赶忙烧香,求神把它领走,那只小精灵见到人和香火,便不见了踪影,父母这才松口气,人们的精神是多么的脆弱,脆弱的精神什么时候才能振作?

10岁生日难以忘怀

1945年农历正月初七,是我10岁生日,是人生的第一个十年,如果日子好过一点,父母定会为我做生日,但双亲面对被寄予厚望的长子,却只有一声叹息!幸亏姑妈妈记住了这一天,买了肉和水面上门,大家高兴地为我做了10岁生日。唯经苦难,才知道今天幸福来之多么不易,当下的生活是多么的珍贵。

为生计搬到宗村

我10岁生日过了,年也过了。一年复始,万象更新。可是这年鸡年,金鸡报了晓,万象却没有更新,至少太阳旗还在小纪飘扬,戴着连有帽垂(帽帘,像小孩的屁帘)帽子的日本兵照样打着太阳旗扛着枪在大街上巡逻,吓唬老百姓。但是中国人民是吓不倒的,听大人说有一支共产党领导的抗日游击队活跃在小纪地区,昼伏夜袭,让日军吃了不少苦头,队伍里有个队长类似平原游击队中的李向阳,智勇双全,神出鬼没,打得敌人闻风丧胆。日本人发誓要抓住他,消灭他。有一次将他包围在一个小村庄,想来个瓮中捉鳖,正在得意时,他神不知鬼不觉跳进河里,一个猛子溜得无影无踪,日本人落得个竹篮打水一场空,气得嗷嗷叫。

正当日军侵略气焰嚣张的时候,可怕的春荒又渐渐袭来,大街小巷要饭的人明显增多,家家户户大门紧闭,自家都吃不饱呢,哪里有能力接济他人。我家虽然有一个窝,能避风雨,但吃饭始终是个大问题,揭不开锅的日子实在难熬!春荒逼近又怎么过?在万般无奈下,父母只好拖儿带女,再一次逃离小纪,搬到南面的宗村,投靠外婆。

外婆住在宗村街上,有房两间,堂屋较大,孤身一人。外公过世早,在我的记忆中没有一点儿外公的印象。外婆人很好,待人和善,对我母亲和家庭近几年的遭遇很同情很关心,支持不少。我家搬来,外婆没少操心出力,在堂屋中隔个小间她自己用,把房间腾出来让给我们一家。

家算安好了,父母利用门面房的有利条件,开始做些小买卖,销售香、烛、香烟、火柴、糖、盐之类的生活用品,但这样的小本经营,很难维持一家人的生活。父亲有时要回小纪,找些老本行的活干,给一些熟人加工银器首饰,早出晚归。夜晚回宗村,他随手总要带一根铁棒,以防不测。因为小纪到宗村有十几里路,途中经过头道荒,二道荒,三道荒。所谓荒,就是乱葬荒坟之地,晚上少有人路过。行人都怕野鬼撞身,阴魂绊脚,或是真的碰上劫匪,所以父亲带根铁棒,为的是壮胆护身。日久往返多了,却引起母亲的不安,劝说父亲少接些活,命要紧,父亲只是口头答应,实际出入并未减少。父亲这样努力,还不是为了多挣几个钱,让日子好过一点,让外婆有点面子。

我6岁时,母亲送我上私塾,念《三字经》《百家姓》,后来就辍学了。到宗村也没上学,成天带着弟弟妹妹在外头疯。宗村不大,只一条街,从南头到北头,一二十分钟能走遍。有时也帮大人做点事,比如排队打牛肉汤。北头老槐树下,到冬天有人在这里杀牛,并就地支锅煨牛肉,牛肉煨好,牛肉要钱汤不要钱,我就是按大人的吩咐到这里来舀牛肉汤的。人很多,我早早排起了队,当轮到自己盛到一锅热腾腾香喷喷的牛肉汤时,在寒风中排队几个小时的疲惫也就烟消云散了。牛肉汤可好喝了,加青菜粉条炖一大锅,全家人一起享受,连汤带菜吃个精光,那才叫美哩!

在宗村的日子,父母的愁容虽然难解,但我反而过得自由自在,真是少年不知愁滋味,反把苦果当蜜饯。我最愿意跟着外婆走,走到哪儿,人家问你是谁呀?外婆就会高兴地回答:这是我外孙子,老姑娘家的!接着我会机灵地按照外婆的指点,称呼这,称呼那,赢得一片赞美声,有时还会意外地收获花生、蚕豆、炒米之类的食物,带回来给弟妹分享。更让人难忘的是,有一次随外婆到邻村的亲戚家喝喜酒,住了三宿,天天热闹,吹吹打打,红红火火。我这小客人也沾了一点喜庆,顿顿荤腥,五碗八碟,鸡鸭鱼肉,小肚子吃得鼓鼓的。还跟在大人屁股后面放了花炮,闹了新房,玩得真过瘾。

抗战胜利后迁回小纪

宗村没有驻扎日军,驻在小纪等地的敌人有时要到宗村来扫荡,宗村人一听小日本来了,都吓得胆战心惊,怕"三光",躲的躲、逃的逃,父母带着我们老小也躲到东面的顾广桃家。鬼子扫荡一次,事后听到的消息,总是让人毛骨悚然,牛被宰了,猪被杀了,粮被抢了,妇女被奸了,小孩被刺了,大人被抓了等等,鬼子兵已失去人性,什么伤天害理的事都干得出来。

1945年八九月间传来特大新闻,大好消息,中国人民打败了日本侵略军,世界人民取得了反法西斯战争的伟大胜利。日本帝国主义投降了,八年抗战,最后胜利属于中国人民,小日本得到了应有的可耻下场。家祭不忘告乃翁,父母带着我们给祖父母①上香烧纸,把这个好消息告诉他们,愿老人家在天之灵安息。

在宗村住了不到一年,抗战胜利后便迁回小纪,租朱家的房子,地址在九龙口。朱家的房子有四进,一进为店面房,一大间,朱家自己用来开茶叶店;二进两间,朱家的堂屋卧室;三进三间,朱家的表亲用一房,另一房租给滕祖郁一家;最后一进三间,是我家租住的地方;三四进之间有东厢房相连,

①这里是指作者父母被过继后的养父母,即上文提及的该辈的二儿子。后文祖父母皆为作者父母的亲生父母——编者注。

厢房的一半和我家的房间相通,搁一张一米二的床,由我和生英妹睡,房间里的大床,父母带着生才生桂睡;西房间用作厨房;堂屋不大,能摆下菩萨柜、饭桌和杂物。我家出行上街,都从一二三进的堂屋中通过,到河边用水、挑水则从三四进之间西院门出入,因为院门外很偏僻,只有大人走这条通道,小孩子不敢踏出。

东厢房的另一半是孔老先生的生活起居处,里面只容得下一张小床和一张条桌,再也没有多余的空间,邻居从来不进他的家。孔老孤身一人,以扎制灯笼为生,我们过年耍的灯笼都是孔老送的。过了若干年,才知道我的上海婶婶是这位孔老先生的侄女,他如果还在世,我们小孩该叫他孔爷爷了。

居住在这里,最特别的地方是热闹,有四家十七口,小孩近一半。由于那时日本侵略军被赶跑了,不打仗了,太平了,人们的精神轻松了许多,脸上有了笑容。白天,各家忙各家的,开店的开店,上学的上学,到了晚间,大家凑在一起有说有笑,大人们说说时事,拉拉家常,小孩子讲讲故事,玩玩游戏,十分开心。尤其到了夏天,在一个天井中乘凉,天南地北,古今中外,都能侃上几句。滕祖郁肚里有点墨水,吹起牛来像连珠炮似的,荤段子素段子说出来,都能把老少逗得哈哈大笑。

回到小纪,我也回到了课堂。原来念的私塾是河东蒋先生教的,这次拜师选择东河边的张先生。张先生在外镀过金,有点洋气,头发梳得平整溜光,戴一副黑边近视眼镜,衣服整洁笔挺,足蹬黑色皮鞋,俨然是一副学校老师的派头。我初次见到他就陡生敬畏之心,感觉这人很厉害。果然,张先生上课手执一根藤条,谁不听讲做小动作就会被敲打,我有时也不老实,吃过藤条。教的功课有尺牍、算术、写大小毛笔字,先生讲课认真,批改作业仔细,纪律严格,为学生打下扎实的基础,家长把孩子交给他放心。

1946年农历八月初七,家里又添了一个小弟弟,排行第五。这个降生在九龙口的生命,父母给他起名叫生宝,九龙之口,风水宝地,一个生命因地而生,吉祥如意。生宝生宝,家中之宝。他的生肖属狗,愿他把家门看好。

　　居住在九龙口时间长了,因屋基地势低,再加屋子坐南朝北,晒不到太阳。屋子里湿度大,光线差,夏天闷热,冬天阴冷,人很不舒服。为什么选在这里,父亲解释说:这几年生意不好做,一点积蓄都耗干了,这家房租便宜,才下决心租下的。父亲心里有个打算,多次流露过,他说:现在太平了,店也开张了,生意会好的。等两三年,到祖屋的宅基地上盖我们自己的房子,租房住是暂时的。

贰

内战烽火，家在风雨中飘摇

父亲银匠店重新开张

抗日战争胜利后的初期,老百姓获得了短暂的休养生息,天是蓝的,树是绿的,水是清的,人有了笑脸,市面有了生机,父亲的银匠店重新开张,他往来于店和家之间的脚步也加快了。

父亲的店没有招牌,没有店名,人们都叫它立志家的银匠店,或称它为南街上的银匠店。父亲的银匠店继承了滕家兴祖父的传统,就他一个人,既是老板,又是伙计,大事小事,总是自己亲力亲为,只有忙不过来时,才叫母亲到店里帮忙。

父亲银匠店卖出去的货,项圈、手足圈、链锁、耳环、头簪、银梳、戒指等银器,大都是从原料开始加工打制的。父亲的手艺不错,熔炼、锻打、拉丝、铆焊、烙模、抛光等工艺,道道自己动手,是名副其实的银匠,是天底下最实在的手艺人。

我脑子开化后,就爱到店里看父亲劳作,有时也出手帮一把,比如熔炼时,我拉风箱,父亲操作坩埚,看火候,出炉,铸锭;拉丝时,父亲掌大钳,我出力压杠杆;锻打时,父亲握小锤指挥,我拿大锤用力。但有些活我插不了手,只有在旁边看的份,像焊接小的器件,即用镊子才能夹得起来的小玩意儿,不便在风箱炉火中加温,就用大把灯草点起油灯,用管具(喷枪)把熊熊燃烧的火焰吹向小器件,达到加温焊接或成型的目的。我把这叫吹灯,功夫就在这吹字上,一要气足,灯火本来是向上蹿的,要把它引向45度甚至50度的侧面,气力不足灯火就不听指挥;二要气稳,气力决定火力,火力不稳,器件就不能快速成型;三要气力维持,这里有个换气的技巧,才能把难做的器件在持续的温度下完成转型。父亲施展这一绝招,一干几个小时,我觉得父亲很了不起。

店中买卖有几种形式,一是现货销售,顾客看货议价,交钱提货,买卖成功;二是以旧换新或旧品翻新,双方讨价还价,花好多口舌才能做成一笔;三是来料加工,有拿银元的,有拿碎银旧器的,双方估算个价格,交货时再收加工费。父亲经商比较讲信义,一是品质真实,二是价格公道,三是妇孺无欺,所以赢得了不少顾客。

父亲的银匠店除做银器生意外,有时会有顾客上门订制金首饰,主要是金戒指、金耳环,有要现货的,有持旧改新的,父亲抓住到手的商机,搭帮船,上泰州,进金行,精挑细选,货贩到手即返回,现炒现卖,从中赚取差价。旧金器改制,五花八门,父亲不因利小而不为,照接不误,经过几道工序,做出来的成品和新品一样,受到青睐,顾客掏加工费都比较干脆。

父亲做金首饰,还有一种生意,即包金加工。在银器饰品上包一层薄薄的金箔,看上去和实金一样,黄灿灿的。肉眼看不出来是包金,用手一拌就能识别真伪。父亲的功夫在精锻上,一块金料放在铁墩上慢慢锻打,经千锤百锻,金块渐渐延伸变薄,直到比纸还薄为止,然后包在银器上,加温后,不留一丝加工痕迹,足以充真,和实金戒指耳环放在一起,毫不逊色。这种既时兴又实惠的首饰,当时很流行。父亲做这档生意比较得心应手,手艺人靠手艺挣钱,俗话说天下饿不死手艺人。

下乡躲避飞机轰炸

世道并不太平,才把日本鬼子赶走,庆祝抗日战争胜利,老百姓欢乐的笑声还在天际回荡的时候,国民党又开始挑起争端,内战的帷幕在我的家乡徐徐开启,一声枪响把人们安居乐业的梦想再次击破。

1946年5月,国民党政府还都南京,7月,国共代表和谈,国民党要求共产党让出苏北地盘,被断然拒绝,于是由老蒋(介石)领导的和平军向由朱(德)毛(泽东)领导的新四军打响第一枪,苏北成为全面内战爆发之初国共双方的主要战场,展开了血雨腥风的拉锯战。白天和平军扛着枪,三三两两在大街上耀武扬威,扬言三个月要打败新四军,六个月要消灭共产党。他们到处抓人、抓壮丁,滥杀无辜,小纪笼罩在一片白色恐怖中。可是一到晚上,他们就抱头鼠窜,不知躲到哪里去了。这时,是新四军的天下,他们平静地来,有序地走,有时是一队人马徒步过境,有时整齐队伍划船穿行,由于他们来无踪去无影,活动迅速,第二天被人们口口相传,成为妇幼皆知的秘闻,其至被涂上天兵天将的色彩。

有一天傍晚,看到大人忙碌着搬桌子板凳,我猜摸着一定有什么事,但不好问。到夜晚来了一二十个年轻人,身穿一式的灰色军装,个个肩上背着枪,有一两个人扛着歪把子机枪。他们轻声细语,把枪放好,解开背包,在堂屋里和衣睡下。第二天天刚亮,他们一骨碌起身整理,不知哪儿给他们送来了早饭，一大桶白米粥。大家稀里哗啦吃完后，就开拔了。听大人说，他们是新四军，至于他们从什么地方来，到什么地方去，谁也不敢打听。后来，新四军又来住过一次，白天没有走，拉着我们大孩子玩，有一个像大哥哥似的，同我做摸鼻子耳朵的游戏，他抓着我的左手，边拍边喊：耳朵、嘴巴，让我用右手指正，起初频率慢，都能指对，快了就累出洋相，玩得很开心。他们离开的那天，我还站在店门口和他挥挥手表示再见哩。

不久，新四军改成了解放军，统率苏北地区解放军的将领是骁勇善战的粟裕，和平军改成了国军，坐镇指挥苏北战场的统帅是黄埔军校的高材生李默庵。两军对垒的攻防拉锯战更加激烈，1946年夏秋之间，枪炮声不绝于耳，大仗打过运河邵伯一线一战，如黄公路黄桥一战，小纪地区处在两个战场的通道上，你来我往，生死较量。战争让老百姓吃尽了苦头，社会秩序又被搅乱了，担惊受怕的乱世生活又重新回来。

更可怕的是国民党的飞机到小纪来轰炸，吓死人了！一听到飞机轰轰隆隆的吼叫声，大家不知朝哪里跑，往什么地方躲，弄得人心惶惶。为躲飞机，我们几家联合起来挖防空洞，洞口上放桌子，桌子上堆棉絮，一听到飞机轰隆声，就拼命往洞里钻，大人把小孩往里塞，他们守在洞口看动静。防空洞真不是人呆的地方，里面又黑又潮，时间久了，喘不过气来，心里憋得慌，一听大人说飞机走了,赶快爬出洞吸口新鲜空气。

老百姓挖的防空洞哪有那么坚固,有的塌了,有的渗水了,防空洞并不保险。后来,下乡躲飞机成了小纪人无奈的选择。我家也随大流,母亲早早起床,一锅一锅的煎大麦糁儿饼,这是中午的干粮。太阳出来前,母亲带着我们几个出发,过河北家家桥一直向北走,在田间小路上走个把小时,到达一个不大的村庄,找户熟人,歇歇脚。这当口,母亲总是带些活儿干,手不得闲,叫我领着弟妹在附近玩。我们住在镇上被圈养在院里,一到农村感觉很新奇,看到鸡就想吆,看到鸭就想赶,看到野花就想摘,看到蜻蜓就想逮,本来是逃难躲飞机,却从中找到一份小小的乐趣,真好笑。

谁料躲飞机轰炸像捉迷藏似的,你躲到乡下去了,它没来;你抱着侥幸的心理今天不躲,它突然出现,害得人措手不及,人心哪能安宁,恨得牙咬得咯嘣嘣地响,该死的蒋介石,该死的国民党!

我是长子,父母怕有什么闪失,尤其担心飞机的子弹万一落在我的头上,悔恨就晚了。因此,他们想了个万全之策,把我送到泰州祖父家,暂避风险。小纪到泰州水路三四十里,当时帮船停班了,父亲带我从陆路步行,吃好午饭上路,过了一村又一村,走到半路天就黑了,投宿一夜,第二天继续赶路。进城前,远远看到有飞机起降,我方明白,原来轰炸小纪的飞机,它的老窝在这里,我怒从心生,恨不得一把火把它烧掉,让乡亲们免受逃难之苦。

住进石桥河东茅屋新居

祖父母二十世纪三四十年代住在南京下关热河路，以裁缝为业，后来迁到泰州，开一间裁缝铺，仍以缝衣谋生。祖父也是手艺人，剪裁缝制，全部手工，夏做云纱，冬缝皮袄，都是一针一线做出来的，生意不错。祖母忙完一天三顿饭，也会伏案走针。我在泰州的时候，不敢在门外乱跑，守在他们身边，祖母做饭时，当当下手。晚上他们都要做活赶工，我乖乖地坐在一边，不打扰他们，祖母夸我听话懂事。不久，父亲来泰州接我回家。第一次到泰州，住了个把月，泰州是个啥样？真的说不清楚。

国共两军的拉锯战开始打得很激烈，没有过多久，态势渐渐发生了变化，白天居然很难见到被大人小孩称为"黄狗子"的国军了，而解放军却自由自在地在街上走动，社会秩序在恢复，老百姓的恐怖心理在消减。父亲开门迎客也归于正常，每天上午他早早提着银货进店，下午迟迟才收拾打烊，希望生意一天天好起来。

自祖屋被日本鬼子烧毁，我家就四处漂泊，时常搬家。虽然家中没有值钱的东西，但来回迁徙也不是个事，再说租房要付租金，平添了一份经济负担。父母早有打算，在老宅基地上盖房，盖不起瓦房就盖草房。新房1947

年下半年动工，父亲亲自上阵，为瓦匠、木匠当下手，母亲管烧三顿饭，忙得不亦乐乎，框架结构完工后，里面的隔墙门窗由舅爹爹包了。

舅爹爹是谁？小纪的祖母杨氏有个弟弟，未婚无家单身一人，后来父母就把他收留了，称他为舅舅，我们晚辈叫他舅爹爹。舅爹爹学过木匠，有木工手艺，每天带着干粮，早出晚归，辛勤劳作，费了几个月工夫，新房落成。

入冬之前，我家从九龙口迁回石桥河东新居，搬进了属于自己的家。颠沛流离七八年后，终于回到了祖先给子孙留下的这一方土地。祖屋虽然不复存在，但祖宗的英灵仍驻守在这块宅基地上，这是我们滕家的根，子子孙孙的香火延续依然从这里开启。

新房坐南朝北，砖木结构，屋面盖麦草，一房四间。东首是父母的房间，里面搁相连的一床（父母睡的大床）、一板（上下床的踏板），相连的一橱（衣橱）、一柜（平柜，可坐人）、一桌（银桌，梳妆用）、一桶（马桶）。房间连带有一个暗室的小厢房，暗室不大，可容一人走动，在那世道无常的年代，一防抓壮丁，怕父亲被抓去；二防兵匪盗贼，实为不得已而设计的，虽家境贫寒，但破家值万贯，损失一件衣物，一条被褥，一双鞋袜也是难以置办的。暗室外是一张小床，床上架有破旧的蚊帐，把暗室的开口通道遮挡得严严实实。西首是我们大孩子的房间，朝南开一扇小窗户，窗户下放一张小长桌，给上学的孩子看书学习用。

中间两间，东边是堂屋，堂屋面积比房间大许多，对开大门，大门两边上半截开活动窗户，堂屋里光线敞亮。堂屋中堂摆菩萨柜，柜上放置祖宗龛和香炉蜡烛台，堂屋两边搁大小方桌各一张及几张条凳。西边是厨房，厨房支三锅两罐柴火灶，有水缸碗橱案板等用具。

四间房屋地面皆为土面，经日久踩踏，呈不平整的疙瘩状，人来人往多的地方黑乎光溜，下脚少的旮旯转角稀松的黄土可见，如遇雨雪天，屋内和屋外一样，地面是一摊摊稀泥巴。

茅屋新居东首与滕培鼎的子女两家为邻；北面和陈家一墙之隔；西头向北隔条小巷是另一户姓陈的人家，再向西是条南北向大河，沿河向南没多远就是石桥；背后南面是一条东西向小河，小河南面是块有几亩地大、四面环水的河南垛。茅屋新居院门朝西，出院门沿小巷向北过石桥上街，向南沿墙根左转就是河边口，用水方便。

茅屋虽陋能避风雨，家具虽简可供起居，中国人向往的是安居乐业。小纪镇上我们这户最普通最平常的家庭，现在虽勉强安居，但能否乐业却并无把握，因为时事难料啊！

母亲逃过一劫

重返河东，住进新居，并不太平，经常听到枪炮声。夜深人静时，那声音更响，好像战场就在镇上什么地方。枪声乒乒乓乓，炮声轰轰隆隆，吓得人们躲在家里不敢出门，夜间一有枪声，人躲在被窝里也免不了发抖。地处小纪东南方向的郭村，打了一次大仗，连续几天几夜，枪炮声不断，那个大炮的声音特别响，惊得全家日不思食，夜不能眠，小小年纪的我因不知底细，怕战火烧到小纪，看到父母愁眉苦脸的样子，心想是不是又要弃家逃难？过了几天才听大人说，这是解放军和国军在郭村地区一决雌雄的大战役，双方死伤了很多人，最终解放军打赢了。

有一天夜里，我被山墙外的声音惊醒，迷迷糊糊地爬起来，一看吓一跳，原来父母都在房间中待着呢，他们的眼神告诉我，外面的动静把他们也吓着啦！我们屏住呼吸静听外面声响，脚步声、手枪声时断时续，还夹杂着说话的声音。被惊魂了一宿，第二天出去一看，沿墙根有不少血迹，有人在远处发现了尸体，后被人收殓了，也不知什么身份。

国民党号称领导了几百万大军，还有美国的武器装备，看似强大，但他们失道寡助，烧杀抢掠，老百姓伤透了心，称他们为刮民党，我家就被刮民党洗劫过一次，几十年过去，至今想起来仍心有余悸。

那是1948年初冬，国民党军队突袭小纪，做垂死挣扎。这天下午，突然枪声四起，路无人迹，家家户户赶紧闭门掩窗，静观事态变化。咚，咚，咚，我家的院门被敲响,家人个个吓得腿直打弯,迈不开步。哐的一声门被撞倒了,一个黄狗子(老百姓称国民党的兵)端着枪冲了进来,气势汹汹地直奔房间,打开橱柜衣箱,翻个底朝天,被子、衣服、用品样样不放过,母亲跟在一旁一边哀求一边拉扯。一张新结成的渔网没有藏好被搜出,这可是值钱的东西,是母亲千辛万苦编织出来的,从一缕一缕的分丝,到一根一根的纺线,再到一梭一梭的编织,度过了多少不眠之夜,耗费了多少心血!再说这张网是待售换钱的,是碗中的粮,是我们孩子过年身上的新衣,怎能被黄狗子抢走呢?母亲不顾一切地要把它夺回来,黄狗子可能知道这个值钱,抓住不放。在这危急时刻,不知母亲哪里来的那么大气力,竟然把网夺回来了!这可把黄狗子惹火了,气急败坏地端起枪,拉开枪栓推上子弹,把枪口对准母亲,父亲见势不妙,挡过去,颤声说道:"老总,千万不要开枪,她是疯子,求求你饶了她吧。"我们几个小孩也吓坏了,紧靠在母亲身边,哭喊着不要开枪,不要开枪!在短暂的对峙后,不知黄狗子出于什么心理,收回枪转身走出大门,但心犹不甘,从鸡笼里逮了只老母鸡扬长而去。好险啊!母亲逃过一劫,全家避开一难。

　　正义战胜了邪恶,蒋介石的国民党祸国殃民,不得人心,不垮才怪呢!

欢天喜地庆解放

　　经过两年多的较量，小纪、里下河乃至苏北地区，被打垮的不是共产党而是国民党，被赶跑的不是解放军而是国军，刀兵相向的拉锯战终于结束，拨开云雾，见到了太阳，小纪迎来了真正完全的解放，人民欢天喜地把歌唱，当时最流行的歌是《解放区的天》：

　　　　　　解放区的天是明朗的天，
　　　　　　解放区的人民好喜欢，
　　　　　　民主政府爱人民呀，
　　　　　　共产党的恩情说不完，
　　　　　　呀呼嘿嘿一个呀嘿，
　　　　　　呀呼嘿呼嘿，
　　　　　　呀呼嘿，
　　　　　　嘿嘿，
　　　　　　呀呼嘿嘿一个呀咳。

　　还有《东方红》：

　　　　　　东方红，
　　　　　　太阳升，
　　　　　　中国出了个毛泽东，
　　　　　　他为人民谋幸福，
　　　　　　呼儿嗨哟，
　　　　　　他是人民大救星。

这首歌大人小孩都会唱，都爱唱。

1949年春节格外红火，父亲买了一个大猪头拎回家，说这是为了庆祝解放。大年初一早晨，猪头封上红纸条，供在菩萨柜中央，点烛上香放鞭炮，父母率子女行礼祷告，祈福天下太平，人寿年丰，大人小孩平平安安！正月初五财神日，好运降临，有顾客找上门来，做成了新年第一笔生意，父亲特别高兴地认为这是好兆头：祝福新年生意兴隆，财源旺盛。

解放了，人民有了自己的政府。政府动员组织人民发展生产，繁荣市场。小纪街上的商铺陆续开张，一切恢复如常。四乡八村来赶集的人越来越多，四月初一会期几天，市面更加热闹，本地商家早早开门，外地来的商贩捷足先登抢占好的摊位，农产品交易、农具、手工业品展销齐聚西油坊广场，拉洋片的耍猴的玩杂技的套圈的等民间艺人占据了大小场地，到处是人潮涌动，叫买叫卖，欢声笑语，水乡又现艳阳天。

在发展生产繁荣市场的同时，人民政府开始镇压反革命，清剿国民党残余势力，镇上过一段时间就要开一次宣传、宣判大会，一次在西油坊广场枪毙八个，又有一次在粮库东大门也毙了八个，还有一次在镇西南的一块空地上开会，判决书念完，口号声刚起，就把两个罪犯押到台下一枪给毙了。我们石桥河东有几户人家的家长被镇压了，我有一个同学的父亲也在这次镇反中吃了枪子儿。打上红'√'的镇反布告张贴在大街上，受压迫剥削的穷苦百姓看到后感到扬眉吐气。

农村开展土改运动，打土豪，分田地，搞得轰轰烈烈。丁家垛人均三亩田，我家祖上留下十八亩田，其中四亩八分属于尚未婚嫁的滕立民老孃孃，十三亩二分归我父亲所有，家中七口人，人均不到二亩，被划为下中农。田不出租了，自己种，但各项农活还是要请人帮忙，付人家工钱，自家人实在忙不过来，第二年把田交给当地政府了。

解放了，老百姓再不要为打仗担惊受怕，过上了日出而作、日落而息的太平生活。我家的日子也有了转机,缸里有米,灶边有柴,中饭桌上能有一碗有油有味的素菜。银匠店生意平稳,平时有顾客上门,逢一四七集期买卖多一点,母亲就会早早到店站柜台。烧饭、看弟妹的家务事,由我和生英去完成,生英个子不大,却像个小大人做起了家务。

1949年10月1日,毛主席在北京天安门城楼宣布:中央人民政府成立!中华人民共和国诞生了。从此,中国五千年历史翻开了新的一页。

人民终于盼到了这一天,开始了没有战争,没有杀戮,没有惊恐的太平生活。父亲时年36岁,母亲34岁,他们的儿女生庚14岁、生英12岁、生才10岁、生桂8岁、生宝4岁,生喜几个月,我们都是新中国成立的见证人,在共和国的怀抱里生活,与共和国一起成长。

新中国成立后的第二年,政府出台了一项政策,金银收归国家所有,私营商户不准再做金银买卖。从此,父亲的银匠手艺歇业了,但店不能关,否则就断了财路,断了生活来源,一大家子该怎么活?因为有在宗村的经历,父亲及时转行改卖杂货,做些适应家庭日常生活需求的小本生意。但小本生意利润很薄,难以养家糊口。

战争平息了,饥寒却没赶走。父亲的手艺没有了用武之地,手闲着,脸板着,总是开心不起来。母亲却不然,靠勤劳的双手开源节流,维持全家最低水平的温饱,她挎个篮子,装些针头线脑,到乡下走街串巷,挣几个零花钱;她放下身段,替公职单身人员,洗衣浆裳缝缝补补,收一点劳务费;她抹开面子,到宗村外婆家、大姨妈家借点粮讨点草,防止家中断炊断顿;她壮着胆子,跑单帮到上海贩零头布,到周边乡镇赶集叫卖,在奔波中赚些差价。母亲这种自强不息的精神,让我们这个濒临饥饿的家庭有了生机,看到希望。

1949年农历正月初五,一个新生命呱呱坠地,排行第六,生肖属牛,父母给他取名生喜,解放后的第一个新春佳节,吉祥喜庆,在喜庆日子里出生的宝宝,生喜之至。

叁

上海受难，回家才知家温暖

首届毕业生
我是小纪小学

1948年小纪解放,成立了人民政府。人民政府为人民当家做主,在百废俱兴百业待举的解放初期,把教育列为重点,办起小纪小学。

校址设在典当行内,校内设施就地取材,拆除地板天花板,打制老师的办公桌椅书柜和学生的课桌条凳。校长和老师是政府派的,董老师任校长,教员有刘老师等人。本地的私塾先生张老师、高老师、滕老师等也招进学校。

适龄的孩子报名入了学,按年龄和学历分了班级,我被编在五年级,有同学20几个,都是小纪街上儿时的玩伴,互相认识,能坐在一个教室里成为同学,大家特别开心。教室不大,座位比较挤,光线也不是很好,但与私塾比较强多了。上课的先生有新来的有老的,课程有语文、数学、美术、体育,张老师教语文课,上课时他的态度有很大的改进,拿藤条敲打学生的手一直握着粉笔,用正规的隶体板书。听铃声上课下课,早上上学下午放学要集体唱歌,放学要排队由老师带出校门一路送回家,这一切,对于我们这些第一次跨进学校大门的孩子,感觉十分新鲜,都愿意背着书包上学。

我生下来,大人给我取名滕生根,上小学报名时,老师在报名册上误写成滕生庚,自始我就用了滕生庚的名字。

1949年秋季开学,我们班的同学都升到六年级,教室换了,比原来的教室大一半,老师也换了,刘老师任班主任教语文,高老师教数学,陈老师教地理,戴老师教音乐。教室和教导处离得很近,教学情况领导看得一清二楚。学校纪律严格,谁犯了校规就要被处罚,轻则点名批评,重则罚站罚跪。

10月3日那天,学校召开庆祝大会,庆祝中华人民共和国成立。大会结束,师生举着国旗,拿着彩旗标语上街游行,高呼口号:热烈庆祝中华人民共和国成立! 中国共产党万岁! 毛主席万岁!

这年我已14岁,在学校里除上课做作业外,课余时间会与自己性格接近的同学在一起玩,比如打弹子,跳房子,耍铜钱,玩香烟盒子纸,折纸人、纸炮,甚至上厕所也一同往返,放学回家结伴同行。一位王姓同学就是我最早的少年至交,他比我大两岁,上面有几个哥哥姐姐,有在上海的,有当解放军的,因此他见多识广,我们在一起闲聊时,他讲外面世界,我都有听故事的感觉。我和其他几个同学,常在晚饭后凑在一起逛街,尤其在有月亮的夜晚,我们披着月色,跟着月亮,或畅谈社会新风,或抒发个人抱负,或谈古论今说笑逗乐,这银色世界仿佛成了我们的第二课堂。

冬去春来,到了1950年,可能因为营养不良,抑或是学习负担重,我的身体有了毛病,看上去面黄肌瘦,被别人讥讽为"黄茄儿"。父母也看出了问题的严重性,带我到成立不久的西医诊所看病,诊断为严重贫血。父母只好咬咬牙,让医生开了葡萄糖针剂,每天放学我就到诊所让任医生给我输一针管葡萄糖,连续输了五天。除输液直接补充营养外,母亲还给我开小灶,利用灶膛的余火煨一小瓦罐米粥,真想不到煨出来的米粥又稠又香又有营养,一连喝了好多天。经过双重调养,我的脸色有了改观,走路腿也有劲了,再没有人喊我黄茄儿了。

这年夏天,我们班完成六年级下学期学业。经考试合格后,全班十七人都拿到了小学毕业证书。我们是小纪小学的首届毕业生,是小纪镇上破天荒的小学毕业生,是一批有文化的新人。

小学毕业只是个起点,应该升初中继续学业,可是当时的条件,江都县没有一所中学,我们同学只有个别人到城市上中学去了,大部分人都荒废在家中,我也不例外。呆在家里怎么办,跟在父亲后面学生意。我确实学会了打算盘,用纸包白糖有棱有角,用杆秤计斤两。但在那没有多少商品的杂货店能学到什么,再说父母也没有这个意思,他们仍存有望子成龙的心愿,于是在家境很糟糕的情况下,把我送到祖父的房东苏老先生家学英语。不到两个月,因苏先生生病,又把我转到董老太爷府上读古文,学了两个月就到了年底。说老实话,学费交了,时间过了,能有多少收获。连ABC还没记住,苏老先生就忙着教单词,能灌得进去吗? 私塾、小学学的是白话文,董老先生教古文,之乎者也,读起来很吃力,更谈不上背诵理解了,实在有负父母的良苦用心。

年关渐近,我的作用得到发挥,到店里帮父亲跑堂,像个小店员似的,接待顾客迎来送往。父亲关照我生意不在大小,每笔用心做好。我觉得父亲的话很有道理,做买卖就是和人打交道,用良心对人,人家才会光顾买你的东西。不管多忙,凡经我手的生意绝无欺诈,让每一位置办年货的人满意。我还在家中帮母亲掸尘,擦洗香炉蜡烛台,这些器具都是锡铜制品,先到石桥口豆腐店接黄泔水浸泡,再用稻草擦拭,擦得露出本色发亮为止,花一两天时间才能全部擦完。到腊月二十几家里事情更多,洗床上用具,炒蚕豆、花生,蒸馒头、包子等,我带头忙前跑后,几个大的弟妹也都参加劳动,让母亲少操不少心也省了不少力。

到上海投亲学生意

　　1951年新春佳节,我和弟弟妹妹一样正高兴的时候,父母把他们早已安排好的事告诉我——送我到上海一位远亲祖父开的商行学生意。我感到很突然,心想为什么事前没有问过我有什么打算,愿不愿意去,在他们看来生庚老实听话。既然父母决定了,也是为我好,做儿女的只有服从。

　　我的三孃孃家在百兴庄,三姑父在上海闸北国棉八厂做供销,春节回老家与母亲、妻儿团圆,过完年回上海,父母就是利用这个机会托三姑父把我带到上海。

　　1951年,在我过完生日的第五天农历正月十二,父亲带我出发去百兴庄。到百兴庄水陆两路都可走,因带着行李就选择了走水路,在家背后的河边口上船,母亲带着大的抱着小的在河边口为我送行,儿子不会说客套话,只说了句:"我走啦,妈妈你多保重!"母亲千叮咛万嘱咐:"到了上海不要忘记写信,要听爹爹太太的话。"我一个劲儿地点头说知道了,挥挥手与母亲弟妹表示再见。

　　三孃孃与我母亲同龄,她家三世同堂,祖母过了一个甲子,第三代长孙比我小两岁,一家八九口团圆过年,热闹而温馨。我初来乍到,开始不习惯,和表弟他们混熟后,便不感寂寞。

本来计划过了元宵节就动身去上海，因天气关系推迟了。其间，父亲又专程来看我一次，把离家交代的事项重复一遍，又补充了几条。父母实在是放心不下，真可谓"儿去千里母担忧"。长子远行，又是到一个陌生的大城市，去一个与老人相处的地方，担心我不适应新的环境新的生活，怕我年纪小不懂事，吃亏受委屈，甚至上当受骗。但设身处地地为父母想一想，他们能怎么办呢，这么多孩子，不把老大先忙出头，后面一个个长大，更难办了。我当时年少，不明事理，父母叫干什么就干什么，儿女听父母的话天经地义，脑子没有多想，根本没想到父母的心是那么的纠结！

那时，百兴庄没有公路，到上海挺麻烦的。正月十七这天，天刚蒙蒙亮我就被叫醒，起床洗漱吃饭，然后跟在姑父和送行人的后面出发了。在乡间的小路上走了好长时间，到了一个叫乔家河的地方歇脚，等从樊川开过来的汽车，坐车到六圩下车，乘轮渡过江到镇江，赶到火车站买票候车，夜里终于到了上海。

正月十八吃罢早饭，姑父领着我直奔金陵东路紫金街新源里×××号，把我交到祖父手中，姑父完成了父母所托，安全地把我带到上海，一辈子我都心存感激。

我到上海后，按照父母的交代，称上海的远亲祖父夫妇为爹爹、太太。爹爹的家住在一个大杂院里，位于进院左手二层楼的底层，房屋面积约三四十平米，隔成两门两间，一间为起居室，一间稍大是办公室，办公室的三分之一处搭一阁楼，上面搁一张小床，放些杂物，这间小阁楼就是我在上海的窝巢。

爹爹开的是商行，有商号名称，有营业执照，有银行账户。商行的上家是上海百货批发店，下家是淮阴淮安的百货店，中间环节是由跑单帮的来做。流程是这样：下家开出订单，由单帮人带到商行，商行按照订单到上家拿货，交单帮运送，下家收货后打出汇票，商行收到汇票扣除佣金，与上家结账，单帮的费用由下家付给。爹爹的商行其实就是他一人公司一人店，下家是他的客户,单帮是他的帮手,上家是他的货源,是一条经营多年的商品流通链,新中国成立前就活跃,后来仍维持。

我上门学生意,爹爹从未刻意教过我,只是叫我跑跑钱庄,联系联系批发店,协助打打包。爹爹写公函都用毛笔,我一旁磨墨,备好信纸信封,负责邮寄等。大部分时间还是做家务杂事,早晨生炭炉打扫卫生,吃过早饭跟着太太外出买粮买菜,饭后洗锅刷碗等,我觉得这是应该做的,不能白吃闲饭。

除一日三餐和他们一起吃外,每月给我两块零花钱。头三个月他们像长辈一样待我亲厚,没有把我当小伙计使。没事我上街逛逛,和他们打个招呼,从不阻拦,我生个小病,他们会嘱咐我到药店买什么药,督促我按时服药。

三、四月间,母亲两次到上海,都是和姑妈妈一起来的。她们到上海贩零头布,当然母亲也是来看看儿子,儿行千里母担忧一点不假。姑妈妈曾多次来过上海,白天带着母亲跑市场找货源,晚上才在一起聊聊天,母亲当着大家的面多次表达对爹爹、太太的感激之情,也会悄悄问我一些事,我都拣好听的告诉她,让她不要为我操心。第一次她们还带我到大自鸣钟附近的胥家走亲戚,胥家开恒大布店,门面不小属大户人家,对乡下的亲戚并不在意,招待吃了顿饭,优惠供应了一批零头布,仅此而已。母亲两次到上海待的时间都不长,因为要养家糊口,扫货到手目的达到就回程了。太太对远道而来为生计奔波的亲戚还算热情,管吃管住,力尽地主之谊,而我这个当儿子的却没有陪母亲逛过街,看过上海的热闹,想想觉得太对不起她老人家了。

辗转在上海三地

从爹爹家的院门向右拐约二三十米就是里弄口,里弄口面对紫金街,紫金街不长,南北可以相望,街两边大部分是家具店,街上行人不多,显得冷清。

紫金街南端紧贴金陵东路,北头连着延安路。我常在这两条路上走走,沿着金陵东路向东走就是黄浦江,十六铺码头就在眼前;如果朝西走,走好远就拐到淮海路,淮海路比金陵路繁华。金陵路上跑着有轨电车,我在上海几个月没上去坐过,但电车发出的铃声听起来很悦耳。

在延安路上我只向西走,因为那里车水马龙很热闹,白天有时遇到游行的队伍——抗美援朝保家卫国游行,庆祝五一国际劳动节游行——游行队伍浩浩荡荡,红旗标语迎风挥舞,鼓号声口号声此起彼伏,看得我都呆在路边了。晚上,走在延安路上也遇到过几次警车刺耳的尖叫声,这是公安在逮人,当时上海与全国各地一样,正开展镇压反革命运动。

顺着延安路朝西走转来拐去,会走到跑马场。那里能看到周边闪烁不停红红绿绿的霓虹灯,置身其中的国际饭店、青年文化宫很耀眼。国际饭店很高有二十几层,头仰得高高的才能看到顶。青年文化宫进进出出的人很多,我也怯生生地进去过,里面的文体活动都很精彩,但我感兴趣的是一排哈哈镜,左看右看看得着了迷,瓜嘻嘻地笑弯了腰。

好日子不长,进入五月,爹爹、太太的关系随着气温的升高逐渐紧张,原本相濡以沫的老两口经常斗嘴吵架。太太暗自流泪,有时哭得很伤心,一把眼泪一把鼻涕止不住。我心里画一个大问号,为何昨天还能和睦相处,今日却鸡争鸭斗,把一个前店经营后房住家的平和氛围搅得乌烟瘴气?爹爹经常走神无心生意,太太掌持家务也心不在焉,起初我还能自主地忙于一日三餐,后来也没了主意,不知听谁的好。

从他们吵架的只言片语中,我估摸到其中的原因,是爹爹做了伤天害理的事,与太太的姨侄女私通。太太气,太太恨,太太哭泣,太太把家搞得天翻地覆也在情理之中。还是少年的我虽然不谙世事,但心里对太太有深深的同情。爹爹乱伦,有违天道,理应受到谴责,也激起我对这种表面上正人君子,骨子里男盗女娼龌龊行为的极大愤慨。但我身为晚辈,又不明事情的来龙去脉,连那个姨侄女姓什名谁住在何处等基本情况都不了解,如何调解二老的关系。我实在无能为力,整天处在急躁忧虑中,又没有地方可去,只好向叔叔求助。

叔叔叫滕立本,是滕家和的二儿子,是父亲的亲弟弟,是我的亲叔叔。他在金陵东路一家门面不大的针织品商店当店员。叔叔和爹爹虽然都在上海,而且离得不远,但我到上海几个月,他登门不多。我出于好奇到叔叔店里看过一次，到家里玩过一两次，那时叔叔婶婶刚有了第一个孩子，是个女孩，叫生惠。

叔叔的家位于城隍庙附近的方浜路，在一幢二层楼的楼上，只有约十二三平米的一间房子，里面放一张大床一个大衣柜和桌椅碗橱等家具。做饭就在门口的楼梯上，生活起居非常局促，多一个人就转不开身。

我住到叔叔家，无疑给他们增添了麻烦，表面上婶婶并无反感，白天同吃一锅饭，晚间同睡一间屋，他们一家睡床上，我打地铺睡在木地板上。白天婶婶有事出门，我就负责照看妹妹，端屎端尿换尿布，叔侄相处虽然相安无事，但日子久了，局促的环境使正处于青春期的我感到郁闷和憋屈，住了几天又回到爹爹家。

几日不见，太太变了，变得精神恍惚，看人眼睛直勾勾的，无言无语，面无表情；爹爹虽然还在做业务，但显得苍老而疲惫。我陡生怜悯之心，便住下来照顾他们的生活。可是太太病情日重，寝食无常，是明显的精神疾病状态。看到她狰狞的面目，好像要吃掉我似的，我害怕了，吓得夜里做噩梦，时间长了对一个青春萌动的少年简直是难承之重，逃离是我唯一的选择。去叔叔家不成问题，但我心存顾虑，怕再次打乱人家的正常生活，便去了沾亲带故的滕培鼎伯父家。

滕培鼎夫妇在小纪和我家既是远亲又是近邻，远亲即我祖辈四个姑娘中一个嫁到陈家，陈家有一女嫁给滕伯父为妻。他们比我父母年纪大，所以我称他们为伯父伯母，见到面会主动和他们打招呼，新中国成立后伯母才离开小纪到上海与伯父团聚定居下来。我到上海曾慕名看望过二老，是比较熟悉的那种关系。他们家住在金陵路上××弄××号，是一幢多层楼房，两个房间和一个小厨房分别在二三楼。伯父伯母知道情况后，像自己的孩子遭遇不幸一样一阵心酸，他们说："生庚不要怕，就住在我家。"

伯父是一家药店的老员工，白天他去上班，我陪伯母拉拉家常做做家务,晚饭后伯父都要拉着我在他房间里聊天,问问小纪的乡规乡情,他也会了解我和他二儿子在一起的上学情况。星期天带我出门,到过南京路上的永安公司、先施公司,有一次正好赶上国际饭店前的跑马场举办物资展销会,他们带我进去参观,又买小吃又买饮料。吃上海火烧(先煎后烤的一种饼)、喝碳酸饮料,这都是我来上海,不,是我有生以来的第一次,那个滋味让我久久回味。

舒适的生活、温暖的亲情没有让我忘记爹爹家的大难,每当夜深人静的时候,太太的病态,爹爹的沮丧都在我眼前晃动,住几天就想回去看看,但看到这冰冷的家,物是人非的店,又让我彷徨,为他们的健康担忧,为他们何时能解困犯愁,更为自己的尴尬处境忧心忡忡。父母送我到上海学生意,希望有朝一日我在上海或回小纪有所作为,期待着长子长大成人能为父分担。可现实呢,他们如果知道实情会大失所望。我没有和父母通过信,不知叔叔有没有反映过我在上海的情况。五、六两个月,我在三地辗转,在大上海流浪。

我从乡下来,老实巴交的,没有见识,没有闯劲,天天在大马路上逛来逛去,找不到属于自己的位置。在伯父母家我认识了一位邻里大姐,有时和她在一起,玩结绳,打康乐球,她也是小学文化,苏北人,常说些上海发生的花边新闻逗得大家直乐。有一天她无意中谈到,某报上有一则高邮师范招生的广告,说者无心,听者有意,我把它记在心上了。

说来巧合,叔叔对我的处境多了一分担心,同我商量,建议我暂时回小纪去,我没有告知父母就答应了。阳历七月中旬,正是暑天大热时,叔叔送行到火车站,我与生活了五个多月的上海告别,心烦意乱地踏上归途,仿佛梦游了一回,醒来把它一股脑儿地忘了。

回家才知家温暖

在返家途中，到了仙女庙（江都县政府所在地），我暂且住进旅舍。经打听确有高邮师范在此招生一事，喜出望外，报了名填了表。隔了几天，我走进考场，上午考语文，下午考数学，第三天发榜，我怀着忐忑不安的心情查看，找不到滕生庚的名字，哎！也难怪，离开课本一年，再加没有任何复习准备，落榜才是正常。我自嘲地想：心血来潮的希望像个肥皂泡，看上去光鲜亮丽，一眨眼就破灭了。提起柳条衣箱打道回家，天是蓝的心情是灰的，水是清的头脑是浑的。以前多次走在回家的路上，这一次却不轻松。

一进家门，父母一怔，好像不认识儿子似的，一瞬间气氛大变，母亲哭，父亲骂："讨债鬼你跑到哪里去啦？""以为你死掉的呢，你还想到回家啊？""你就死在外面吧！"骂得我莫明其妙，不知道发生了什么事，让父母见到久别重逢的儿子生这么大的气，发这么大的火。祖父母也赶了过来，紧张的气氛才渐渐消退，慢慢把话说开。

原来叔叔把我送上火车后，立刻写信告知我的父母，生庚于某日某时乘火车离开上海回家。父母收到信，算算日期已过了生庚该回来的时间，左等右等不见人，急得团团转，惊动了祖父母和亲戚。大家一面安慰，一面出点子，母亲求菩萨保佑，父亲急着要出门找，说活要见人，死要见尸。我的确混账，没有向叔叔透露过报考高邮师范的事，这是一错；到江都既然报了名，就应立即向父母报告,这是再错。害得父母心急火燎,担心儿子的死活,几天茶饭不思,忧虑过度,伤了身体。今天儿子突然出现在他们的面前,气和恨一下子爆发出来,就是拳脚相加也不为过。在他们平静后,我道出了耽误到家的原因,他们破涕为笑,原谅了儿子的不是。

回到家,能睡一个安稳觉,一觉醒来能见到父母的身影,能看到弟妹的脸庞;在一张桌上吃饭,虽然只有一个大锅菜甚至是一盆咸菜,但吃起来香;夏天用水多,带着生英、生才到河边抬水,家门口的水不干净,要跑很远到石桥河边取水,保证缸中水不断;陪伴母亲三六九到宗村、二五八到丁沟赶集,天麻麻亮就起床,背着大包袱跟着母亲赶路;有时也到店里站柜台,帮父亲跑跑腿拿拿货;带着弟妹一起玩,到家门口对面的河南垛捉知了、逮蜻蜓、掰绿谷谷;到了晚上,在天井里搭两块木板乘凉,父亲忙着点蚊烟,母亲拿把芭蕉扇给孩子赶蚊虫;夜里有露水了,把一个个小的抱进屋上床。这是我的家,和父亲母亲弟弟妹妹在一起,感到温暖,感到安全。

重返母校复读

　　小学毕业整一年,混来混去没有个着落,父亲难免心烦,不开心的时候,会骂我两句。我也闷得慌,没有学上,没有工做,在家吃闲饭,真不好意思,实在难受。可是在那个年代,政府还没有能力解决就业问题,我的同学大多在家无所事事。

　　我和上海滕伯父的二儿子在一起谈过几次,他也为自己的前途担忧,后来他离开小纪到上海找他父亲去了。王同学在他哥哥家姐姐家往返串门混了一年。维洪是独子,成天跟着母亲转,没有离开小纪一步。缪姓同学的哥哥是残疾,父母把他当宝贝,从没有离开过家。还有几个同学不在镇上,在家帮父母谋生,几乎见不到面。其余几个女同学都猫在家中。

　　我找几个人一起商量怎么办,觉得虚度年华太可惜,但又想不出好办法解困。有人提议找学校,要求复读,这倒是个好主意,大家都赞同。在征得父母同意后,便找到学校领导,找到本地老师,要求复读,学校考虑到六年级入学人数不足,把我们约有十几个人加进去还不满四十人,另外对我们也表示同情,特别是老一点的老师想帮我们一把,便同意了我们的请求,但明确复读的学生没有学籍,毕业时不再发毕业证书。

　　9月初,学校开学,我重返母校复读,背起书包走向学校走进课堂,与原来比自己矮两级的学弟学妹同桌听课求知,父母也百般无奈地接受儿子复读的现实,鼓励我好好读书,不要贪玩。

小纪小学迁出了旧校址,搬进新建的校舍,位于西油坊广场的北头。进校门是一片操场,操场右手边是前后三排砖木结构瓦房,每排两间教室,六年级教室在第一排的西面。刘老师仍教语文,担任六年级班主任。他讲课口齿清晰,板书规范,批改作业仔细,同学们都服他。校长由金老师接任,他年轻文雅,在小纪小学任职不长,就上调江都县新建的第一所中学任教导主任。数学、地理、历史课的老师也都年轻,高老师、张老师仍在学校,教中低年级的课。

我复读这一年有一人与我同班,还同吃同住同行,她叫韩友梅,是我宗村大姨妈家的未来儿媳,即姨哥杨希震的未婚妻,前文所提大姨妈家曾支持过我家,是我家的恩人。如今她来寄宿上学正好给我家一次报答的机会。因此,父母对这位未来的姨侄媳妇十分疼爱,吩咐我要照顾好,不要让她受委屈。不过她比我大一岁,应该是学姐了,我俩既为学习上的同伴,又彼此欣赏互相较劲,成为我们学业进步的动力。

1952年春,上海婶婶带女儿回小纪探亲,返程时我送她母女俩到镇江,表示对她曾经关照过我的感谢,也是晚辈的一份敬意。临别婶婶塞给我两块钱,我怎么能收呢,但婶婶认真地说你不是在上学吗,买些书看看。我找到新华书店,挑来挑去买了一套《毛泽东选集》,共三册,是新中国成立后印刷的竖排版本,一共1元7角4分。这套《毛泽东选集》我随身携带,由小纪而扬州,再到兴化、佛山、成都、芜湖,通读了好多遍,重要文章看得就更多了,哪晓得这套宝书后来找不到了,一想起来心里就若有所失。

肆

扬师三年，为一生夯实基础

赴扬州赶考上红榜

　　重返母校当复读生，学校、班主任、授课老师对我们一样看待，没有丝毫偏心，但在我眼里是有差别的，表现在年龄上，复读生和应届生有四五岁的差距，班上有两对姐弟一对兄妹，哥哥就是前文提到的我的好友王姓同学，比他妹妹大四岁，滕姓女同学十七八了，是绝对的大姐形象；在性格上应届生单纯开朗，而复读生走过弯路，比较内敛沉稳；学习上应届生循序渐进升上来，基础比较扎实，复读生荒了一年要从头学起。由于这些差别的存在，我们这些复读生倍感压力，学习更加勤奋，我和王同学组织过几次自愿参加的晚间集中自习，那时没有电灯，就点煤油灯照明，一直到灯油耗尽了才解散。

　　1952年，新中国成立三年了，人们的思想随着社会进步也在改变，过去讲一等生学生意，二等生学手艺，升学不在考虑之列，但当时家长对子女上学升学有了新的认识。这年暑假扬州师范初师班招生，轰动了小纪，年龄较大的同学大多都想报名读师范，一是上师范不用交学费，吃饭不收钱；二是毕业分配当教员，多好的事。我有去年考高邮师范的心愿，没想到今年又有机会来临，当然不能放过，父母也表示支持。我们几个要好的同学，组织起来复习功课，为迎考作最后一搏。

考试前几天，小纪的十几个考生联合包了一条帮船，走水路经江都到扬州。这天下午出发，学生家长、亲戚朋友都赶到东河边码头，一二十人排了一行，为赴扬州赶考的学生壮行，这一动人场面成为当时小纪街上的一大新闻。

到达扬州，各自投亲靠友住下来，我们有五六个人住在同学在史可法路的亲戚家，因为都带了草席被单，晚上席子一放就当床了。第二天都赶到扬州师范报名，填写报名表，核验毕业证书，交家庭成分证明，我们小纪来的学生分在几个考场。考试这天，一进考场我的心咚咚地跳得厉害，不敢看周围的人，拿到试卷后才慢慢平静下来，专心致志地答题。当走出考场时，心里又是七上八下的，回想每道题似乎答对了又好像答错了，没有十分的把握。有了上午的经验，下午再进考场我先做深呼吸，平和气血放松心情，接到试卷心不慌了，答题也比较顺利，心中有点底。

考过了，本应该放下，但我们住在史可法路的几个人一个个还绷着脸，有的说难，有的说完了，我也受感染，连连叹气。这天晚上大家默默无语，都早早躺下熬过这揪心的一宿。第二天一大早，扬州师范校门前已人头攒动，个个瞪大眼睛在那张红榜上找自己的名字，有叫的笑的，有掩面叹息的。我贴近红榜从头至尾看个遍，终于松了一口气，我的名字列在靠后的榜单中，录取了，我被扬州师范初师班录取了！一年的奔波，一年的禁锢，这一刻终于解脱，十七个寒来暑往，我似乎第一次尝到这果实的甘美。

同时上榜的还有五位同学，我们十几个人又结伴步行回家，因尘埃落定，大家的心情轻松多了，一路上有说有笑，不知不觉地把江都、宜陵、七里、丁沟抛在身后，走到宗村天就漆黑了，便在宗村小学的教室里过夜。因女同学少，她们不敢住一间教室，同意和男同学住在一起，大家用课桌拼一大块给男生，拼一小块给女生，中间是一块大空挡，以示男女有别。六十年后，我和同学张月英相会，都提到这一段往事，回想那时我们这些少男少女懵懂青涩，有些举动是多么的单纯可爱。

三年寒窗甘苦相随

开学时间到了，我再次离开老家。小纪走出去的路仍是弯弯曲曲的小路，不通汽车，上扬州只有走水路。晚饭后，父亲带着生才送我到西油坊红土地庙处乘帮船，船舱里已坐了不少人，灯光黯淡看不清人脸。坐等开船很无聊，但船起锚后，随着摇橹的节奏，船在水中悠悠前行，人在摇晃中进入梦乡。途中不知经过什么水道，船工们突然吆喝起来，吭吆，吭吆，吭吆，个个使出很大劲。大约有一袋烟的功夫，闯过激流重归平静，在这万籁俱寂中唯有轻轻的橹声和摇晃的船体透出灵动和生机。

第二天早晨，船靠江都，大家都背上行李上扬州。当时都说江都到扬州十八华里，但靠两条腿走并不近，途经芒稻闸、二道闸和万福闸，迈进城东的解放桥就到了扬州。中午赶到学校报到，从此开始三年学业，和同学们一起过集体生活，我的人生旅途拐了一个弯后重新走上正轨。

扬州师范坐落于国庆路上的深巷中，是在兴教寺、万寿寺两座连体庙宇的基础上改建而成的，与著名的琼花冠毗邻，离东关街不远。扬州师范前身曾叫扬州行政区区立师范学校、苏北扬州师范学校，1953年正式定名为江苏省扬州师范学校，属省重点中等师范学校。我们进学校时，校长姓曹，1953年接任者唐姓校长。

初师共招两个班，每班五十五人，我们小纪来的六人一分为二，我被分在初一(1)班。(1)班只有八个女生，她们的名字，我至今仍不曾忘记。

第一学期，教室是一幢旧平房，宿舍是原有的大殿，拆掉隔墙，一溜儿几行通铺，男生都住在这里，女生宿舍在皮市街。

每天早晨，我们听钟声起床，洗漱后及时到学生食堂吃早饭。食堂很大，一律的方桌条凳，一桌八人，几百号学生全在这里就餐。上午第四节下课，到食堂前广场按班级站队，各班到齐后，由值日发令先唱歌，然后依次进入食堂。晚饭和早饭一样不需排队，但必须按时用餐。初师班每人每月助学金8元，中师班9元，伙食标准一律7.5元，余下的0.5元和1.5元用于初师、中师困难学生的救助。

上扬师的这几年，我在学校吃饭不要钱，一天两干一稀，中晚餐各有四个菜，一个全荤一个半荤，两个蔬菜，米饭不限量，放开肚子吃。吃饱饭，不饿肚子，这对我们这些处于青春发育期的青少年来说，是多么的重要。

初师虽是初中，但课程比较紧，每天六七节课，晚上有两节晚自习。除周六晚上自由活动，一周六天都在教室中度过。当天的作业必须完成，下午有一节课做作业，晚自习也是作业时间和预习第二天功课。老师批改作业很认真，做错的要求订正，并追踪检查。上课是按时按点的，没有迟到早退的现象。老师上课也很准时，上课钟声一响，老师必进教室，学生也立即安定下来，课堂秩序相当好。上课起立，举手发言，点名答到，毫不含糊。说到这里，想起一件有趣的事，有一男同学，是班上年龄最小的，下课休息忘记上厕所，上课时憋急了，又不敢吭声，实在憋不住龙头被打开了，座位下一汪尿液，弄得一屋子的尿骚味，后来班长每逢下课尤其是上午的第一节课下来，总不忘提醒同学们抓紧时间方便。

任课老师大部分是建国前的老先生，他们骨子里崇尚"师道尊严"，上课来下课走，除课堂外，我们这些土里土气的学生不敢正面和他们接触交流。

老师提问不敢举手,遇到冷场,老师就直接点名,我的名字比较靠后,很少被点到,那些姓名笔画少的同学中枪的机会多,搞得老师一提问,他们就紧张,往往语无伦次,答非所问,成为课后的笑料。

我们班的任课老师,语文两位老师都姓孙,数学李老师,代数吉老师,几何毛老师,历史张老师,地理卢老师,人体解剖学邬老师,政治高老师,美术卢老师、董老师,音乐郁老师,体育焦老师。

每学期有两次考试,一是期中,一是期末,平时授课没有什么考的,顶多做些作业讲评,所以学习既紧张又轻松,只要基础好又不偷懒,每门功课都能过关。

第一学期中考,也就是一年级第一次期中考试,有些同学挂了红灯,尤其是年龄稍大、受到学弟学妹尊重的大哥大姐似的同学,在我们心中的高大形象,一下矮了半截。后来慢慢才知道,他们家在农村,从小跟着父母务农,没有读书的机会,解放后才到镇上走读上学,一路风雨走来,真的不容易。我改变了对他们的看法,主动和他们接近,结成互帮互学的对子。当然,我的学业也算不上优秀,一般保持在中等偏上的水平,有时也会出点洋相,有一次几何考了100分,名列前茅,而另一次代数只得了55分,栽进了不及格的堆里。

我喜欢上语文课,两任语文老师讲课条理清晰,主题突出,段落分明,能把学生的思路带到课文的意境中。尤其在讲鲁迅作品时,交代时代背景,讲述课文含义,分析重点词句,引人入胜,不知不觉一堂课就结束了。我的语文成绩上乘,在班上负责办板报,约稿落空就自己动笔写,为了不耽误功课不影响别人休息,在路灯下写稿也是常事。报导、诗作、趣闻、评论……把每期板报办得新颖充实,大家爱看,真是苦在其中,乐在其中。

养成课余阅读习惯

上扬师那几年,吃饭不交钱,能吃饱肚子,解除了一个很大的思想负担,因此,同学们能把精力用在学习上,营造了浓厚的学习氛围。课堂学习如此,课余时间也抓得很紧,星期天除洗澡洗衣服占点时间外,我和好几个同学都泡在扬州市图书馆内,珍惜这难得的自由支配时间,看《人民文学》《诗刊》等文学期刊上的长短篇,借《钢铁是怎样炼成的》《母亲》《太阳照在桑乾河上》等名著阅读。奥斯特洛夫斯基所著《钢铁是怎样炼成的》最受同学们欢迎。这是一本影响苏联几代人,乃至影响我们共和国几代人的鸿篇巨著,是世界各国青年的人生指导教科书。书中塑造的保尔·柯察金是一个血肉丰满、具有独特生活历程、独特思想境界和性格魅力的英雄,他的坎坷人生、崇高理想和钢铁意志,显现出鲜明的时代特征,对我们这帮青年的精神追求无疑具有启迪意义。

奥斯特洛夫斯基在书中借主人公说出的至理名言影响了一代又一代的青年人:

人最宝贵的是生命,生命属于每个人只有一次,人们的一生应该这样度过,回首往事,不因虚度年华而悔恨,也不因碌碌无为而羞愧,临终时能说:"我的整个生命和全部精力都奉献给了世界上最壮丽的事业——为人类解放而斗争。

这一警句成为我的座右铭,至今仍留在记忆中,影响着我的世界观、人生观。读书让我们从平凡而伟大的人物身上得到熏陶,受到教益,对生活、对人生有了更深刻的认识和理解。走进书的世界,五彩纷呈,妙趣横生,我在扬师三年养成了阅读的习惯,受益匪浅。

后来到了部队,津贴费除寄回家的外,留下的几块钱也大部分用来买书,当时流行的描写抗日战争、解放战争、抗美援朝战争史诗般的著作不少,杜鹏程的《保卫延安》、知侠的《铁道游击队》、李英儒的《野火春风斗古城》、陆国柱的《上甘岭》等书都买来看过,这些著作讲的是战争,但具有丰富的哲理性。它告诉人们,虽然每一场战争形式、态势、力量对比、进程乃至时间、地点等诸多因素千差万别,但最后的结局是肯定的——那就是得道多助,失道寡助,正义必胜!人民必胜!看过这些书就觉得非常鼓舞人心。可惜在以后的各个人生阶段,我没有把握好,尤其文化大革命荒废了十年,读书太少,不啻是人生中的一大憾事。

入了团当上实习组长

我在扬师三年,第一学年没被班主任老师看上,年龄个头属中等,学业成绩属中等,和老师同学之间的关系没有特别之处,也属中等。

第二学年,个头还是那个头,但心眼长了,有了亲近的老师,有了要好的同学,成了课内课外的积极分子。尤其课外活动,班上成立了五个锻炼小组,我被推选为空军战斗英雄张积慧锻炼小组组长,带领十一名组员早晨跑步,下午课余时间打篮球,晚自习课间休息跳学生舞。早晨跑步数我们这个小组

图(2)　锻炼小组成员合影

坚持得好,一周三练,从宿舍出发经小街小巷,再上大马路,抵达解放桥折回,十二个人一个整体,往返途中不落一个。

课余时间打篮球,一周有一两次,有这方面爱好的人参加,临阵组合打半场比赛。晚自习课间15分钟活动,我动员小组成员人人参加,跳"找朋友"学生舞,"找呀找呀找呀找,找到一个好朋友,行个礼来鞠个躬,笑嘻嘻

来握握手,你是我的好朋友,再见。"紧绷的弦,在这边唱边跳边比画的氛围中得到放松。

第三学年更进一步,成了班上的骨干,加入了中国共产主义青年团,被班主任指定为赴扬州师范附属小学实习的四个实习组组长之一。学校成立多种多样的兴趣小组,飞机航模小组中,中师部的一位冷姓同学为组长,我是初师部的,被推荐为副组长,三年级上学期组织过几次制作放飞活动。

图(3)　1952年,我是少先队员

我在小纪小学加入中国少年先锋队,到扬师虽然16周岁,但仍然在少先队组织内,是一名少先队员。我在扬师照的第一张相,是戴着红领巾的半寸相片。

我们班的代理班主任马老师还是学校少先队大队辅导员,全体少先队员在一起开会照过集体相。到二年级时,年龄大的都离队了,我就想入团。当时班上有七八个人是团员,我便向我们班的团支部书记递交了入团申请书。但他根本没把我放在眼里,我对他也不感冒,这对我的信心打击很大,心想你不理我,我还不理你呢。消极了一年,后来在吉老师的教育和郭同学的鼓励下,振作精神,改变观点,积极参加社会活动,终于在1954年底我实现了入团的愿望。

赴扬师附小实习,是课堂教学的继续,是对书本知识接受程度的检验,也是师范教育的必经之路,学校、班级、老师都很重视。我们学生既兴奋又紧张,从自己当学生听老师讲课,到自己当老师给学生授课,这是一个很大的跨越,岁数大的同学还沉得住气,年龄小的个头矮的同学本身还像个孩子,尚未脱去孩子气,就显得底气不足了。

我带的这个实习小组对口单位是附小三年级一班,班主任是一位女老师,姓殷。她身高一米六几,微胖,过耳的短发,左边的头发盖住左脸二分之一,显得年轻有朝气。实习期间,我天天和她打交道,集体听她的语文课,请她传授如何备课写教案,如何按教案讲课,课堂发生问题如何处置等。临到我们上讲台,她在下面听,边听边做笔记,然后给我们讲评。两个月的实习,让我们学到了课堂之外最切实最直观的知识,为我们不久后走上讲台,打了一个好的基础。

实习结束,回到学校,实习小组自动解散。时至今日,我这短暂的实习组长头衔早已湮没在过往的尘埃中,被忘得一干二净。谁知五十年后的2005年同学聚会,好几个人见到我就组长长组长短的称呼,我当时非常纳闷,谁当过你们的组长?他们不约而同地说:在附小实习的时候,你不是我们的组长吗!这才勾起我的回忆,共话那段实习期间的趣闻,有位姓范的女同学记性好,她说:"我们小组十三个人,每天同往同返,没有一个掉队,团结得像一个人,殷老师背后直夸我们。""我怎么没有这个印象?"我说。"人家女老师哪能和你们男同学说悄悄话"。她的话让我们穿越漫长岁月,重温了一遍那段既是学生又当实习老师的美好时光。

师生互动及同窗友爱

我们初师一班，先后有三任班主任，一年级是李老师，二年级换成吉老师，他中途生病，由马老师代过一段时间。吉老师于前两年中师毕业留校，是百里挑一的学生精英，有为青年。他走马上任后即搬进我们的男生宿舍，与学生同住。我们男生第一学期住在校内，第二学期开学，宿舍就搬到校外小井巷，离学校有十来分钟路程，是一处四合院民宅，前后两进，东西厢房，中间是天井，吉老师住在东厢房，面积不到十平米，放床、柜、桌、椅等简单用具。下晚自习师生回到宿舍，吉老师会找学生干部谈话，学生有什么事，可以自由进入他的房间，汇报也好，倾诉也罢，总之大家愿意接近他。

我和吉老师也互相找过几次，在入团问题上我对团支部书记不满，认为他有意为难，动不动就说对我要考验考验，我感到十分委屈，认为自己成分好学习好，要考验什么，我找吉老师发泄，吉老师总是问我入团为了啥？开始不理解，谈过几次，慢慢认识到为共产主义奋斗不是一句口号，而要落实在行动上，事事处处做表率。吉老师指出我的致命弱点是患得患失，在与同学相处中没有摆正自己的位置，我也做了深刻反省，决心改掉自己的坏毛病。在我成长过程中，吉老师教我如何做人，切中要害，让我口服心服。吉老师不但指出我身上的缺点，还传授许多方法，比如在附小实习时，我常向他汇报,每次他都能耐心听,介绍其他组好的做法。我心领神会,利用他山之石,带领大家出色完成实习任务。

吉老师不是对我一个人好,对几个人好,而是对全班同学一视同仁。一位姓王的同学学习偏科,特别注重文学。他的志向是当作家,沉迷于写作,其他功课一塌糊涂,吉老师在他身上下了不少工夫,既保护他的积极性不伤自尊心,又帮助他端正学习态度,完成三年学业。

我们一班比较团结,心比较齐,这和吉老师有很强的亲和力号召力是分不开的。老师一呼,学生百应,干什么事和二班一比都略胜一筹。如今,我对各位任课老师的印象都模糊了,唯独对吉老师为人师表的言行,如踏石留痕般的完整而清晰。

扬师三年,同学们友爱相处,结下了同窗之谊。一位姓孙的同学比我小一岁,个子也没我高,喜欢跟我在一起。有一次他生病,发烧拉肚子挺重的,我请假陪护,看医生、拿药、打针、端水送饭,照顾得无微不至。他表哥同在一个班,过意不去要换我,这位同学却向班长要求,我只要滕生庚,我二话不说守护了三个半天直到他回到课堂。还有一位高姓同学是我打篮球的球友,他贪玩,一上球场就什么都忘了。我跟他不客气,到时间我抱起球就往教室跑,他少不了跟在屁股后面骂我两句,后来他生病休学,分别时我俩都掉了眼泪。

在一班的大家庭里,我也受到不少关爱,结交了好几个知心朋友。最要好的朋友姓郭,他比我大一岁多,像老大哥一样带着我,尤其在政治思想上,他比较有上进心,早已入了团。后来当了我们的班干部,是我入团的介绍人,学习的榜样。在学习上,我们互相帮助,每次临考都在一起复习,做作业遇到难题,首先想到的是请教对方,是全班公认的一对好朋友。毕业后,我们虽各奔东西,甚至隔山隔水,但友谊的纽带仍把我们联结在一起,除正常书信来往外,1958年12月,我从部队回家探亲,路过江都特意停留,到他在实小的家中看望,他叔叔在江都实验小学当教导主任,他就成了叔叔麾下的一员。我俩畅叙三年来工作生活的情景,从午后一直聊到傍晚,才依依告别。谁料到这竟是我们的诀别,几年后他因病过早地离开了人世。回忆那三年同窗,我不禁扼腕长叹:为什么让这样的好人英年早逝,真是天道不公啊!班上同学的名字仍一一留在我的记忆中,一起经历的种种也常在脑海中萦绕。如果这本拙作能有幸被他们读阅,想必他们也能回忆起曾经共同经历的那一段年少时光。

扬州师范的那些人那些事

1952年，开学不久，学校奉命组织学生上街欢迎外国友人。大家开始稀里糊涂，早起，吃饭，排队，出发，然后就站在马路边等待，后来才明白，原来我们国家在首都北京召开国际和平大会，意在冲破帝国主义和反华势力对中国的孤立和封锁，争取国际社会对中国正义的抗美援朝战争的支持，增进世界人民对爱好和平的中国人民的了解，和平大会闭幕后，政府组织和平友好人士到祖国各地参观访问，扬州被列为参访地，每逢贵宾到来，学校就会按照上级的要求把学生带到指定路段，沿马路一字排开，等待贵宾车队到来或离开，一般要等一个小时左右。学生也比较老实，组织纪律性强，不敢乱跑乱动，严格按照老师的口令行事。车队一露面，马上挥舞双臂，高呼：欢迎，欢迎，热烈欢迎！欢迎，欢迎，热烈欢迎！不知重复多少遍，大家扯着嗓门喊，那种亢奋的情绪，激昂的呼声，真正发自每个人的内心，一直目送车队远去。至于和平友好人士是男还是女，肤色是白是黑是黄还是棕，是蓝眼睛还是黑眼睛，一概没看到或者没看清楚。大家都觉得，只要对中国友好，都是中国人民的朋友。这样的迎送活动有两三次，让我们这些从集镇乡村来的孩子见了大世面,感觉外面的世界很精彩。

1953年4月,斯大林逝世,中国人民和苏联人民一样,沉浸在巨大的悲痛之中,我们校园内也充满肃穆的气氛。当时,老师教育我们,美帝国主义是野心狼,苏联是社会主义阵营的老大哥。苏联无偿援助中国一百五十四个建设项目,是一五计划的骨干;苏联有集体农庄,女同志穿着布拉叽开拖拉机;苏联人民过着富裕幸福的生活,他们的今天就是我们的明天。看苏联电影,唱苏联歌曲,穿苏联花布,男女都着列宁装成为那个年代的时髦。关键时刻,一代伟人溘然长逝,造成的损失有多巨大? 老师给我们讲的课,描绘的图景还能不能实现? 不明事理的我在脑子里只有问号没有答案,随时势跟着大家一起悲哀,停止一切娱乐活动。苏联举行斯大林葬礼那天,我们学校也下半旗致哀,全体师生集合到扬州中学大操场上参加追悼大会。长长的队伍行进在大街时,汽笛长鸣,响彻云天,队伍立即止步,个个垂首,致默哀礼。周围的人群、商铺、车辆都停止活动,就地默哀。中国是礼仪之邦,有五千年的文明史,斯大林为中国人民做过好事,中国人民不会忘记。亿万中国人此时此刻在万里之外为他送行,他如果在天有灵,也应该感到欣慰了。我们扬州师范的队伍按时赶到追悼大会会场,参加由苏北行署举办的工农兵学商等各界代表参加的隆重庄严的追悼大会。

还有一事让我深受教育,有一年,学校组织欢迎中国人民志愿军归国代表团活动。这天像节日一样,路边标语高挂,操场彩旗飘扬,学生代表手挥小旗从学校大门一直排到礼堂,热烈欢迎志愿军归国代表团光临。礼堂座无虚席,大家屏住呼吸,聆听代表们讲述志愿军在朝鲜战场与美帝国主义侵略联军浴血奋战的动人故事。当讲到黄继光为了战役的胜利、以身堵敌人枪眼,邱少云坚守部队纪律、大火烧身纹丝不动等英雄事迹时,全场爆发出经久不息的掌声,表达对最可爱的人尊崇和敬佩。报告会后,代表深入班级与同学们座谈,最后还进行了一场代表团和校队篮球的友谊赛,观众围得里三层外三层，为双方鼓掌加油。这次活动反响强烈，后期的征文活动中同学们纷纷投稿表达自己的感想，我也受到一次国际主义、爱国主义、集体主义教育，有利于净化心灵、促进学习。

我报名考扬州师范，遇到扬师的第一人，是位门房老人。他操山东口音，没有架子，对我们远道而来的孩子，总是亲切而平和，耐心地回答我们的疑问。接触不多，却留下了很好的印象。后来，每次到学校报到，见到的第一个人，总是这位老人。有人叫他高老头，我们称他为高大爷。他曾是走南闯北的老革命，负过伤，流过血，立过功；听同学说高大爷曾当过朱德总司令的警卫员，复员转业后，每到过年，还能收到总司令给他寄来的钱。因为没有文化，转到地方后就担起了扬师看门房的差事。我和他一来二往，高大爷就把我记住了，叫我小滕。自认识高大爷后，带来了许多方便。有一天下午，小纪来人找我，按规定要等到晚饭后出校门才能见到面，高大爷趁课间就告诉了我，这样便减轻了客人坐等之苦。冬天，高大爷的门房生火炉，我时不时向他讨杯热水，或者烤烤弄湿的布鞋。放寒暑假时，学校准备了储藏室，方便学生寄存行李，我跟高大爷打个招呼，就把简单的东西放在他的房间里。一学期下来还真麻烦他不少事，心里过意不去，总想设法报答老人家，便趁寒假返校捎点糯米团、炒米花、咸菜之类不值钱的东西带给他。毕业离开学校和他告别时，互相真有一份难舍难分爷孙情，我说："感谢高大爷，三年来的关照我会铭刻在心。"他说："我快要退休了，你有空就回学校看看，或许我们还能见面。"遗憾得很，1955年6月底离开扬师，我再也没有回过母校，再也没见过可敬可爱的高大爷。

除高大爷外，还有一个人始终不能忘却，也不晓得他姓什么，只知道他是校医，是一位可亲可敬的白衣大夫。一年级的时候，由于身体底子薄，常闹些小毛病，如伤风感冒呀，小肚子疼啦，所以常常光顾医务室。校医总是很和气地问病情病史，开些阿司匹林、甘草片之类的药，并再三叮嘱多喝开水! 多喝开水! 我课余时间爱玩个篮球,场上奔跑时神气十足,下场歇下来时,有时小腹部隐隐作痛,便怀疑是不是得了盲肠炎。当时把它看成是个大病,要在肚子上开刀,很吓人。我赶忙到医务室,校医不紧不慢地叫我躺下,在腹部按按,敲敲听听,说小鬼不要怕,没事。果然没一会就缓过气来,疼痛消失了。校医高高的个子,挺拔的身材,戴一副近视眼镜,留着浅浅的山羊胡,五十开外,他亲切地称我们为小鬼。上文提到的陪孙同学看病打针也都是这位校医接诊服务,他真是不厌其烦,一步一步问诊开药打针叮嘱,直至把病人目送出医务室。他的医术和服务态度,广受同学们好评,我就是亲身感受者受益者,受人之恩,终生不忘。

念念不忘回家路

在扬师上学,大部分同学仍十分艰苦,穿的用的很是寒碜,我也属于这样的穷学生。每次开学离家,带一块肥皂,一袋牙粉,几件换洗衣服,母亲给5块零花钱。天暖和时,就用井水冲冲洗洗,等天气冷得不行,才舍得花二角钱到浴室洗个澡。一块肥皂,洗衣服是它,洗澡洗头也是它,衣服晒干后,仍然有一块块脏斑,等于没有洗。被褥枕套,秋冬之交洗一次,春夏之交就免了,放假背回家。鞋袜,脚上穿一双,带一双,不到学期结束,就龇牙咧嘴了。破了补,补了破,难为情地不敢看自己的脚,连打球也停了。脚下穿的布鞋,遇到下雨怎么办,所幸第一学期住在校内,混混也就过去了。第二学期宿舍搬到校外小井巷,下雨时,同学们发扬互助精神,穿雨鞋的同学就背我涉过水塘,克服了暂时困难。初二时,我带着母亲做的钉鞋下雨穿,钉鞋鞋底打着铁乳钉,鞋底鞋帮用桐油油过几道,又笨又硬不好看,但下雨穿上它管用,不漏(渗)水。这双鞋一直留在身边直到扬师毕业。1955年春节,我过二十岁生日,母亲多给了5元,我买了一双白球鞋,穿在脚上觉得好神气,球友都投来羡慕的目光。

求学三年,在小纪江都扬州之间往返六次,每次离家之时便是想家的开始,想念父母牵挂弟妹,父亲的店生意好不好,他的脸上还有微笑吗?母亲操持家务难不难,她额上的皱纹是否又多了一道?弟妹上学用不用功,是否让父母心烦？这些思愁常在心理萦绕，有时触景生情，每当捧起大米饭碗时，就会想到弟妹碗中是干还是稀，是米粥还是麦糁儿粥，能不能吃饱？每到学期末，我的心变得像笼子里的小鸟，不停地扑腾，不停地张望，考试一结束，赶快整理行装，归心似箭啊。三年中，每学期如此，念念不忘回家路！

回家路经历多次，有几次让我刻骨铭心。我那时年轻，有股热情，积极参加各种社会活动，紧跟党和政府的号召。放寒暑假一回到小纪，就到文化站打个招呼，文化站组织我们各路同学上街搞宣传，演活报剧宣传抗美援朝，声讨美帝国主义及其走狗韩国傀儡政府发动侵略战争的罪行，控诉美帝及其帮凶冒天下之大不韪发动细菌战的罪行，颂扬最可爱的人——中国人民志愿军——在朝鲜浴血奋战的英雄事迹。宣传新"婚姻法"，打着小旗子、拿着纸筒当喇叭，走一处读一处。1954年发大水，参加政府组织的下乡抗洪抢险，早出晚归，一干好几天。

1954年暑假，为了看望外婆，事先我作了安排，从扬州步行回家，这样途经宗村好看望外婆。放假这天趁清晨凉爽，天刚亮我就出发了，一路无心看景，一个劲儿向前赶路，午后就到了宗村。几年不见，外婆的身板还是那么结实，手脚麻利地炒了一斗碗蛋炒饭、冲了一碗神仙汤，看到外孙吃得香，眼睛笑成了一条缝。我边吃边说："外婆，我想你，记得小时候最盼跟妈妈到宗村，一见外婆就快活得不得了。"外婆摸摸我的头说："你从小老实，带你到哪儿，不会惹事，讨人喜欢。"外婆炒的饭真好吃，油多蛋多，吃到嘴里很滑溜，三下五除二，一碗饭下肚，神仙汤也喝光. 我接着说："外婆你要保重身体，等我毕业工作有了收入，一定孝敬你老人家。"外婆听到这话高兴得溅出了泪花，她抓住我的手说："生庚啦，外婆会等到这一天，不过你妈妈最苦，儿女多，你是老大，一定要把你妈妈放在心上。"我向外婆保证：妈妈在我的心中份量最重，我会力尽所能，反哺妈妈的养育之恩。这是我最后一次见外婆，后来每次回家经过宗村，总会情不自禁地朝宗村望望，心里默默地念叨这是我外婆住的地方,前头就是小纪到了家。

1955 年,初师毕业,6 月底前离校,当我提着行李离开小井巷与母校告别时,那真是一步一回首啊,再看看那块白底黑字的长条形校牌,再看看那对坚守校门恪守职责的石狮,透过简朴的校门再看看那片操场及操场尽头的三层教学楼,打心眼里感慨扬师这三年,是我人生起步的重要驿站。在他怀抱里长身体、长知识、明事理、求上进,为一生夯实了基础。今后,无论岁月蹉跎,无论身在何处,不忘扬师、感恩老师的心都不会变。

完成学业,踏上回家的路,小纪不是终点,我又站在了新的起跑线上。

伍

兴化从教，收寒衣倍感母爱无涯

扬州师范毕业分配到兴化

　　三年寒窗,初师毕业,7月中旬接获分配到兴化县工作的通知。那时对分到什么地方没有个人要求,听从祖国召唤,服从组织安排,党指向哪里就奔赴哪里。一纸通知,明确了工作去向,三年前报考扬师不就是为了这一天吗,我的心定了,父母也看到了希望。

　　兴化在江都的北面,两县互为近邻,同属扬州地区。在我的认知中,兴化地理位置特别,位于里下河腹地,是苏北平原的锅底,发展农业得天独厚,是久负盛名的鱼米之乡,美中不足的是常闹水患。记得1954年,里下河地区发大水,一片泽国,灾情比较严重。想不到今天响应召唤,与兴化结缘,我对它充满了向往。

　　1955年8月中旬,到了报到的时间,父母忙着为我准备行李。我不解忙啥,不是和到扬州上学一样吗,他们说:不一样,一是兴化比扬州路远且交通不便;二是做学生寒酸一点没人笑话,当老师就要体面一点,衣服鞋袜要多准备几套。这样就需要一个衣箱,可是家中没有现成的,买又到哪里买,再说要花钱呢。父母正在着急犯愁时,南京孃孃得知送来了一只木箱,这只木箱虽然外皮斑驳显得陈旧,但很结实且大小合适又便于提拿,解了燃眉之急。

到了启程时间,我与另外两位同学结伴同行。小纪到兴化只有走水路,先坐帮船到樊川,当晚坐轮船去兴化。樊川于我并不陌生,我的老孃孃家就在镇上,老孃孃生头胎时,我和表姐来送过月子。找到老孃孃家歇脚,姑父热情招待我们三人吃了顿晚饭。多少年后我才知道,当时他家因香店生意惨淡,生活极其困难,一顿晚饭虽然非常一般,但他们是举债勉强应酬的。又过了多少年,我见到老孃孃时,对我当年给他们家增加了这么大麻烦,表示深深的歉意,对已经过世的姑父说声对不起。晚饭后,我们赶往轮船码头,买了船票,上了轮船,原来轮船比帮船宽敞明亮多了,有铺位可以睡觉。在轮机声的陪伴下,度过一生中仅有的这一段内河水上行程。

第二天上午到达兴化县城,去教育局报到。分到兴化的初师、中师应届毕业生有二三十人,扬州师范、泰州师范、高邮师范的都有。我们扬州师范的有十来个人,大家见了面感到很亲切,自然形成了一个圈子,回忆三年学校历程,立志在兴化有所作为,希望多联系多交流。经过一个星期集训,教育局宣布二次分配,我和我的一位姓姚的同班同学以及泰师的一个学生分到大垛区,幸运的是我和泰师的学生分在区中心小学,姚同学分在下面的三班小学。兴化是有名的泽国水乡,全县河湖港汉密布,出门离不开船。我是坐小机动船,在宽阔的河面上,摇摇晃晃了两个多小时,来到大垛区区政府所在地竹泓镇,进了竹泓小学,开始了我的教书生涯。

走上竹泓小学三尺讲台

竹泓小学分两部分,三四五六年级五个班在本部,一二年级各两个班在四五百米外的分部。学校组织机构健全,规章制度完备,校长曹老师,教导主任赵老师,有总务,有教工,学校分配我担任三四年级复式班主任,教语文,泰师来的王老师担任三年级班主任,教数学。

20岁的我走进教室,三四十双眼睛睁得大大的小女孩小男孩齐声喊:老师好!我特别镇静自信地回答:同学们好!而后开始上课,左手边两排是四年级学生,右手边两排是三年级学生,各一半。每节课,先布置四年级学生预习,再给三年级学生讲课,讲20分钟左右,布置作业,然后给四年级学生讲课。

语文课基本教学方法是认、读、听、背、写。认是认字识字,认识每课的生字;读是朗读课文,老师首先朗读,接着让学生朗读,因为是复式,取消了学生集体朗读这一环节;听是老师讲课文,按主题思想,段落大意,开头结尾,遣词造句等顺序讲解,学生听,其间老师可做一两次启发式提问,引导学生听课的注意力;背是学生背课文,背精彩的句子,背段落,加深对课文的理解;写是学生抄写默写课文,作为课堂作业,老师及时批改,学生立即订正。

语文课是给学生打基础,教语文是老师的基本功,我觉得我的特长有了用武之地。

对一个老师来说,课教得好不能算好,培养良好的课堂纪律与教学同等重要。我当班主任抓的第一件事就是严格课堂纪律,要求学生注意力要集中在自己的课上,不准交头接耳讲话,听课时要凝神听讲,做作业要专心作业。对违反纪律的学生,一是用教鞭提示,二是走近呵斥,三是罚站,四是逐出教室。

我教的这班学生年龄、天资悬殊,家境差异很大,再加是三四年级复式,管教比较困难,维持良好的教学秩序,要费很大的劲,但这又是不得不做的功课,做好了教学效果事半功倍,反之则事倍功半,误人子弟。

我以一颗仁爱之心,像对待弟弟妹妹那样爱护他们关心他们,并通过课后谈话、家庭走访了解他们的秉性、成长历程和特长爱好,好针对性地做工作。师生关系慢慢从生疏到熟悉再到融洽,无论上哪个老师的课,课堂纪律都能保持良好状态,使我增加了教好学生、带好班级的信心,并悟出一个道理,只有不负责任的老师,没有教不好的学生。因此,我更加认真的课前备课写教案,课堂讲课条理清晰重点突出,让学生能听得懂记得住,课后批改作业从不马虎,有改有批,细致入微。经过两个多月的努力,学生学习成绩有了进步,与三四年级两个单班的差距逐步缩小,受到校领导的肯定和同事的好评。区里组织过一次示范教学,集中单班小学的老师到中心小学听课,其中有我的复式班教学示范。这次活动我认识了区督学。

我刚出校门有股热情,但要让竹泓小学的领导和同事认可,必须少说多做,用事实说话。同寝室是位老先生,他有早睡早起的习惯,我就力求改变自己,把晚上该做的事改在早上去做,这样互不打扰。平日打扫卫生,打开水之类的杂事,不让他动手。茶余饭后聊两句,老少共处一室,嘘寒问暖,互相照应,形同父子。与我年龄接近的两位姓刘的女同事,她们先我几年从事教育,关系比较亲密,被誉为"竹小二刘",是高小、初小的教学骨干,我很注重向她们学习,业务上虚心请教,吸取她们的教学经验,有一两次教导处赵主任安排我到低年级和高年级代课,备课时我拿着教案请二位参谋、指导。生活上我也经常向她们请教,诸如上街购物,洗衣缝被之类的生活常识,先问问她们,听听她们的经验之谈。交往多了,彼此就有了一种亲切感,我遇到困难,她们会主动伸出援助之手。有一个融洽的同事关系,驱散了生疏寂寞,增加了生活情趣,为我扎根竹小开了一个好头。

一堂课跑两次厕所

我到竹泓，一心忙在工作上，没有特意逛过街，看看竹泓镇的全貌。我到过的地方是一条窄窄的石板路，像是镇中心的商业街，从商业街向四面延伸是一些小街小巷，大多是住家，也有几间小门脸点缀其中。街上行人不多，显得冷清。竹泓的民风朴实，背街的居家，尤其是镇乡结合部，家家大门洞开，吃饭时男男女女端着饭碗，在室外或站或蹲，吃着聊着像一家人。乡亲们对学校老师比较尊重，学校隔壁有一家娶媳妇，大喜那天专门摆一桌，请老师喝喜酒。学生家长逢年过节给学校送些时令特产，中秋节前学校收到菱角、鲜藕和粘饼（糯米粉饼），我们几个年轻的老师欢聚在一起，一边赏月一边品尝菱角，在笑谈中化解了佳节思亲的一丝乡愁。

佳节刚过几日，我的肚子闹腾起来，开始以为水土不服，闹闹就会适应。谁料一日重于一日，常奔厕所，开始拉稀，接着大便带脓血，发低烧，周身无力，走路腿发飘。严重时上一节课跑两次厕所，肚子一疼就迫不及待地往外跑，一手提着裤子一手捂着肚子趔趔趄趄地向前走。蹲进厕所肚子是一阵强于一阵地痛，还伴有打寒战，人都有些虚脱了，就这样强忍着疼痛继续教课。看到老师病痛的样子，孩子们安静了许多，纷纷投来同情和安慰的目光，我振作精神，争分夺秒把一节课上完。

在校领导的督促下，我去了诊所看医生，经化验诊断为痢疾。医生说："你怎么拖到今天才来，再不治就麻烦大了，你不知道后果多严重。"服了两天药，不见大好，医生动员做灌肠处理，他说："这种治疗比吃药痛苦，是将药水通过肛门打到肠道里，这样要忍住肠道的搅动并坚守住肛门，不能让药水流出来。"我说："医生，听你的，你说怎么治就怎么治，不治好我更痛苦。"这一灌，疗效显著，第二天疼止了，拉肚子也停了，经过后续药物和饮食调理，体力精神逐步恢复正常。事后我问医生："你说后果严重是什么意思。"医生说："痢疾是急性肠道传染病，有种爆发性痢疾如不及时医治，两三天就可能没命，你得的是细菌性痢疾，再不治，就会拖成慢性痢疾，天天要跑十几次厕所，你还有健康可言吗？"想想医生的忠告我就有些后怕。

收寒衣母爱暖我心

兴化水多田少，农业以种水稻为主，经济并不发达，老百姓的生活和江都比有些差距。我们在县教育局参加集训，吃饭不要钱，但伙食就是大锅饭。粮不足瓜菜代，主食无论是干饭、稀饭、面条，里面都加有南瓜（番瓜），成了南瓜饭，南瓜粥，南瓜面，能吃饱，但没有多少油水。到了竹泓镇，更不如县城，买块糕点，吃碗面条，不是那么容易。

1955年9月份，我们正式开工资，月薪24.14元，这份工资对我们只是初师毕业水平的教员来说不算低，且这是一份"皇粮"，我感到弥足珍贵，庆幸自己20岁时有了一份稳定的工作，拿到一份国家发的工资，比一些小学同学体面多了。学校有伙食房，每天2角钱就能把肚子打发了，一天三顿，共计9分饭票，1角1分菜票（早餐1分，中餐荤菜5分、蔬菜2分，晚餐3分），一月6元伙食费，至年底四个月算下来从未超出。钱来之不易，工资是固定的，只有从牙缝里节省才是正当。

小学教员的生活较清苦，我刚参加工作一月工资24元，寄10元回家，6元吃饭，5元交会计参加教员的互助储金，剩下的二三元就是一个月的零花开支。好在自小过惯了艰苦生活，手上有几个零花钱，吃饭有保障，倒不觉得怎么苦，反而感到自己能养活自己，有钱往家里寄，分担父母肩上一分担子,像个长子样子,很自豪。这种内心的满足,更加激发我对事业和家庭的责任,敢于担当,敢于面对工作生活中的诸多挑战。

我到竹泓,父母对我也是十分牵挂,每月收到我的汇款,母亲都会掉眼泪,心里多了一分高兴,也添了一分担心,怕儿子过分节省而影响身体。我也是怕他们担心,生病拉痢疾在信中只字未提。

农历冬月初,天还不怎么冷,就收到父母寄来的包裹。打开一看是一件大衣,面料是黑色家机布,衬里布是旧驼绒,我随即穿在身上试试,长短肥瘦完全合身,再仔细看看,布料虽粗,但做工挺细,无私的母爱都珍藏在这密密匝匝的针线中。更引我注意的是大衣的驼绒里料,好像什么时间见过,搜肠刮肚想了半天,噢,想起来了,我曾帮母亲收拾过衣服,有两件棉袍还是半新,里子是彩色的驼绒,我好奇地问这衣服是谁的,母亲回忆说:"是我们结婚时做的,自从有了你,我就没再穿过,你父亲穿了几冬就一齐搁箱底了。"大衣的里子无疑就是父母那两件棉袍的驼绒,我穿在身上感受到了父母的气息,感受到母爱无涯。

胸涌热血报名参军

正常的教学,正常的生活,到12月被一条好消息给打乱了——大垛区冬季征兵铺开了。因为是第二年实行义务兵役制,宣传声势比较大。我作为知识青年,受到鼓舞,热血沸腾,白天忙工作,没有多想,一到夜晚,那些宣传的画面就在脑子里翻腾,"当兵光荣,保家卫国""一人当兵,全家光荣""保卫祖国,匹夫有责"等口号在耳边回荡,夜夜难眠。回忆起新中国成立前新四军在我们那个院子短暂留守,个个威武不屈,为国捐躯的形象;回忆起在扬师上学有几次迎接志愿军归国代表团,那些男女官兵人人英姿飒爽,赴汤蹈火的英雄气概,一幕幕展现在眼前。经过几天的了解和思考,我决定报名参军。

决心下了后,又有些犹豫,父母同意吗,弟妹们支持吗,父母把我养这么大,刚刚开始接济家庭,又突然中断了,对父母是多大的打击,对家庭是多大的损失。再说古训曰:父母在,不远游。我去当兵,不知道走到哪里,父母能不牵挂担忧吗?一个个弟弟妹妹排成行,排头的老大走了,弟弟妹妹向谁看齐呀?还有受旧传统观念的影响,好铁不打钉,好男不当兵,我是堂堂正正的师范毕业生,是正正规规的小学教员,为什么要去当兵?没有任何外力逼迫我,怂恿我,完全是一个人的主观愿望。

那几日我心潮起伏，茶饭不思，两种思想，两种观念激烈地交锋。经数个回合，当兵光荣，走出竹泓，突破水网，谋求发展空间，看看外面的世界等想法占了上风，机会难得，时不我待，投笔从戎的决心坚定不移。

虽然下了决心，但心里并不踏实，为了达到目的，我抓紧做工作，争取各方面的理解和支持。第一步，向学校领导和区督学汇报，向教育局团组织报告。第二步，写了几封信，一封寄到丁沟中学团委，请求组织做通生才的思想工作，让他回家安慰好父母；一封信寄给在小纪工作的一位也姓滕的女同学，请她到我家看看，针对性地做好疏导工作；一封信直接寄给父母，告知儿的心愿。第三步，和青年同事交流，听听他们的想法。

想做的工作做完后，我觉得一身轻松。但是未曾想到信落地后，却一石激起千重浪，我要去当兵的消息，震惊了父母，惊愕了弟妹，也惊动了亲朋好友。生才被叫到团委谈话，满肚子的委屈和焦虑，含着眼泪往家赶。父母见信如晴天霹雳，母亲被击倒，数日以泪洗面，父亲急火攻心，满眼血丝，弟妹们也满面愁容。大家都难以接受我报名服兵役的举动，心里都有一个个问号要他回答，为什么不和父母商量，为什么不顾家庭，为什么乱写信给生才的学校，这里不光是恨，这里有爱，恨中有爱，因爱生恨。母亲泪花里显现的是人间大爱，把我养到20岁多么不容易，1岁多死里逃生，在上海四五个月，两次前往看望，到竹泓天未冷就寄出一针一线缝制的寒衣，当兵一去千里，怎能让母亲放心。

当时家中的情况，是事后从不同渠道知晓的，每次听说我都深感内疚，对不起父母，对不起弟妹。现在细想起来，当时太冲动，太感情用事，在那特别困难时期，抛家别亲，有悖常理，有违孝道。但我去服兵役，是一个公民应尽的义务，当兵保家卫国，是爱国行为。父母冷静下来也就想通了，在通信中鼓励我安心服役，弟妹从来也只报喜不说忧，不辱"光荣之家"。

报名登记了，体检合格了，在接受政审的这段时间，我依然坚守岗位，完成每天的教学任务。

1956年刚过几天，接到应征公民入伍通知书，原文如下：

滕生庚同志：

你以实际行动，拥护兵役法，积极的响应征召，担负起保卫祖国的神圣职责，这是很光荣的。现经兴化县兵役委员会审查，认为你适合服现役的条件。望你接此通知后准备入伍服役，并于壹月捌日来竹泓兵站集中。

兴化县兵役局(印章)

一九五六年壹月柒日

(通知皆用繁体字)

时间很紧迫，我匆匆忙忙地交代完工作，处理好事务，整理好衣物，便和领导同事话别。出发那天，天气晴朗，寒风瑟瑟，学校领导率领师生到轮船码头欢送，当我和大家一一握手告别时，学生纷纷解下红领巾戴在我的脖子上，有的学生还动情地流下了眼泪。我摸摸他们的头，拍拍他们的肩，嘱咐他们要好好学习。船已解缆，我和岸上送行的人互相挥手，直至人影越来越小，从视线中淡出。

我在竹泓小学工作生活了五个月，和那四十个学生结下了师生情谊，平时觉得那些孩子顽皮，甚至讨厌那个别调皮捣蛋的学生，粗鲁地骂过他们，打过他们，但真到分别时，曾经受过处罚的孩子，都流下了难舍难

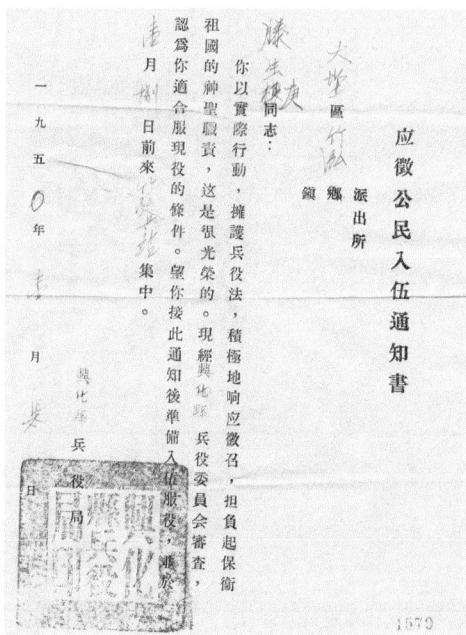

图(4)　应征公民入伍通知书

分的眼泪，有的还送来刚炒的花生、蚕豆、葵花籽，有的送给我相片，背后幼稚认真地写着：老师，永远记住你。五个月是短暂的，对我来说也是微不足

道的,但我收获了友谊,增长了阅历,积累了为人处世的生活经验。竹泓,我心中的竹泓,你是我走向社会的起点……

图(5)　我在竹泓小学的同事与学生

从兴化出发走向从军路

一道征召令，结束了我短暂的教书生涯，未来前途如何，还要靠自己去奋斗。但父母给我的是一种感情冲动多于理性思考的秉性，注定一生都在闯荡中度过，在曲折的路上前行。

到了县城，各区应征青年都集中住在一起，部队接兵的同志面带笑容和我们打招呼，我们也好奇地看着他们的一举一动，心想明天我就成了你。

稍事安顿后，立即给家里写信，没过几日，父亲陡然出现在我的面前，让我又惊喜又慌张，不知怎样向父亲叙说。但父亲很平和，话语中没有丝毫的责备，只告诉我母亲哭干了眼泪，舍不得儿子。我一阵心酸，由于我的鲁莽行动让父母遭受这么大的罪，实在对不起。

第二天，父亲赶往竹泓，取我放在学校的衣物行李。这天上午天气还好，父亲乘轮船前往，可是到了下午天变了，下起了小雨，我心里渐渐不安。傍晚仍不见父亲，越发担心，等啦，盼啦，万家灯火时，才见父亲扛着提着行李回来。父亲缓缓地说："没有回程的轮船，就租了一条小船，在水中慢悠悠地划行。"我心疼极了，父亲为我吃这么大的苦，冒这么大的险？万一……我不成了家里的罪人吗！次日，我陪父亲吃了早茶，到照相馆照了张父子合影，买了糕点带给母亲，说些安慰的话，送父亲到轮船码头。最后我请父亲回去即向南京孃孃问好，把衣箱送还，谢谢孃孃对侄子的关心，父子再次告别。

图(6)　1956年1月我与父亲合影

目送远去的轮船，心里一阵难过，我长到20岁，不知经历过多少次父子分别，战乱时期，觉得父亲是我的天；饥寒时刻，觉得父亲是碗饭是条棉被；和平年代，觉得父亲松开了手，让我自奔前程。

在县城待了多日，换了军装，编了班排，早晨出操，晚上点名，列队吃饭，有事请假，过上准军事化生活。安宁的县城，一下增加了这么多穿黄绿军衣的嫩头兵，显得热闹而有活力。县政府招待我们看了场淮剧，还举行晚宴，县长和部队首长讲了话，让我们这些新兵在大饱口福的同时，体验一下解放军和兴化人民的军民鱼水情。

2月初，我随部队告别兴化，从水路到了泰州，驻进城东的脚登寺，大概扬泰地区征的新兵都在这里集中，大街小巷满眼都是我们这些青春洋溢的小战士。4日那天，一声令下，大家浩浩荡荡上了船，下午到达镇江。在火车站站台上，十人一伙，就地开饭，小憩后，按班排上了火车。这不是客车，是铁皮闷罐车，大家打开背包，依次排开，一个挨一个，车厢尽头用草席拦了一个隔间，是方便的地方。这就是我们临时的家，铺盖下面就是我们栖息的床，当兵第一课从这里开始。

当什么兵？不知道，到哪里去？不清楚。那时人特别老实，看到长官就紧张，更不敢问东问西了。火车"哐当、哐当"有节奏地向前奔跑，村庄，房舍，农田，树木纷纷从眼前掠过，连途经的火车站，想看个站名，也看不清楚。夜幕降临，车门紧闭，时不时有灯光从小窗中透进，给这个有规有矩的家带来一缕光明一份温馨。我左右邻居都是兴化人,但不属一个区,闲聊中知道他们都在家乡上过单班小学,因都成年了还跟那些小弟弟小妹妹混在一起上课,觉得没有意思,但也找不到好的出路,就报名了。当上兵了,家里人觉得特光荣。他们听我是外地口音,就问怎么跑到兴化来参军,我如实相告,他们说我们区来的也有一个是老师,高高的个子,听说是在扬州念的书。车厢里没有灯,我们纯粹是瞎扯。

夜深了,气喘吁吁的火车,慢慢停止了脚步,一股强劲的光束从小窗中射进,惊到了尚未入睡的我。我赶忙起身,透过铁门的间隙往外瞧,不由自主的"哇"了一声:到了上海!这一声不要紧,却惊醒了不少人,个个爬起来凑到门缝看热闹,上海那么大,门缝里能瞅到个啥,只好扫兴地钻回自己的被窝。第二天早晨醒来,冷风飕飕,寒气逼人,肚子"咕噜、咕噜"直叫,大家都蜷缩在被窝里不愿动弹。太阳快到正中时,车停了,哨声吹响:下车。新兵们像一群小鸟,忙不迭地飞出竹笼,抖一抖羽翅,吸一口新鲜空气,看一看站名,才知道到了浙江金华,洗漱,方便,吃饭,紧张匆忙,不容懒散。火车头也吃饱喝足,铆足劲拉着我们继续前行。

火车大方向一直向南,不分昼夜,时开时停,经过株洲、韶关等地,7日晚到达广州。我们听从口令,整理行装,打起背包,下车出站,在站前广场集合。

广场灯火通明,头戴大盖帽、身着制式军装、肩扛军衔的军官,威风十足地站在队列前方。首长讲话后,开始点名,点到谁要大声地喊到,第一批点名就点到了我,一声令下:被点到的人出列。根本来不及和一起从兴化来的人打招呼,也顾不上和左邻右舍的床友告个别,就被戴大盖帽的军官领走了,两辆卡车把我们三四十人拉到一处住宅,吃饭,睡觉。摇摇晃晃了三四天,这一宿睡得真香。

陆

投笔从戎，在部队大熔炉里锻炼成长

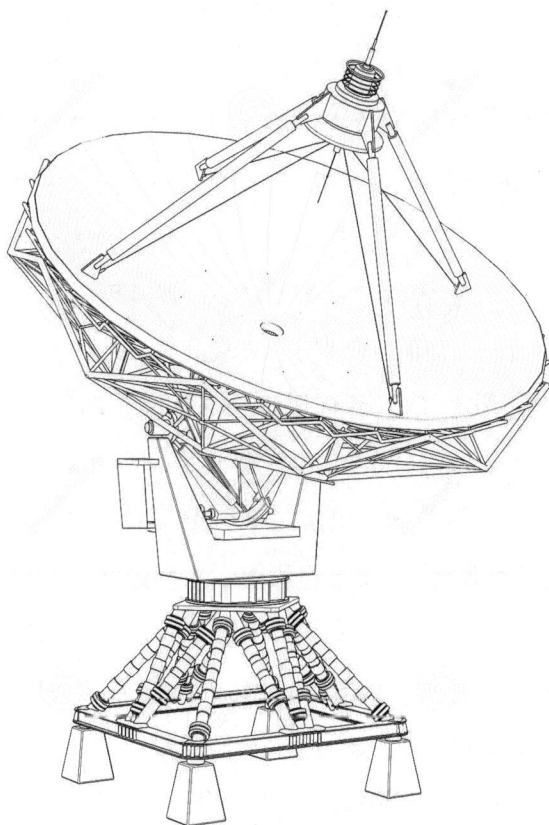

落脚江门先唱歌跳舞

　　我站在广州的大地上，迎接朝阳，深深地呼吸，这一天是1956年2月8日。

　　清晨，互不认识的几个人结伴走出大门，门前是一条小街，沿小街走到尽头，是一条马路。看到面前熙熙攘攘的车马行人，我心想这和上海差不多，不同的是南方盛产的水果到处可见，而且十分新鲜，好像刚从树上摘下。早餐吃的是鱼粥，小块小块的鱼肉可见，粥味鲜美，这比在兴化喝到的第一口南瓜粥好多了，一大缸放在餐厅中央，管够管饱。中餐、晚餐也吃得很好，尝到粤菜的风味。第二天来了一位叫姓徐的中尉，点到我和另外两人，通知明日一起坐船去江门，我们服役的部队驻在那里。

　　到了江门，我才弄清楚，我们所在部队的番号是中国人民解放军防空军对空情报兵某团，代号是中国人民解放军防空军对空情报兵某支队，团部驻在江门市内。到军务股报到，被告知我们三人到连队任文化教员，但近期还不用下去，有临时任务。三人即我、张姓战友和任姓战友，张是泰州师范毕业分在泰兴，任和我扬州师范同级不同班，并不熟悉，也分在兴化，在闷罐车上提到的大个子指的就是他，我们住在一个宿舍。由于暂没有安排工作，这让我有时间静下心来给父母、给竹泓小学、给生才写信，报告离开兴化，一路前行,落脚江门的整个过程,想必父母弟妹都十分牵挂,尤其不放心我的去处,一天接不到信一天就不会安宁。另外,我把学生送的红领巾洗干净,买了几打铅笔一并寄回竹泓小学,送还给学生,向孩子们表示谢意!

一天,终于有人通知我们参加团里组织的文艺小分队,排练歌舞节目,准备参加广州防空军政治部组织的文艺汇演。我们三人面面相觑,感到自己没有这方面的特长,怕有负领导的重托,但又不好拒绝。既然组织决定了,便硬着头皮上,全身心地投入排练,我参加一个男声小合唱一个集体舞蹈,有请来的老师教,每天要练七八个小时,团政治处领导隔几天就到现场检查督促,鼓励大家勤学苦练,为团争光。这样也好,在热热闹闹的气氛中度过了离家后的第一个春节。

4月,小分队赴广州演出,住在防空军招待所,前两天排练走台,联排预演,领导审查。第三天汇演开幕,气氛热烈隆重,台下坐满了观众,有好几位将军坐在前排。我作为演员只登台演了一场,作为观众,场场必看,鼓掌捧场。最后一场不是汇演的节目,是防空军政治部文工团的慰问演出,每个节目都很精彩,掌声不断,我的手掌都拍红了。汇演闭幕,我团的节目得了一二三等奖各一个,得一等奖的是一个孙悟空的节目,演孙悟空的战士是标图兵,在小分队里数他最活跃,个个称他为"小猴王"。拿到奖他特别高兴,说自己打小时候就喜欢孙悟空,学会了翻筋斗,以后复员回家就演戏。

有吃有住,还允许到驻地附近活动,我着实过了几天惬意的生活。想不到当兵一到部队就遇到这么好的机会,逛广州大城市,看北京来的文工团演出,吃十个人一桌的伙食。但更让人振奋的是参观防空军地下指挥所,指挥大厅很大,灯火通明,墙上挂满了各种图表,官兵们在各自岗位上全神贯注地工作,通过银线和电波下接边防海岛,中联各战斗部队,上达京城中枢。这是一张疏而不漏的防空网,捍卫祖国领空不容侵犯,保护人民生命财产安全。我们看到的只是其中的一部分,伟哉,神圣而又神秘的地下指挥所。

赴广州一连任文化教员

我的临时任务完成后,便接到军务股的调令,第二天打起背包,只身再赴广州,到位于广州郊区的雷达一连报到。几个月来,七拐八弯,最终我的服役岗位是一连文化教员,到这时报名参军的愿望才真正落地生根。

一连驻守在广州河南郊区的一个小山包上,连部和一排(雷达一站)驻在一起,二排(雷达二站)驻在离连部约十华里路的一个土丘上。我没有下到排里编到班里,和文书一样算连部的人,由连长、指导员直接管理。我的工作是文化教员,每周在连部上两次文化课,到雷达二站上两次文化课。听课对象多则十来人,少则五六人,除当时战斗值班和公差的人外,要求都要参加听课。上一次课两个多小时,课间休息一刻钟。上课有统一的课本作业本,一般情况前节讲课,后节做作业,当场批改讲评。每单元结束测验一次,不打分不排名次,教得轻松,学得愉快,教学两方都没有太大的负担。想想在竹泓小学,每教一节课,身心要受一次磨炼,因为你要对孩子负责,对家长负责,对社会负责,肩负着太多的责任,教不好教不成,对不起那一份皇粮,也有辱教师使命;在军营里同样是授课,面对的是成年人是战士,他们坐在课堂里要对自己负责,对手中的钢枪负责,作为教员的我,和他们战斗值班一样,是为了完成一份工作,只要是尽心尽力了,心里就会坦然。

不过,实事求是地讲,我也曾感到文化教员这份工作的压力。要提升处于半文盲状态那些战士的文化,尽快让他们脱掉没有文化的帽子,学习掌握军事知识,提高保卫祖国的本领也绝非易事。为了做好本职工作,上好每一堂课,我像小学老师那样,抓好备课、写教案、讲授、批改作业、讲评、订正每一个教学环节,并加强重点辅导,对接受能力比较慢的战士,课后开小灶,帮助他们跟上课程进度。每讲一课,促进大家前进一步。经过三四个月的教学,他们从半文盲到能认字写字,从认字写字到能做作业,从能做作业到写简单的家书,再到写信看信不求人。我并不满足现有的成绩,面对参差不齐的现状,准备分班教学,进一步提高教学质量,巩固学习成果。

到雷达二站教课,有一个小时的路程,他们按时集中好,我一到就开始上课,五六个人程度不一样,怎么办?我采取复式教学方法,分两拨,一快一慢,强化读、听、写,延长教学时间,上午结束下午继续,不达目的不下课。这样他们一周相当于上了四天课,他们说教员是个新兵,但像个填鸭老手,我认为,老手谈不上,新兵的确是,我们目标一致,加油!

一连虽然驻在郊区，但并不偏僻，离著名的高等学府中山大学不远。我们到广州市区，要先走一截乡村的小路，赶到中山大学附近的公交站，再坐公交车进城。星期天，有时跑到中山大学和门卫打个招呼到校园内转转，闻闻那里的书香气息。离广东省荣誉军人学校更近，由于都姓"军"，两家关系比较密切，他们那里放露天电影，必通知到连里，这样我们有机会半月左右能看一次电影，享受一份文化大餐。驻地附近有一个集镇，镇中有一条石板小街，沿街的房子都是砖瓦房，家家户户门脸都有模有样，有商店有住家，凡住家都是大门敞开，但梯子形的防盗门紧扣。节假日，我们都爱到这里来，逛逛商店，跑跑邮局，有的还下下馆子，尝尝广东小吃。

我当兵在一连，不参加战斗值班，不站岗放哨，也就是不接触武器装备，枪没背过，手榴弹没挎过，雷达车没进过，不属于那种严格意义上的士兵。但我明白我是一名战士，是一个新兵，必须严格遵守军规军纪，和班排里普通兵一样，按时作息，整理内务，列队进餐，早晨出操，晚间点名，请假销假，汇报思想，参加团员活动。除完成教课任务外，我主动承担连部的杂事，多半听从连长、指导员指挥，跑跑颠颠地完成临时任务。连长派过我到炊事班帮厨，指导员布置过我给团里写简报，甚至叫我代他给全连上政治课，这不但让我得到许多学习锻炼机会，也让我受到多次队前口头嘉奖。

奉调到团部当打字员

在广州一连可以说比较称心，但好景不长。8月，我奉调回团部任打字员，归司令部军务股领导。原来上级有指示，撤销连队文化教员编制，另外两人，任姓战友到政治处宣传股任俱乐部办事员，张姓战友到教导连学报务，三人命运又一次被改写。

原任打字员复员走了，留下一部灰头土脸的中文打字机，一架脏兮兮的油印机。军务股周股长将我领进打字室，语重心长地交代：一要抓紧学习掌握打印技术，越快越好；二要注意保密，守口如瓶；三要面向司（司令部）政（政治处）后（后勤处），搞好服务，让大家满意。我表示：领导的话就是命令，坚决服从，以只争朝夕的精神担负起打印任务。从零开始，从头学起，我除了吃饭睡觉外，一心扎在不足十平米的打字室内，首先了解打字机机械原理，掌握打字手法；其次熟悉字盘，弄清字盘排字规律；第三研究手柄、字锤、胶滚三者之间的契合度。第三天我就开始上蜡纸试行打印，虽然版面、行距字间、墨淡墨重还存在问题，但我可以用心改进，就大胆地申请任务。周股长将信将疑地嘱咐：先打一份本股材料，结果出来再布置打印正式文件。我没有辜负领导的期望，接手打字室一周，就正式上岗打印文件，一改旧貌。从此，我就保证了团部上报下发文件的时效性、统一性和权威性。

我们团下属有十几个连队，分布地域很广。因为团部指导工作除军用电话、密码电报外，就靠文件上情下达布置指导工作，所以文件打印量很大，保密性又很强，我一天下来基本关在屋子里，说不见天日一点也不为过。文件类别较多，通知、通报、命令、任命、报告、请示等，密级都标秘密甚至机密，所以对文稿、文件的管理我格外小心，非承办文件的人不得入内，军务股连股长都不进打字室。有人打听干部任免、处分通报等比较敏感的问题，只说三个字：不知道！每天晚上要做的最后一件事：烧废纸。日积日清，不留隐患。

打字机是我手中的武器，我像战士擦拭枪支一样定期维护保养，尤其是字盘容易被蜡纸污染，造成运行不畅，字面模糊，开始用汽油直接洗刷，倒是省时省力，后发现经汽油清洗的铅字脆弱，一打就断，便改成先用热水浸泡，然后再一个一个擦拭，虽然很费工夫，却保护了铅字质量，解决了维护保养难题。但它仍时不时地闹些故障，不是串行串格，就是咬铅字，或滚筒老化，字打不全。江门没有修理的地方，只好送到广州修理店，往返轮船、汽车，上上下下搬运，都是我一个人完成，从不叫苦叫累。后来我琢磨着自己动手修理，效果不错，既节约了时间和经费，又免去了劳碌之苦。打字机和我一样出满勤干满点，加班加点不停息。

荣获军旗前照相嘉奖

　　1956年12月初,打字机没出故障,我却闹起了毛病。不知怎么搞的,左脚趾感染肿痛,穿不了鞋着不了地,我既急又恨,恨自己不争气,在年关事多的节骨眼上,趴下算个啥。但面对病痛又能怎样,脚一着地用力就钻心地疼,走不了路怎么上班?最后我想了一个点子,跟股长说:我脚有病,手好好的,谁打文件谁就到宿舍来背我,共同完成任务。后来果真如此,我一天被背来背去好几趟,就连从广州把我们接回来的徐干事也背过我。我在他背上问:"徐干事,背得动吗?""你这小鬼,长胖了,像只猪!"他说,"打字室变样了,看文件像看人,第一眼很重要,好好努力。"就这样背了一个星期,我的脚能下地了,自己就一瘸一拐的上班,始终没有影响工作。

　　油印机是那种最古老的手推式,效率低浪费大效果差,虽然力求打字质量完美,没错没漏没改,但油印不好,油墨或过深过浅,或深浅不一,对文件的外观质量影响很大,好像一个人涂成了大花脸,怎么能好看呢?我动脑筋想办法对油印机进行改进,加装两根弹簧,并由双手三次操作改两次操作,由滚筒上墨改胶皮刮板上墨,质量速度都有显著提高,尤其印刷数量大的材料,效果更好,第一张和最后一张同样墨汁均匀,深浅适度,堪比铅印效果。

　　1956年年终工作总结时,我获得团里军旗前照相的奖励,这是领导对我这一年服役态度、思想表现、工作成绩的肯定,无论这份奖励轻重,我都觉得这是一份荣誉,应该珍惜。

照相那天可了不得,场面震撼。鲜红的八一军旗是由千千万万革命先烈用鲜血和生命铸就的,他代表着人民子弟兵威武不屈、前仆后继、视死如归的英雄形象,是中国人民解放军的象征,所以军旗深藏在团部保密室内,展现时有一套严格的程序,由保密员双手递给军务股长,军务股长将旗打开装上旗杆,然后郑重交给擎旗手,擎旗手在两名手握钢枪护旗手的护卫下,以齐步走行进,到达目的地之前变正步走。军旗展示好后,我走上前向军旗敬礼,站立在军旗前照相,完毕,再由擎旗护旗手将军旗送回保密室。

这一场面引来不少人围观,有人感叹当兵多年,这是第一次见到军旗,我当兵第一年就获得了在军旗前照相的机会,这是多么幸运多么荣耀啊!由于当时的条件有限,这张相片照得不是很理想,角度不是太准确,黑白线条也不是太清晰。尽管如此,还是觉得这保存下来的唯一一张相片弥足珍贵。

图(7) 1956年12月,荣获在军旗前照相的嘉奖

当兵第一年就这样匆匆过去,迎来新的一年,我的领章军衔从列兵调成下士,跳过了上等兵这一级,士兵津贴费从每月6元涨到9元,寄回家的钱也从一个季度10元增加到15元。思念父母牵挂弟妹有增无减,保持一个月通一次信,报告在部队的工作生活情况。我知道如果时间久了接不到儿子的信,父母心里就会惦记,就会烦躁不安,叫家中大孩子给我写信。小纪到江门的信普通平信一周,航空信五天,战士寄信为免费军邮,寄封信到家也要七天,家中问我一个什么事,或者我和父母商量个什么事,达到互相沟通互相理解要半个月时间。那时家书是联络亲情、互通信息、交流思想的唯一途径,如果保留下来,从中可以看到家庭变化的轨迹。

移防佛山，到教导连扫盲

　　1957年，空军、防空军合并，这是军队整编的一大举措。空防合并后，我们团的番号改为中国人民解放军空军雷达兵某团，代号空军雷达兵四二三七支队。对我们战士来说都一样，保家卫国，按照兵役法服兵役，陆军三年，空防四年，陆军、防空军一身黄绿军服，空军军服上衣黄绿下裤海蓝。

　　4月，我们雷达兵团部从江门移防至佛山市郊区，这里是新修建的营房区，营区所有房屋皆为平房，办公用房位于营区中央，食堂、运输队、篮球场、礼堂、卫生所、宿舍等生活服务设施，分别列于办公区的东南西北方向，由主干道和纵横小路分割成各种功能区。营区大门朝东，门外是一条南北向的沙石路，出营门向北一公里多是空军沙堤基地，向南转东一公里多是广水铁路上的街边车站，乘火车坐一站就到了佛山市，坐一个多小时到达西壕口终点站，乘船过珠江，就到达广州闹市区了。

　　部队整编后，我们团由驻守在沙堤基地的空军航空兵某师领导管理。这个师是一支有光荣传统的英雄部队，在国土防空的战斗中，屡立战功，曾击落过美帝的U2高空侦察机和蒋军的间谍飞机。师长曾在苏联学习，飞行技术高超,三十几岁就当了师长,政委更是老革命,他在台上讲话做报告,下面鸦雀无声。我们军务股周股长不久后调到师司令部军务科当副科长,有一次开军人大会,他指挥整理队伍,声音洪亮,口令斩钉截铁,报告词干脆利落,我为之一震,心想他的才干有了用武之地。

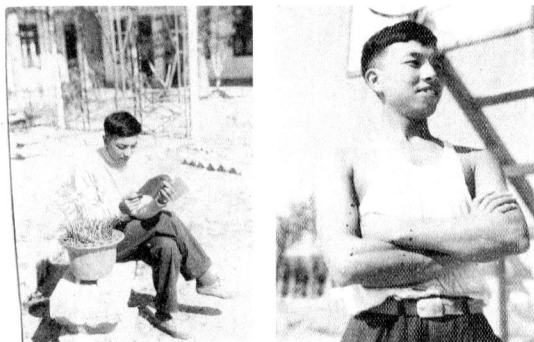

图(8) 1957年,我在佛山
(左图摄于读书时,右图摄于锻炼时)

我团成为该师的下属单位后,我们到师部驻地的机会就多了,到大礼堂开会,到俱乐部活动,到军人服务社购物,还能欣赏到国家级、省级文艺团体到部队的慰问演出。有几次师里组织坐汽车到广州中山纪念堂看苏联的芭蕾舞、匈牙利的无伴奏合唱,看国家队的篮球比赛。

我工作的打印室是一间十多平米的办公室,工作环境比在江门有很大的改善,光线好,白天打字不用开灯,工作效率有所提高。不久调来一个新兵,姓廖,我们两人共同承担文件打印任务,工作节奏相对轻松些了。

这年夏天,团政治处派文化教员张开榜和我到教导连给战士补文化课,教导连没有随团部到佛山,仍留在江门原团部驻地,因此我有机会重回江门。

这次任务是突击性的,有三四十个学员,处于半文盲状态。给他们补文化课,没有规范性指导性的东西,一切由我们安排。课程设置我们自己定,没有课本我们自己编,刻蜡板印讲义,装订成册,都是我俩动手,学员人手一册。教材虽然比不上正规课本,但针对性强,很实用,易学易记,课本内容收集了从早到晚,睁眼可见的日常用语,有几百条,分成生活、起居、家具、操练、兵器、称谓、饮食、娱乐、环境等二十课,我俩轮流上课,课后共同辅导,按照认、读、背、写四步法循序渐进。到底是成年人,是战士,大家学习非常认真刻苦,有的要求写成方块字,放在衣兜裤袋里,做什么看什么,就拿出方块字对照牢记;有的要求在实物上贴上字,一眼就认出门、窗、桌、椅、床、柜、水杯、茶缸、牙刷等;有的星期天从不休息,窝在教室里练听练写;有的已掌握了课本上的字词句能读会写。他们来到部队,深感没有文化之苦,都有甩掉半文盲帽子的决心,经两个多月突击补课,达到了预期目的,接着他们转入专业培训。

在两个多月里,张开榜和我同吃同住,同商同议,同学同教,同进同出,形影不离。他比我大两岁,像大哥一样地关心我,我心里有什么话也愿意向他讲,包括我的经历,我的家庭,我的父母,可以说从相识到相知,从相知到相敬,结下了深厚友谊。我学会骑自行车,就是在江门体育场内,张开榜用租来的自行车手把手教会我的。有一张我俩在一起的合影,也是这时在江门照的。他是干部,身着暗格的浅色衬衣,我是战士,衣服是发的,白布衬衣洗成黄土色了。照相馆的人说不搭配,让我换了件鲜艳大格衬衫。张开榜坐着手拿一张《南方日

图(9) 1957年,我与张开榜

报》,我坐在他的身后,双手扶在他的肩上,两人全神贯注地瞅着报,瞬间定格,成为我们永恒的纪念。

完成任务回到团部,张开榜回政治处宣传股上班,我也回到原来的岗位,各干各的工作,但业余时间常在一起玩耍聊天。他也常问我家庭情况,父母的身体,彼此的心越来越近。

经历三大政治教育运动

　　1958年，我从司令部军务股调到政治处宣传股任文化教员。这年，我经历了部队三次大的政治教育活动，开始是忆苦思甜教育，干部战士都得参加，大会小会轮番发言，有苦诉苦，无苦思甜。团部的忆苦大会把这一活动推向高潮。这天下午在俱乐部召开军人大会，会场内挂着大大的白纸黑字横标，四周墙上贴着黄纸黑字标语，透示出肃穆悲凉的气氛，大家进入会场，个个表情凝重，人人心气低沉。

　　第一个上台的是我们的万团长，不少人都知道他身上有多处伤疤，他就从身上一个个伤疤开始诉说，不，他在控诉，对国恨家仇的控诉，对万恶旧社会的控诉。他的发言引起极大的共鸣，激发出一波一波的哭声，那时解放军战士多半是贫下中农的子弟，哪家没有一部血泪史？台上凄惨的抽泣，必然引起台下悲怆的恸哭，我虽然没有万团长等同志那样苦大仇深，但也激起了我对日本法西斯和国民党反动派的仇恨。"牢记阶级苦，不忘血泪仇""忘记过去就意味着背叛""提高思想觉悟，握紧手中钢枪"，不仅是几句口号，它已深入到我们战士的心中。是年，蒋介石闹着要反攻大陆，台海局势紧张，解放军奉命炮击金门，打掉国民党反动派的嚣张气焰。我特别到广州照相馆照了张相,上题"效忠祖国"四个字,就是我庄严地向祖国宣誓:为粉碎蒋介石反攻大陆的阴谋,愿意赴汤蹈火,为国捐躯。

接着是整风学习,全国"整风反右"始于1957年,我们团部1958年春夏之交进行整风动员,按规定战士不参加运动,但我是司、政、后机关唯一的一名战士,要求与政治处干部一起参加学习。进入自由发言阶段,开始冷场,经再三动员,有的人才敢说,放开讲:农村的,城市的,军队的,地方的,团里团外的,把自己看到的或听到的都端了出来,互相影响,发言挺踊跃。我阅历浅见识少,只听别人说,没有作过正规的发言。除小组会外,还组织大组发言,事先安排好人在大组会上作专题发言。

图(10)　效忠祖国

会议告一段落,便动员大家写大、小字报,把俱乐部里贴得满满的。我也写了一张,是指向团政委的,用三句半的形式:"政委李某山,肚子似小山,上班干个啥?门关;政委李某山,工作不动脑,遇事绕一圈,清闲!……"大字报虽然越贴越多,而实质性内容越来越少,开始走样变味,于是写大字报改成写小字报,而且每天有人统计。我不知别人写些什么写了多少,反正我为了应付检查,拿一本杂志,一页写几个字,什么"广东的蚊子真厉害,叮你一口要人命""植树再多无人管,野草长得比树高",什么"打球出了一身汗,冲个凉来真痛快""干部用餐随便点,战士吃饭一碗端"之类,有人来统计,就报写了三十张四十张。

大鸣大放大字报刚收兵,风云突变,开大会动员反击,把那些说这里不行,那里不好,社会有问题,军队有不是的人,指名道姓地进行批判,认为他们攻击三面红旗,抹黑社会主义,是反党乱军的急先锋,和阶级敌人一唱一和,是国民党反动派的代言人,有七八个人被定成反党反社会主义的右派分子。情报站一个参谋从老家探亲回来,遇上大鸣大放,领导就叫他谈谈家乡的见闻,他一五一十地摆了既有喜人的气象,又有万人上阵大炼钢铁造成浪费,农村吃大锅饭出工不出力的弊端,结果他被列在右派分子的第一名,发配回家监督劳动;后勤处一个助理,是一个老实巴交的人,他对自己军衔级别不满,在小组会上发了一通牢骚,被打成右派,全家被遣返回原籍;我们宣传股的一位同志,有点文化,有点才艺,任俱乐部主任,运动中表现谨言慎行,发言时只讲大好形势,说问题一带而过,就这样也被划成中右,作了转业处理。对这些年轻有为的军官一夜之间变成右派,真为他们惋惜。但在我的心中又坚定不移地相信党相信组织,认为组织的决定是正确的,听党的话,跟党走,才是一个革命战士的优秀品质。

到了秋天,又一项政治活动紧锣密鼓的登场,就是政治野营。我参加了首批活动,有二三十人,打起背包,汽车加步行,到南海县①一个公社驻下来,参观访问,参加劳动,请公社领导和社员代表作报告,介绍三面红旗尤其是人民公社化之后的新成绩新面貌新希望,让我们驻在军营里的官兵感受一下中国农村的真实变化。通过亲耳听亲自看,了解到农民如今也过上了出工听钟声,吃饭到食堂,收入凭工分的准共产主义生活,我和大家一样情不自禁地欢呼三面红旗万岁,高唱《社会主义好》。

---

①当时南海为县级行政单位,现已改为市级行政单位——编者注

112

回家探亲喜极而泣

　　1958年的日历很快翻到12月，那份思乡思亲情结不断在我脑子里转动，家里来信也说，三年不见，父母想儿，弟妹念哥，连祖母也常来家念叨生庚长生庚短。有一次信中说，祖母想到广东来看孙子，引起我万千思绪，祖父母在南京养育三个儿女，迁到泰州后却只有老两口相依为命，新中国成立初告别泰州回到小纪，开始租苏家的房子单住，后来搬到裕和巷才和孃孃一家住在一起。我是长孙，常受父母指派，上门向祖父母请安问好，或请二老过来吃饭。祖母做得一手好菜，有时也叫我过去吃。我和祖父母的亲情比弟妹们厚重一些，祖母要到部队来看我，这是很自然的亲情。但想到我是一个兵，祖母来了我怎么安排吃住，再说路途遥远，祖母独行能让人放心吗？心想不是祖母想孙子吗，那我回去让老人家看看不就行了嘛。我不知服役期间能不能请到假，抱着试试看的心态向梁铭股长报告，想不到没几天领导就批准了，同意给我十五天探亲假。

　　三年多了，回家探亲，多么让人开心，人没动身，心已飞到江都，飞到小纪，飞到父母和祖父母身边。我乘火车到了上海，在候车的间隙，与孩提时的好友马家骏匆匆见了一面。乘汽车到了江都，我又抓紧时间，看望了家住实小的郭同学，正是前文提到的我念扬师时的至交。晚间车停丁沟终点站，找到丁沟中学,正在上晚自习的生才哪里会想到,此时此刻哥哥会出现在他的面前,激动得说不出话来。归心似箭的我,顾不上和弟弟多谈,请了一位老乡带路,迎着寒风,披着星星,深一脚浅一脚向前赶路,恨不得一步赶到小纪,跨进我的家。

夜深了,家人已经熟睡。敲院门,没有应答,再敲,仍没有动静。他们哪里知道,敲门的星月夜归人是他们日夜思念的亲人,是他们的儿子,是他们的兄长。

接着敲,呼,呼,呼,有了回声,

谁哇?

生庚!

你是哪个?

我是生庚!

真的是生庚呀?

真的是生庚,妈妈快开门,儿子回来啦!

寂静的茅屋一下子欢腾起来,母亲看到一身戎装的儿子,脸上挂满了惊喜,一口一个乖乖,喃喃地说没有想到,连做梦都没想到乖乖回来,弟弟妹妹也跟着妈妈一起乐得手舞足蹈。

第二天祖母来了,我迎上去握住她的手说:"太太,您不是想我吗,孙子赶回来,让您老人家好好看看。"祖母高兴得合不拢嘴,但我觉察到祖母的笑容中有一丝悲伤,想问,怕影响当时的气氛。转眼间祖母不见了,原来她跑到河边口土地庙伤心地哭泣,这时我才知道祖父早在1957年过世,家人一直善意的瞒着我,祖母说:"你爹爹走得太早,没有看到孙子多精神的样子,他没有这个福分!"祖父生性老实,为人忠厚,说话不紧不慢,没有什么嗜好,平时爱抽个水烟,我小时候帮他搓纸捻子,给他点烟,祖父高兴时会唱两句京剧,尤其《借东风》唱得有板有眼,我们孙辈都有这个印象。

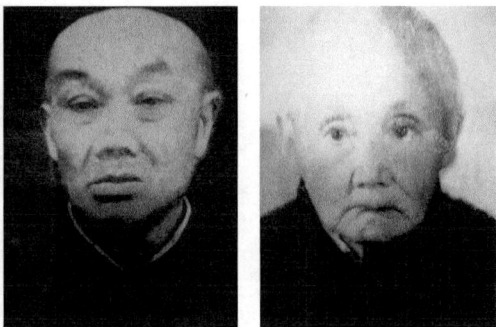

图(11) 我的祖父祖母

父亲也从乡下赶回来。1956年党和政府对工商业进行社会主义改造,父亲积极响应参加学习,认同身份转换进了供销社,担任食用油销售员。后来供销社派他下乡支农,在华阳季家驻点,他以点为家,一两个月才回小纪一次。听到游子归来,急匆匆往家赶。一别三年,父子相见,止不住的泪水从眼眶中滑出,是激动是高兴亦是欣慰,父亲暖暖我的手抚抚我的肩,千言万语尽在不言中。

星期日,生才回来再和哥哥见上一面,交谈中让我对家庭这几年艰难生活有了更深切的了解,认识到作为长子,作为大哥,肩上担子更重。如果从1952年到扬师读书算起,到这次由部队回来探亲的六年间,我又添了两个弟弟一个妹妹,即1952年农历六月二十一出生的生茂,生肖属龙;1954年农历二月初二出生的生秀,生肖属羊;1957年农历九月二十七出生的生辩,生肖属鸡。这一大家子,仅靠父亲在供销社每月的微薄工资,生活之艰难、日子之煎熬可想而知。欢乐之后,我心里不禁一阵阵酸楚。

我利用全家团聚的机会,请祖母姑母一起来照了一张全家福。这是我们家族首次合影,人不齐,到了二十二人。这三代四家二十二人聚在一起,像背景大树一样,时刻经受着风霜雨雪的洗礼,深深扎根在小纪这片土地上。

图(12) 1958年12月,回家探亲时家族合影留念

115

柒

安心服役，军中人文环境让我留恋

去上川岛五连跟学技术

探亲归队，1958年就这样过去了。迎接新的一年，我该如何努力。有的战士已经提干，有提准尉的，有提少尉的。不久听到一条消息，空军刘司令员提出一项规定，空军要从技术兵中提干。雷达兵是技术兵种，从雷达操纵手、报务员等技术兵中选拔干部符合部队的发展方向。我是机关兵，从未在一线值班岗位上待过，提干当然轮不到我。既然如此，服役期满，复员回去我再当老师。但领导还是看重我，把我派到上川岛五连下班锻炼，参加战斗值班，由老雷达操纵员带教，我很珍惜这次机会，跟班学习，像新兵一样，值班、站岗、勤务、劳动、帮厨，样样抢着干，处处争表现。

上川岛是台山县外海的一个小岛，1959年初，我第一次登岛就经受了锻炼，先说坐船，我坐船从不晕船，这次渡海不一样，从台山坐船渡海，那个小机动船，在海上颠簸摇晃了一两个小时，把我的五脏六腑倒腾个够，哇哇地老要吐，吐不出来更难受，像死了一回。好不容易挨到船靠岸，晕晕乎乎地上了上川岛，走出码头，要爬几十级台阶，才到岛上的小镇，不得已先歇息恢复精神，然后再走。走路也不是那么简单，崎岖山路一片荒凉，路两边不是长满了荒草杂树，就是怪石嶙峋，见不到房屋，更见不到人影。我用歌声为自己壮胆,喊着一二三四向前冲,不知走了多少时辰,在太阳偏西时,到了五连驻地,才算松了一口气。

五连位于上川岛的南端,面对浩瀚的南海,拥有两座雷达站,雷达一排(一站)守于山腰,和连部处于一地,雷达二排(二站)驻在另一座山的山头上。五连两部雷达一大一小、高低搭配,织成严密的防空网,警戒着海空防线,是祖国的千里眼,监视南海上空的飞行器,识别民机和军机,识别我机和敌机,掌控进入防区航空器的高度、速度和航向。雷达站除遇高级别台风和定期维护外,二十四小时开机值勤,通过电波把情报传送到团情报站。1957年夏,就是五连第一时间捕捉到美制蒋机窜犯大陆领空,进行间谍活动的信息,电波迅即传到高层指挥所,我战机立即升空拦截,一举将其击落。五连牢牢守卫着祖国的南大门。

我到五连锻炼学技术,分配在一排一班,白天值班四小时,晚上站岗放哨两小时,或晚间值班六小时,白天睡觉。雷达车放置在一个坚固的工事里,操纵员值班是在雷达车内,坐在操纵台前,右手紧握手柄,操纵雷达天线,双眼紧盯荧屏,然后口齿清晰地报出反馈亮点的坐标,指挥排标图员接听后标图。报务员按标图发报至团情报站,一环扣一环,环环紧扣,迅速把情报传递上去。我坐在操纵台前,操纵老手在一旁为我把关,尤其跟踪目标时,要保持天线的稳定性,控制手柄最为关键,他说我做,共同完成任务。实际上我没有单独值过班,还不能说是一个雷达操纵员。

夜间站岗放哨,一开始我就独自执行。我们放哨的范围仅限在雷达站四周,整个营区是由警卫班负责。当兵三年多,我是第一次执行站岗放哨任务,而且是夜间,头顶星星,背靠青山,面对大海,在雷达站四周的沙石路上来回警卫,双手紧紧握住钢枪,眼睛紧紧盯着周围,尤其注意乱石中杂草的动静,观察是风力的作用,还是人为的影响,不放过一点可疑之处。每当遇到农历每月的中旬时,站岗放哨别有一番新意,明月当空,眼前是一片银色世界,大海、青山、阵地,格外妖娆。我影随身移,心随景动,使命感在这月色的磨炼中更加强烈。

但有时命运捉弄人,五连是个四好连队,其他方面只要团里搞个评比,都能上先进的榜单。评上先进了,就要上报材料,谁来写材料,连长指导员就抓我的公差。我一再申辩我是跟班学习的,学不成会影响我的前程,他们不管,任务派下来,我能不接受吗?这样,一布置写材料,班长马上把我该做的事免了,有时连战斗值班都不安排了。我有苦难言,但也无可奈何。几个月写了五六份,小到先进班排事迹,大到连队年度工作总结,写一份材料要费好多时间,了解情况,搜集资料,列提纲,征求意见,然后才动笔写,一稿二稿,至连长指导员满意为止。

除写材料外,指导员还布置我和空军雷达学院下连实习的一个学员搞些应时宣传。我俩一合计,用锅灰调上柴油当墨,在营区显眼的岩石上写宣传标语:"有我在,请祖国放心""苦练过硬本领,筑牢钢铁长城""做合格军人,当五好战士""跟党走,听毛主席话"等,写标语虽然爬上爬下费体力耗时间,但同时也是在自我教育,从"不情愿"到"很积极",这不也是下连锻炼的一个收获吗?

海岛官兵的苦与乐

我所看到的上川岛相当荒凉，除靠近码头有一个小镇外，其余罕无人烟，满岛荒草杂树。我们的生活必需一部分靠自力更生解决，比如烧的柴是自己砍的，连里组织官兵上山砍柴，一人一把砍刀，一根粗麻绳，以班为一组，早饭后出发，到指定的区域劳作，寻找枯树枝树杈。运气好的可就地拣到或举手砍到，碰到难处时就得爬高上树或互相协作才能拿下一根半截。我第一次跟大家劳动出了洋相，别人半天不慌不忙收获了一大捆，我手忙脚乱才弄到一小半，最后大家七手八脚帮了忙才让我完成任务。现代版的湖南花鼓戏《刘海砍樵》在上川岛的军营里一月至少要上演两次才能保证不断炊。吃的蔬菜多半是靠自己种，自力更生，开荒种菜，连排班三级都有自己的菜地，并做到大路菜与特色菜搭配，季节菜与时兴菜交叉。养的鸡喂的羊遍布在营区的后山坡上，为了改善伙食，连里就发动大家上山抓鸡逮羊，其间常有意外发现，取回来一窝窝鸡蛋。

在岛上最怕台风，一刮十级以上台风，南海掀起滔天巨浪，像狮虎一般拍向山崖，发出震天的吼声，蓝色海疆一下变得灰蒙蒙雾沉沉。台风横扫营区，飞沙走石，我们种的瓜果蔬菜被一扫而光，一块块绿油油的菜地瞬间变成了黄土坡，鸡和羊也被刮得无影无踪。这些大家都顾不上了，全连分兵把守,护住装备,保全雷达天线,保护好动力设施。山顶上雷达站的官兵也在顽强战斗,全力以赴保护装备安全,曹连长组织五人突击组顶风冒险上山,给他们送水送饭。一次台风,似经历一场战斗,惊心动魄,生死较量。

当兵苦,边防战士更苦,海岛战士最苦。五连的战士一年到头都守在那块阵地上,没有下过山,没有出过岛,白天与装备共事,夜晚与星星做伴,我所在的这个班,有一二位老兵两三年都没有上过街,没有见过老乡,属于自己的时间,也就是待在寝室里看看书写写信,有爱好的下下棋,打打扑克,实在寂寞难耐时,干脆卷起裤腿收拾收拾菜园子。

大家最开心的时候,莫过于几个月盼来的一场电影,团里有个三人电影放映组,到大军区电影发行站按计划拿电影拷贝,然后奔赴各雷达连放映,走一圈要两个多月。五连像过节一样迎来放映组,个个兴高采烈,走路都连蹦带跳。一般一晚放一场,连放两晚,不落一个。一场连放两部电影,有时还在前面加映一部新闻纪录片,说是新闻,其实不知猴年马月的事情了,但对海岛战士来说,能看到毛主席等党和国家领导人,看到祖国各地的建设成就,也很振奋人心。一场电影三个多小时,大家还是感到兴犹未尽,不参加值班的同志,下一场仍然坐在银幕前,不看完不离场。

如果说看电影是海岛战士几个月一遇的乐趣,那么洗澡是经常甚至每天的开心时刻。营区的水源是山涧泉水,一股引到炊事班,做饭烧水用,一股引到宿舍作生活用水,还有一股引入一个自然的石头坑,用作洗澡洗衣物。这是一个天然的浴场,大概有两个乒乓球台这么大,一年四季全连的人都在这里洗澡。大家一到这里,全都放开,无所顾忌,调皮一点的戏水呀,打闹呀,较劲呀,老实一点的或四仰八叉的享受日光浴,或闷在水中尝尝水包皮,或三三两两坐在一起聊聊天,把自己完全融入到蓝天、大海、树木、山石之中,是一幅至真至美的男性裸浴图,虽然没有在艺术作品中见过,但它深深地刻在我的记忆中。

重回文化教员岗位

1960 年的元旦,我是在上川岛过的,大海、红日、明月以及树木、野花早已成为我熟悉的亲密伙伴。不久,我又被调回团部,回到了宣传股那间办公室,职务仍然是文化教员,和张开榜同事。我心想服役已经四年了,符合空军服役年限规定,指望留在部队能够提干,但事与愿违。那时思想比较单纯,服从组织安排,领导叫干啥就干啥,不计较个人得失。

这一年我两下深圳,那里有我们团一个对空情报哨所,哨所有一个班的战士。第一次我从广州坐火车去深圳,给战士上文化课,基本是一对一,手把手地教;第二次先从广州到东莞,虎门附近驻有我们团一个雷达连,完成教课任务,然后坐汽车去深圳,调研了解哨所是怎样身居前沿闹市一尘不染,出色完成对空情报任务的。此行适逢上海青年乐团在刚落成的深圳大剧院演出,当地给驻军发了两张票,所长一定要拉着我陪他一起去,我有幸观赏到高水准交响音乐,特别是一曲小提琴协奏曲《梁祝》,听得我如痴如醉。

这一年 7 月底,团里送我到上海参加文化教员集训。到空军政治学校报到时,说我不符合干部要求,不让我签到,好似一盆凉水浇下来,从头凉到脚。入秋,团里推荐我出席广州空军召开的全区文化教员表彰大会,会上聆听首长报告和大会发言,深感肩上这份工作的责任,使我当好文化教员更有信心。另外巧合的是,这次开会和扬师的一位同班同学重逢,我们兴奋地回忆三年同窗,交流服役心得,到黄花岗七十二烈士墓碑前留影,把中断了五年多的友谊又重新续上。国庆节后我再赴广州,参加广州空军政治部组织的全区文化教员培训,经过两个多月的学习,对提高我的业务水平大有裨益。12月,我入了党,入党介绍人是我们股长和支部组织委员。1956年,我在广州一连就写过申请,但调动时没有转出,我不知情,再写申请再考察,一耽搁就是几年,不恼人,那是假的。

这一年,还有两件事让我记忆犹新。一是大批干部转业到新疆,我认识的一个参谋,湖南人,结婚不久,决定让他转业。他非常犹豫,差一点和爱人闹翻,但组织决定不能改变,最后不得不带着新婚妻子去了新疆,临别时他对我说:个人的力量太微弱了,缰绳的另一头攥在别人的手里,小滕你的去留时间不会太长。二是一批1955年的兵复员到广州文化系统,我听到消息后向领导打听缘由,领导直截了当地告知,他们到文化单位去当勤杂工,你不要动这个念头。无疑领导是关心我,但也让我验证了周参谋的话,我的命运掌握在别人手里。

自然灾害搅动我的心

　　我们在军营里不知道外面的世界，一日三餐吃得饱饱的，到时就领到津贴，没有多少忧愁。但私下议论时，消息灵通的人说，国家遇到了很大困难，去年自然灾害严重，粮食减产，农业歉收，今年形势不好，有的农村农民家里断粮了，有逃荒的，有饿死人的。自然灾害搅动我的心，联想到我们苏北，我的老家里下河地区是不是也遭灾了，写信回家打听，父母总是回避，只报平安，不说实情，但从字里行间也能悟出几分，1958年兴起的大食堂停办了，粮油、煤炭供应很紧张。那时我的津贴已增加到18元，便尽量压缩自己的开支，往家寄钱。这个秘密不知怎么让张开榜知道了，他也不事声张地汇钱到小纪，父母来信询问，我才知道实情，让我感激不已，但他总是淡淡地说："困难是暂时的，我们俩共同帮助克服，千万别放在心上。"

　　父母有再大的困难，从不向我吐露，生才来信只谈学业理想什么的，没有难和苦的字迹，他们也从不问我名利前途之类的事，收到汇的钱寄的信，母亲都是激动得流眼泪。虽然母子相隔千里，但心灵相通，南北守望，让我能安心服役，保持着一贯的积极向上的精神状态。

　　1961年，我迎来了当兵的第六个年头。说老实话，真的坐不住了，人都是有上进心的，都是有荣辱感的，超期服役一年了，何去何从，能不让人思考吗？当然像我这样尴尬处境的人,团里不只是我一个。其实领导比我还着急,努力为我争取,想把我留下来做宣传干事。但天有不测风云,国家三年自然灾害,经济发展遭遇寒冬,军队整编紧缩,提干放缓脚步,我的命运再次遭受挫折。政策使然,谁也没有办法。情况清楚后,我那躁动的心反而平静下来,听天由命吧。日复一日,月复一月,坚守在我的岗位上,站好每天每班岗。其实我手头的工作不是上上文化课了,而是宣传教育,编写宣传简报,出版团部黑板报,到师部参加政宣方面的会议等,新鲜工作的上手,让我尝到了乐趣,并憧憬着美好的未来。

留恋军中人文环境

6月初,张开榜生病,病情不轻,确诊为肺结核,需要到空军衡阳专科医院治疗,我作为战友加兄弟,在他最困难的时候,守在他身边,用端水送药的实际行动,安抚他的心,鼓励他战胜病魔。那天他走,我送他到街边火车站,两人在站台上握手话别,我说:祝你早日康复归来,并允诺到时发个电报来,我一定到广州火车站接你。

势态的发展让人始料不及,张开榜走后的一个多星期,领导找我谈话,说有个机会,即空军在成都的一个工厂到广空招复员兵,你愿不愿意去,事情很清楚了,我的人生又走到了一个十字路口,是向左还是向右?是进还是退?要自己拿主意。无论如何领导出于一番好意,提干困难,放人倒是一个不错的安排,也是对下属尽了一份责任。我不是没有选择,我可以复员回到兴化水乡重拾教鞭,那里有我的同学同事,我们一直保持着联系。但成都毕竟是大城市,是四川首府,大西南重镇,对我有一定的吸引力。再说去处是空军所属的一个工厂,没有离开空军。五年多来,我在空军服役,空军良好的军风军纪和人文环境,滋养着我成长成熟,我像孩子一样对亲人有一种非常淳朴的依恋和信赖。来不及和父母商量,也无法和张开榜通气,经过认真思考,我决定服从领导安排,按照组织决定复员去成都。

我赶到广州照了张相,上题"留恋南国,更望巴蜀",由于时间错过这张相片没有收到。留恋南国是我当时心境的写照。

留恋南国,如果不是当兵,哪有机会到广东兜了一圈,广州、江门、佛山、中山、台山、东莞、深圳、惠阳……留下我的足迹,我第一感觉广东不愧为华侨之乡,城市规划建设都很大气漂亮,无论省会广州,还是县城台山、新会,马路宽阔干净,商铺林立整齐,服务设施齐备。我多次到广州,在珠江边的百货大楼、爱群大厦和珠江大桥畔流连,到黄花岗七十二烈士陵园拜谒留影,前往广州动物园看珍禽猛兽,后来珠江广场矗立起中国出口商品交易会展中心,没有进去参观过,但看到外表很有风格气势。江门市有很漂亮的电影院、戏院和体育场馆;中山、台山的商场、民居建筑都很有特色,那时看上去已经很现代化了。我团的驻地佛山是全国卫生模范城市,连公共卫生间都摆放着鲜花;中山公园是解放前建的,榕树树冠有篮球场那么大,解放后扩建,动员全市人民开建了一个很大的秀丽湖,中山公园显得青春而靓丽,我曾和战友们一起到这里来游乐散心。

留恋南国,如果不是当兵,哪有可能领略到岭南的山川风光,尤其是看到浩渺无垠的南海。祖国的南海风光旖旎,天蓝蓝,海蓝蓝,水天一色;放眼远眺,云卷浪舒,海天相连,连成了一条线;线上的天,日月星辰在转换,线下的海,远处有过往的巨轮,近处是点点白帆。海鸥时不时从水天间掠过,海浪从远处滚滚而来,激起层层波涛,拍岸后浪花飞溅,银光闪闪。在这大自然的美景下,我身着戎装,手握钢枪,凭海临风,有身在画中的感觉。能为祖国站岗放哨,保卫祖国的南大门,我感到无比自豪,这是我一生中的亮点,是青年生庚的荣耀。

留恋南国,还因为这里的气候适合我,或者说我很适应这里的天气,夏天不太热,有海风降温,冬天不太冷,有太阳温暖。一年四季阳光充足,空气清新。即便盛夏炎热,也是正午前后那一阵子,街上人烟稀少,都猫在屋子里歇凉，一到傍晚，大街上就热闹起来，广东特有的那种木屐，男女老少都爱穿，那噼里啪啦的声音久久在夜空中回荡。我们青年不在乎高温酷暑，照样闷在蚊帐里睡觉，午间太热，就跑到井边冲个凉；晚饭后，卫生员、打字员、放映员、勤务员等机关里的士兵奔向篮球场，个个光着脚板，只穿一条短裤，哨声一响开打起来，天不黑不收兵，越热打得越快活。冬天更好过，部队发的薄棉衣足够御寒，夜里盖的被子、垫的褥子也不是太厚，但都能温暖入睡。春天时间短，秋季时间长，树木葱茏，花草茂盛，大街上的行道树遮天蔽日，河塘边的小草野花争奇斗艳，生活在这样四季如春的气候条件下，有一种步履轻盈，心旷神怡，青春常驻的感觉。

广东属亚热带气候，盛产水果，让我长了不少见识，许多水果从书本中走进了我的生活。在广州雷达连第一次吃荔枝，开始是一排长逗我，我不认识这是什么，他先尝了一个，我才敢吃，到二排上文化课路经一片荔枝林，偶尔也会花毛把钱买点解解馋。驻在江门，宿舍临街，水果摊点常从眼前晃过，龙眼、杨桃、木瓜、菠萝……也是第一次品尝。到了佛山，听说芭蕉能当饭吃，于是在出差时以芭蕉充饥也是有的，成了节省开支的一个窍门。

留恋南国，更重要的原因，是留恋部队的人文环境，舍不得离开这里的人，五年多和大家

图（13）　1961年告别军队前留影

朝夕相处，战友情深。同为战士，白天同吃一锅饭，晚间同睡一宿舍，没有地域之分，没有新老之别，嬉笑打闹，互帮互助，一片真情。同为官兵，干部对我们战士处处照应，如司令部军务股周股长，他曾是我的顶头上司，常到我比较封闭的打字室嘘寒问暖，我生病时多次到寝室看望，中秋节给我送来时

令水果,像长辈一样的爱护我。在政治处宣传股的那几年,梁股长比我大不了几岁,确似兄长般地带着我,一心培养我,想把我留在他的部下。张开榜更是和我结下了兄弟情谊,和我家有了比较密切的来往,我的父母把他不当外人了,当得知他在衡阳住院,家里拿不出什么好东西慰问他,就炒了两斤蚕豆寄往衡阳,结果地址有误,原物退回;第二次寄出,几天后又退回,告之此人已出院归队;第三次寄到佛山四二三七支队,张开榜才收到,三寄蚕豆表深情在小纪传为佳话,在江都成为新闻。

捌

落户成都,在空军航修工厂扎根

告别军营迎接新挑战

　　我对军营的一草一木，对广东的一山一水都有很深的感情，一下离开真是难以割舍。留念归留念，但我的心已飞向巴蜀。我在广东服役，为祖国站岗放哨五年多，我尽了一个公民的责任，完成了服兵役义务。我要奔自己的前程，从部队训练作战的环境，转到一个工业生产的环境，我没有遗憾，满怀信心和期待去开辟新的天地。

　　我要走了，要复员到成都去了。司令部军务股表示欢送，政治处领导召开茶话会为我送行。机关里在一起玩的老兵又是照相留念，又是赠言鼓励，甚至在食堂吃饭时，把好菜往我碗里夹，用这一最简单朴素的方式表达多年来的同志爱战友情。我则把几年来购买的一二十本半新半旧的书签上名送给他们，留份纪念。临别那天，我挨个儿向团首长、有关部门领导和同事战友一一告别，感谢首长和领导对我的教育培养，感谢同事和战友对我的关心支持，千言万语一句话，我将一生中最美好的五年时光，献给了中国人民解放军——空军雷达兵第四二三七支队，无怨无悔！值！

　　1961年6月14日，敬礼！作为军人、作为服役期满的战士行最后一个军礼，然后摘下上士领章、八一五角星帽徽，告别军营。

　　我们这批退役军人在广州火车站集中，有上百号人，都是广州空军各师团的退伍兵,有几位校尉领导到现场,和大家一一握手表示欢送。近中午进站上车,第二天到郑州顺利转车,第三天晚上准点到达成都。

1961年6月16日这一天,我意想不到地进了天府之门,这是缘分。

把我们这些人从广州带到成都的是刘师傅,临行前,他只讲途中的注意事项,特别交代要保证安全,在郑州转车要集体行动,出站进站要排队点名,不能落下一人。但是一路北上西进,我感到这次复员不只是工作性质的转变,地理位置的转换,更重要的是对思想的考验,是人生的一次历练。广东经济发达,市场繁荣,物资供应充足,食品店货架上的糕点各式各样。但上了火车朝北驶去,冷飕飕的风一阵阵袭来,火车上没有饭供应,开饭时一人只售两块冷冰冰硬邦邦的饼。从郑州向西,想在站台上买点吃的,要么货架空空,要么只有零星的地瓜、玉米饼之类的粗粮食物,而且贵得要命,大家都后悔没有在广州多买些糕点食品。

在部队里吃着国家的军饷衣食无忧,体会不到国家处于三年困难时期,体会不到社会发展的差异,更体会不到河南、四川等地的严重灾情。到了成都一看市容就一目了然,连买个吃饭的碗、喝水的茶缸都困难,在簇桥街上转来转去,只有那种黑里泛黄、满身疙瘩的土碗。更让人忘不掉的是那天晚上到达成都,个个一身臭汗,自然想洗个澡,接待的人把大家带到工厂游泳池,那里黑咕哝咚,一个个往水里跳,舒舒服服洗了把澡。第二天无意中走到游泳池的院子里,让我惊呆了,这哪里是游泳池?分明是一池脏水,池中央繁殖着水草,浮游生物在水面上活跃异常,我心想这绝非接待人员的疏忽,可能是一种无奈之举,事情已经过去了,估计更大的挑战还在后头。

　　工厂名称中国人民解放军第五七〇一厂,又称十一厂。位于成都南郊簇桥地区,离南郊公园和武侯祠不到十里路程。邮政信箱:成都八一信箱。工厂是解放后由几个国民党留下来的航空装备小厂合并而成,担负空军飞机、发动机大修任务。五十年代后期工厂扩建,因遭遇三年自然灾害,国家经济发展困难,扩建任务未按期完成,但主修厂房主体已完工,我们这批新职工培训的教室和住的宿舍就暂设在发动机厂房内。

　　工厂除在广州空军招了我们这些人外,还在南京空军等地招了人,加起来有一二百人。首先组织我们进行入厂培训,领导和教员分别给我们报告讲课,介绍工厂情况,介绍各车间分工,介绍各工种特点。飞机、发动机几个车间是主修车间,其他是辅助车间。主修车间从故检开始,按分解清洗、修理配套、装配总装、试车试飞进行工艺布置。辅助车间由车、钳、铣、磨、刨机械加工和热处理、表面处理、锻造铸造等工种组成,并带我们到各车间和主要工段参观,看工人操作。我从中获得了初步的感性知识,脑子里有了一个大致的轮廓,心想我所投奔的单位不一般,担负着空军航空装备主要是飞机、发动机大修任务,是空军飞行部队机务保障的重要一环,我们从事的航修工作与翱翔于蓝天进行作战训练的飞行员息息相关,深感责任之大不亚于在役的一名战士。

　　培训结业，分配工作，我本想当个车工，一是在生产一线，踏踏实实地做一点事，每天能看到自己生产的成果；二是和车床打交道，学点技术，说不定动动脑筋，搞些革新，还能提高效率，增加产量；三是工作在车间班组，接触的人多面广生活不会枯燥。但分配公布后并不如意，叫我到厂工会报到，也有人分到宣传部、组织部和团委的。三转两转，还是到不了基层一线，浮在上面转圈圈，在部队的教训还不深刻吗，我有些懊恼。

　　没有办法，服从组织、听从安排是我的信条。厂工会的陈主席大概摸好底了，分工我负责工会的宣传兼文体活动，这倒适合我的能力和兴趣。我说："工厂的宣传、工会的宣传与部队的宣传毕竟主体、对象、目的、环境等因素不同，我得从头学起，请领导多指导指教。"陈主席也很直率地说："工厂的宣传教育有党委宣传部，但工会的宣传工作也很重要，你刚从部队下来有朝气，能不能改变现状，把工会的宣传活跃起来就看你了。"初进工会，认识了很多老同志，他们是我入门的师傅。

　　接手工作不久，领导批准我回家探亲。工作落实了，这一头放下。但从部队复员，到成都，进工厂，要向家人做一个说明，向父母做一个交代。

享受第一次探亲假

　　探亲旅途真麻烦,让我吃尽了苦头,光火车就换乘了三次,从成都到西安转车,从西安到徐州转车,从徐州到浦口下车,坐轮渡过江到南京下关,转乘火车到镇江,再坐轮渡过江到六圩,转乘汽车到江都,最后汽车把我送到小纪。不过那时年轻,再加回家心切,挺挺也就过去了。

　　8月盛夏,游子归来,全家格外高兴。儿子在哪里,父母的心跟着在哪里,五年多,父母的心一直牵挂着南方的那个广东,什么风土人情,什么山川气候,什么美景美食,什么时事新闻,都牵动着他们的神经。6月间,他们的儿子跑到了大西南的成都,又是一个遥远的地方,非常陌生,思念复思念,担心复担心。儿子理解父母的心思,只要我出现在他们的眼前,他们心中的疑虑就会烟消云散,脸上就会雨过天晴。

　　进了家,可是屋子不是原来那间屋子了,父母解释说:解放前盖的那间茅屋,经十几年风吹雨打日晒,漏了补,补了漏,已无法避风雨了,成了"大雨大漏,小雨小漏,雨停还漏"的危房,哪能住人呢,只好忍痛搬出,租用陈家的房子栖身。面对破损的老屋我心里五味杂陈,那一根根裸露的横梁立柱向我诉说着这几年来的艰难困境,那悬挂在屋檐下的残草烂枝像一滴滴眼泪反映着难熬的日日月月,不难想象仅靠父亲一月二三十元的这点收入,一家十口人的生活怎样维持？为什么弃老屋、租房住也就找到了答案。

看到老屋让人伤感，但生才从丁沟中学高中毕业被保送到军事院校却令人欣喜，父母十二年的辛苦与期盼没有白费，今天收获了意想不到的结果，自然感到喜出望外。哥哥早就听到这个喜讯，着实分享了一份快乐。我真为生才高兴，觉得弟弟了不起，丁中六年，寒来暑往。小纪到丁沟几十里路，完全靠两条腿走过来的，吃的苦堪比黄连。家贫出孝子，寒门出学子，这是上苍对我们家的眷顾，这是老祖宗在第六代孙身上显灵。保送上大学，又是军校，吃穿全供给，还发零花钱，这对一个贫困家庭无疑是天上掉馅饼，天大的好事。

令人欣慰的还有父亲从高徐王墩供销社调回来，安排在小纪供销社八大间门市部，仍负责食用油销售；生英妹也参加了工作，开始分在商业局百货一门市站柜台，后调到供销社北街门市部上班。生桂、生宝上了小纪中学，生喜、生茂快要小学毕业。我觉得全家都具有潜在的活力，只要大家团结一心，暂时的困难算什么，有父母的榜样，有上面三个兄妹的奋斗，有后来三个姐弟的跟进，我们家是大有希望的，曙光就在前头。

生才恋家情结较重，临近离家的那些天表现得坐卧不宁，心不在焉，他

悄悄地和我说,上丁沟中学六年虽然也分分合合,但都过来了,这次离家心情不一样,舍不得离开父母,舍不得远离弟妹。"父母已经放手,弟妹也已长大,你就放心地去吧,走自己的路!"

图(14)　1961年,我与弟弟们的合影

我深有体会地说。

　　我兑现承诺,在回成都的途中在西安停留一日,到军事电信工程学院看望亲爱的弟弟。西军电与当时的哈军工、南炮工等著名的军事院校并驾齐驱,是国家培养中高级技术人才的高等学府,是军队培养专业技术骨干的摇篮,生才到这里来上学深造真是机会难得。兄弟俩在交谈中互相勉励,我说:"从小纪走到这里来的你是第一人,从茅屋寒舍飞进大学校门的你也是第一个,要好好珍惜,努力学习,不负父母期望,不负国家军队重托。"生才说:"我会很快适应军校生活的,父母的爱心、哥哥的关心是我学习的动力,请哥哥转告父母放心。"生才留我在军校食堂吃晚饭,他一口气吃了六个大肉包子,我不好意思吃了四个,吃得挺饱的了。最后他把我送出校门,在即将分别的刹那间,他抱住我痛哭起来,说他想家,想父母,我没有马上劝阻他,让他积压多日的思乡念亲之情迸发出来,释放出来,这样,他会轻松愉快地为梦想而高飞远翔。

困难时期保持身心健康

二十世纪五十年代,地处天府之国成都南郊的十一厂,得天时地利人和,军工意识、生产规模、经济效益、职工收入在成都市的企业中都是排得上号的,工厂周边流传着这样一个谚语:有女快快长,嫁给十一厂,三天打一次牙祭,半月关一次饷。

但是,五十年代末六十年代初,国家连续三年遭受自然灾害,四川灾情尤为严重,工厂生产、基建、职工生活受到很大影响。当时,人民群众生活困难,供应紧张,很多东西凭票证购买,职工口粮按工种定量供应,科室人员每月定量粮23斤,油2两,肉半斤,没有副食品,没有新鲜蔬菜,每天打到碗里的几乎是一式的"钢管菜"。"钢管菜"的本名叫空心菜或叫蕹菜,空心菜为夏季植物,生长期茎壮叶茂,外表水灵灵绿滴滴惹人喜欢,空心菜炒炒吃,非常爽口下饭。但是我们碗中的空心菜只剩下干巴巴的茎,没有一片叶子,厨房加工不是用油炒,而是加水煮,就这样吃到嘴里仍然咬不动,故大家笑称它为"钢管菜"。一份盐味有余、不见油花的"钢管菜"要嚼老半天,锻炼了牙齿却苦了肚子。

困难考验人,也锻炼人的生存能力。每到夜晚宿舍外边时有炊火,这是有些人饥饿难耐时煮一点自种的厚皮菜、红苕秧之类的东西填肚子。我的肚子一到晚上也咕噜咕噜地叫,能忍则忍,实在忍不住时,才会打开从老家带来的装有炒面的饼干筒,舀一两勺炒面兑上开水充饥,舍不得也不敢多吃,一次只一两勺,思想上做好了与困难打持久战的准备。

我们同寝室的几个人星期天放假会走很远,找河沟河塘捞鱼,或到老乡收获过的红苕地里刨苕子苕孙,每次总有些小小的收获,聚在一起享用一顿美美的晚餐。

电影放映员老何是和我一起分到工会的,有一天他用调皮的眼神把我引到他的工作室,让我分享他刚做的佳肴,吃完后我问他这是什么,他反问我"好吃吗?""还可以,挺香的。"我赞美说,接着又追问,"这是什么肉?不像猪肉,也不是鸡肉。"他嘻嘻哈哈地说:"耗子肉,昨晚折腾了半夜,抓到两只大耗子,不能便宜它,吃!"我在广东听说过当地人敢吃耗子,觉得恶心,今天轮到自己头上,真让我哭笑不得。

从广州空军、南京空军来的复员兵大多数人分到车间,他们的粮食定量车工33斤,钳工37斤,飞机、发动机修理装配工42斤,发动机试车工45斤,有害工种每月有油糖保健品,但他们仍感到吃不饱,受不了,有不少人不辞而别。广州来的大部分是湖南人,跑了好几个人,他们说湖南灾情不重,又靠近广东,回去至少能吃饱饭。上文提到的工会老何,他比我大几岁,参军前在陕西地方当乡长,在部队专职放电影,到工厂对口安排,他不乐意,再加个子大定量不够吃,请了探亲假,再也没有回厂。

1962年开春,工会轮到我到外场的副业队劳动,副业队党支部交给我一个任务,监督同班几个人的饭票,每人定量23斤,每天不能超过8两,一旦谁超支要立即报告。真的,我把这事当成大事来办,几乎天天晚上挨个儿清点饭票,多数人能控制,只有个别人不自觉。也难怪,大小伙子,一天8两怎么够,饥肠辘辘,哪有劲劳动。我只好耐心地做工作,公开告诉他帮一顿两顿可以,如果超支一天两天,谁又能支持你呢?在副业队两个月,我觉得这比劳动还累,是件吃力不讨好的事,但必须要有人做,团结,友爱,互相监督,才能共克时艰。

那段岁月,肚子吃不饱,大家普遍的营养不良,有的还得了浮肿病。但人们的精神面貌是健康向上的,很少听到骂爹骂娘,虽然也有牢骚怪话,但都很理性,就事论事,过激言论没有市场。

那时的社会风气中,党群干群关系还可以。当空军工程部工厂管理部得知工厂有人身患浮肿病仍坚持生产、坚守岗位时,便想方设法从东北调运了几千斤大豆到工厂,使大部分浮肿病人得到缓解或恢复,这样的雪中送炭非常暖人心。

厂长、书记和工人一样吃定粮、领票证,没有什么特权。工厂相继办过副业生产队、邛崃农场、德昌农场,开展农副业生产,有了收成大家会分享到一份惊喜,吃到一份不收饭票的食品,老职工遇节日能得到一盘黄豆2两酒的奖励。

组织科的程科长是老干部,家属不在身边,他每月能领到一张食品优待券,凭券到成都指定饭店享用几道平价饭菜。每次他都把我们党群机关的几个单身青年带上,吃完后他都会问我们吃饱没有,味道怎样,我们也都会高兴地说:这顿牙祭比过年吃得还好,好安逸哦。

求知问学
下车间进班组

生活困难是普遍现象,如何面对,我当时心里很明确,一,我是党员,越是困难越要相信党,奋斗目标不能动摇,走的道路不能偏离;二,我初来乍到,唯有干好工作,才能取得信任,打好基础。首先为了了解工厂,熟悉人,我经常下车间进班组,和工人师傅面对面的交流,去得最多的是机加车间。我好像对排列整齐的机床情有独钟,一听到各式机床发出不同声响就似乎听到一首交响曲,特别兴奋,站在它的身旁,看工人熟练操作,看机床协调运转。接触多了,我认识了机加五组组长殷师傅、车工陈师傅、钳工廖师傅,并通过他们再认识其他人,从他们的日常劳动中,从他们的朴实言谈中,发掘积极向上的思想、认真劳动的态度、一丝不苟的作风和助人为乐的品德,写成稿子通过板报和广播进行宣传。宣传他们身边的好人好事,工人师傅比较容易接受。

1962年下半年,四川经济形势好转,市场供应改善,粮食定量没变,但副食品、新鲜蔬菜增加,食堂又挂出了小黑板,上面写的菜单有好几样,人们的脸上渐渐有了血色。厂领导要求恢复文体活动,工会从篮球抓起,清理场地,粉刷球架,动员喜爱篮球的人先打起来,赛起来。还别说,这一招真灵,小伙子纷纷走进球场,小赛小聚人,大赛大聚人,看球赛的人围了一圈,要是组织车间科室联赛,那人气更旺,掀起一阵阵鼓掌声叫好声。接着开展排球活动,以空军工程学院下厂实习的一位洪姓学员等为骨干,吸收青年男女组织训练,同样引来不少观众,打比赛时为双方鼓掌加油,也是挺热闹的。

后来,经领导批准,工会尝试举办交谊舞会,先在小餐厅试水,踊跃程度出乎意料,音乐声起,大家纷纷步入舞池,用摩肩接踵形容一点也不过分,三步根本没法跳,更不要说快三了。后来改在大食堂,并组织乐队伴奏,吸引了越来越多的人参加活动。刘厂长每舞必到,他从不下舞池,坐在一旁一边欣赏音乐,一边观看尽情舞动的身影,不时用目光和大家交流,享受夜晚的一份惬意。办舞会,我的任务是服务,会前搬餐桌餐凳,清扫场地,洒滑石粉,安排乐队,会后桌凳归还原位,一直忙到午夜,乐此不疲。只要想到那翩翩起舞的男女老少,那绽放出愉悦笑容的一张张脸庞,我就觉得个人的作用虽微不足道,但用在恰当处,也能起到四两拨千斤的作用,辛苦一点算个啥。

1963年,市场供应进一步好转,饭店餐馆鸡鸭鱼肉熟食琳琅满目,赖汤圆、龙抄手、夫妻肺片、麻婆豆腐等成都名小吃重新开张,人们在物质生活提高后,渴望文化生活的改善。工会陈主席根据群众的要求,决定重组文工团开展活动,起初我有些诧异,厂里还有个文工团?后来找些文艺骨干一了解,才知道十一厂的业余文工团在成都还小有名气。依靠胡师傅、张师傅、秦技术员和林玑璨及小何、小于等新老文艺积极分子重新组建了工厂文工团,开展业余活动。那时的人都有股积极性,文工团排练节目从不占用生产工作时间,晚饭后集中,一练几个小时,有困难自己克服,肚子饿了自己解决,没有夜餐补助,纯粹是个人业余爱好。文工团曾排练过歌剧《三月三》、话剧《青春之歌》片段和结合工厂实际、宣传好人好事的歌舞曲艺节目,在厂里多次举办过演出晚会。歌剧《三月三》还走出厂门,应邀到其他单位演出过。我在《三月三》里演了个小角色,目的是和大家打成一片,说话有共同语言,便于发现和解决问题,做好服务。有一次听说《三月三》女一号生病,急忙赶到城里她的家看望慰问,才避免了一场罢演风波。

一篇文章的分量

1964年2月，空军工程部政治部在十一厂召开航空修理工厂工会工作会议，各厂工会主席出席。会议总结在部队领导下的航空修理工厂中，工会如何做好保障职工权利和发挥工人积极性创造性的工作。我写的一篇文章被作为会议材料印发给每位会议代表。

这份材料是1月份写的，当时我正在工厂办的邛崃农场劳动，还没到规定的轮换时间就接到通知要求我回厂，有个紧急任务要我去完成，就是要写一份工厂年度先进个人——六车间木模组八级木模工王师傅的事迹报告材料。

王老师傅于我并不陌生，我曾多次到木模组劳动，了解小组成员工作生活情况，写过爱岗敬业、遵纪守规的宣传稿。但真正要写好一篇事迹介绍文章，并非易事，首先要弄清领导的意图，提倡什么宣传什么；其次王老没有惊人之举，但按作业进度完成任务，产品质量百分之百合格，月月年年如此；第三如实和拔高如何拿捏。经查阅车间的报送材料和实地了解，我的思路打开：王师傅身上体现的是一个工人当家做主的思想，生活上低标准，工作上高标准，技术上精益求精。文章写好后，领导要求到车间开座谈会，到木模组一个个访谈，深入了解这位老工人的精神内核和现实表现的诸多细节，经修改加工，得到领导的认可。报送空军工程部政治部审阅，被认为是一篇观点鲜明、叙事生动、层次清晰的好文章,同意列为会议材料。

1962年秋,工厂按照上级的通知精神成立政治部,将党委所属的组织部、宣传部、团委及行政序列的保卫科、干部科,纳入政治部领导。1964年政治部设立秘书室,我调任政治部秘书。这次转身,让我与秘书事业结缘,一干就是三十几年,我的青春年华,我的一腔热血都倾注在、奉献在这默默无闻的秘书事业中,荣辱与共,甘苦相伴。今天蓦然回首,那篇文章是否就是推手,改变了我人生轨迹,没有遗憾,是知足,是欣慰。

后来,我又按照领导的授意写过一篇有分量的文章,也是写一位先进人物,姓姚。姚师傅我早已认识,他是器材科的送料工,个子不高,皮肤黝黑,敦实健壮,我到外场往来路上有时碰到他送料,和他点头打声招呼,但对他的为人、工作状况并不了解。要写好他首先要熟悉他,了解他的思想,了解他的工作,了解他的经历,了解他的人品,要做到这一点,没有捷径,唯一办法是深入下去、接触实际,向他的领导、同事做访谈,但实际做来并不那么简单。器材科领导接受采访时,说得都比较笼统,什么特别能吃苦,从没有耽误过工作,也没发生过差错,缺少具体内容,更接触不到他的思想实质。

找他本人访谈,跟他一起拉车送料,他没有几句话,谈不起来,深入不了。

问:姚师傅你送料走在路上累不累?

答:不累。

问:姚师傅你车上装这么多材料,拉起来很费劲,体力吃得消吗?

答:习惯了,天天这样。

问:姚师傅你在工作中有没有遇到过什么困难,当时怎么想的? 或者向领导提点什么要求?

答:没有。

其实真正了解他的是那些库房保管员,因为他每天八小时的工作,除了在路上，就是和这些收收发发的同志打交道，他们知道他的体力和耐力，知道他的刚强和坚韧，知道他的承受和奉献。

姚师傅用的劳动工具很简单，一架加长的板车，外加几根绳索几块油布和一个打气筒，他每天提前上班，按时到各总库凭单装料，然后送往外场各车间库房。

车上装的材料有金属、非金属制品，有油料、化工产品，有工具、劳保用品等，每次装车他都很小心，把硬的软的水剂的易碎的分门别类地码好捆扎好遮挡好，像爱护自己的孩子一样照料好这些材料，没出过事故，没耽误过生产。

往返于内场外场之间是一条两三公里的沙石路，他走在这条路上，夏季身着一件三扣衫，冬天身披一件旧棉袄，身负重担，心无旁骛，风里来，雨里去，晴天一身汗，雨天一身泥，一二十年如一日，沙石路上留下他深深的脚印。

姚师傅也有家有儿女，他也会有病痛，但他从没有缺过勤，一心扑在工作上。文革初期厂内两派搞了短时的武斗，以致部分职工离厂，虽然生产处于瘫痪半瘫痪状态，但仍有不少职工到工厂上班，姚师傅同样坚守岗位，履行职责。当生产出现恢复的苗头，那条沙石路上又见他的身影，他的身影是一种力量，传递着工厂形势的积极信号。

我的文章写好后在党群系统传开，都说看了材料让他们认识了姚师傅，认为他从事的是平凡工作，是普普通通的一个搬运工，但显示的是不平凡的精神力量，体现了工人阶级的优秀品质，是工人群体的代表。这个榜样应该树起来，至少在厂内树为典型。

1968年，姚师傅参加四川省工人观礼团赴北京出席国庆观礼，后来又多次荣获省、市和军队"劳动模范"称号。

一方小手帕收获一颗芳心

　　1961年春节一过,我满25周岁,按老家的说法应该是26了,到了男大当婚的年龄,可这时我正为自己的前途忧虑着,哪有心思考虑这档事。这年夏天,我从成都回老家探亲,祖母和父母都关心着我的终身大事,尤其是祖母已年过六旬,想抱重孙子了。趁我在家,张罗着为我找对象,扒拉来扒拉去,也没什么合适的,高的攀不上,低的看不起,后经人介绍,找到本镇的一家姑娘。表面上一比较,他们觉得门当户对,祖母亲自带我上门见面,接着也来往了几次,但我回成都后就断了,可能有两个原因,一是路途遥远,相隔千里,对方的家长不支持;二是有朋友告诉我她家的成分不好、关系复杂,她挺忌讳我的询问。也罢,没有这个缘分。1962年我又踏上回家路,生桂有个中学老师常来家玩,我也见过,母亲想从中撮合,但见面聊天中知道人家已有男朋友了。父母只好坦然面对,祖母也不再催促。我的姻缘在哪里?自有天定。

　　我在工厂搞工会工作,接触面比较广,认识不少青年男女,后来办舞会,组织文工团排练节目,和他们打交道的机会就更多了,与林玳璨和其他几位文艺骨干渐渐成了朋友圈子,节假日常在一起玩,摆龙门阵,打发时间。平时下班,有家的都回家了,没有家的单身就到工会办公室来看看报纸,说说厂里的新闻。小秦和林玟璨是常客,因为男女单身宿舍离工会办公室不远,见到办公室的灯光就知道我在,便过来坐坐,慢慢成了无话不说的好朋友。和小秦是那种男人之间的至交,我们年龄相差无几,他是车间的技术员,有文艺方面的爱好,是我工作的依靠和助手,我们商量问题、开展工作常不谋而合。和林玟璨是男女之间那种互有好感的朋友,即你看我顺眼,我看你也顺眼;我讲话你爱听,你讲话我也爱听。我们三人有时在一起玩(后来一位姓黄的同事被小秦介绍给我们认识,她是上海五七〇三厂来厂支援阿沙73试修的),有时只有我和林玟璨两人对坐,话题涉及家庭和个人经历。随着时间的推移,我俩的关系起了微妙的变化,互相间有了吸引力,有了一丝牵挂,一份关心。

1963年二三月间,工厂响应党中央号召,开展了热火朝天的"向雷锋同志学习""向南京路上好八连学习"活动。"三八"国际劳动妇女节这天,我准备了一方小手帕,上题:

"三八节 赠林玟璨同志

立大志,学雷锋,

发愤图强志更红;

永作一颗螺丝钉,

不做凋叶效青松。

——傻瓜滕"

晚上,像抛绣球那样抛给她,节日里她收获一份惊喜,脸颊泛起了红晕,羞涩地朝我笑了笑。

4月底,她回北京探亲,我到火车站送行,在站台上双手紧扣,依依惜别。探亲假短短十几天,我们互通了两封信,初恋中的我们的确有一日不见如隔三秋的感觉。我估计她收到第二封信时将踏上回程的路,因此我在信中说:屈指数日日最短,一声汽笛君已还,两封信均落款"傻瓜滕"。为什么用这样的别名,因为我自认为自1951年到上海后的十多年间所走的路,经验教训有一条:不聪明,傻! 希冀在感情生活方面变聪明一点,不要再走弯路,折腾自己。她探亲归来,竟没见到我,很不放心,急忙找人打听,才知道我生病住进了成都市传染病医院,星期天买了糕点鸡蛋到医院探视,见到我如常人一样,才露出了笑容。

原来我腹痛发烧,还挺严重,厂医丁大夫怀疑是急性肝炎,立即把我送到传染病医院,打了三天针,烧退了,又观察几天,主治医生说是不是肝炎有待进一步检查,动员我做穿刺,即用一种医疗器械穿刺进肝脏,割取绿豆大小的肝组织化验,能准确诊断病情,问我愿不愿意做。"有危险吗? 有后遗症吗?"我心里没底地问。"没有危险,

图(15-1) 1964年初,我、玳璩与生才合影留念

也不会留下后遗症。"医生回答得很干脆。"你给其他病人做过吗?"我直截了当地问医生。医生对患者很负责任,耐心地说:"放心,我做过十几例了,都很成功。"根据穿刺化验结果,医生告之:基本排除肝炎。我放下包袱,吃饭香了,睡觉实了,再加玳璩来看望,心灵的安慰比吃药还管用,没过两天,病愈出院。

1963年夏天,生才放假回家,我也归心似箭。跨进家门,首先就把有了心上人的好消息告诉父母,他们连说几个"好"字,从嘴角处流露出丝丝笑意。祖母知道后也满脸的欢喜,赞成孙了在外面找对象成家。1964年休探亲假,向家人正式宣布我的恋爱对象,姓什名谁,家在哪里,家庭情况,当他

们看到未来儿媳妇相片时，都高兴得合不拢嘴，多少年的梦想将变成现实，心里踏实了。说实在的也难怪他们的心放不下，我那些一块长大的同学一个个结婚生子，有的一出校门就成了家，与父母同龄的同事邻里也早抱上了孙子，他们能不心急吗？几年期盼，一朝落定，他们的心总算得到暂时的安慰。人不到那个年龄段，理解不了老人的心。中华民族所以延续不断，这里有一个坚实的心理基础，民间有这个要求，老百姓有这个愿望。

图（15-2）　1965年，玳璟摄于成都人民公园

玳璟生于天津，后回福建老家，在福州上的小学，解放后随父母到北京，跟大哥住在一起，父母过世后，由大哥大嫂抚养。她大哥是北京钢铁学院的教授，二哥、五哥两家在福州，三哥家在上海，四哥家在台湾，六哥家在大连，大姐家在北京，她排行老幺。玳璟初中毕业考取北京航校，1960年毕业，分配到空军成都五七〇一厂，实习期满后任技术员。

我们先后落户到天府之国，却遇到自然灾害，吃不饱肚子，但我们都能忍着，不消极不颓废，不发牢骚不说怪话，以平和的心态、积极向上的精神，面对暂时的困难。同样粮食定量只有23斤，她有时还要支援男同事饭票，把一个月仅有的半斤肉省下来给别人打牙祭。不说其他，这一条就不简单，非常现实。这种雨中送伞、克己助人的举动，我由衷地赞美。

我们从相识到相知，从相知到相恋，长跑了三四年，互相关心，彼此信任，我有时躲在宿舍里写材料，中午她给我送饭，里面管保藏有好吃的。我身上穿的第一件毛线衣是她织的。我是家中的长子，负有养家的责任，她很同情理解,愿与我同甘共苦。1964年1月,生才到成都看望哥哥和未来的嫂子,她热情大方地与哥俩在一起交流、一起吃饭、一起照相,相见时间虽短,生才却感受到这份亲情很长。1965年春节,我们在一起过,每天吃食堂,其间有一天我们参加了厂里组织的到大邑参观刘文彩地主庄园的活动,放假四天比平时只多花了几块钱。春节后,她受工厂的委派到省里参加筹办四川省国防工业成就展,出差几个月,遇到节假日回厂,我会到公交车站接,晚上跑几

图(15-3) 我与玳璟

趟才能接到人。一年中偶尔一起进城,吃顿小吃,她总是抢先掏腰包,但在厂里看电影,我会主动买票,不用排队拿到适合恋人坐的位置。

玳璟是工会活动积极分子,她模样出众,举止大方,人缘很好,无论在车间在科室,集体活动、社会工作她都积极参与。工厂的广播里有她的声音,车间的板报上有她的名字,娱乐活动中有她的身影,文艺演出她担任报幕,一亮相就能吸引观众的眼球,使整个大厅安静下来,用现在的话说她的出镜率比较高,是个公众人物。而我就是一个工会干事,后来改行做政治部秘书,除政治上可靠,老实本分,能写点东西外,并无显眼之处,当我们的恋情被曝光后,圈内圈外的人都画个问号,对此肯定并看好的人不多。

的确,我们两人家庭背景、成长环境、工作阅历是有差别的,性格上也有不相吻合的地方,我比较感性,容易冲动,考虑问题着眼于眼前;她比较理性,处理事情方方面面想得很周全,凡事问个为什么? 相处中也发生过口角,闹了些矛盾,但都是因小事而引起,男人多担当一点,做做检讨、说说好话,也就及时沟通化解了,没有影响感情的基础。

有一个党支部书记出于对我的关心,提醒我找对象谈恋爱要考虑政治

因素、家庭社会关系，不要影响自己的前途。我也翻来覆去地想过，至于政治、社会关系的说道，我认为现实是最好的检验，乐观地面对三年困难，保持良好的精神状态难道不是政治表现吗！社会关系是抹不掉的客观存在，重要的是看个人工作、思想表现。至于前途问题、上升空间，我觉得取决于个人能力大小、努力程度和机遇，跟谈恋爱没有多少关联。经过时间打磨，我越发自信，她，就是我的唯一选择，她，就是我的终身伴侣。我们一直在相恋的旅途中行进着，不紧不慢，始终循规蹈矩，心心相印，旁观者也改变了看法，关注在我们身上的目光是信任、是祝福。

图（15-4）　1965 年，玳璥摄于北京

玖

初涉文秘,与秘书事业终身结缘

摸索秘书工作内容及规律

　　秘书这个岗位,该做些什么,没有现成的工作条例,也没人教,新调来的政治部刘主任、周副主任有事叫一声,没事我自己忙着。经过一年多的实践,总算摸索出一点秘书工作的门道来,顺道走下去还算顺利。秘书工作内容有两大类:一是政务类;二是事务类。政务类以文字工作为主,包括会议记录、起草文书、文件处置、调查研究、上情下情传达、沟通协调等。事务类比较杂,既有政治部内部事务,又有政治部与其他科室之间的事务,如公差勤务、物资分配、信访接待、卫生绿化等。秘书工作的特点是它的从属性,政治部秘书属于政治机关及其领导,没有面向全厂独当一面的工作,必须按照政治部的统一部署和领导意图办事,由此而带来工作的被动性。每天上班我计划要做什么,刚坐下来,结果领导一个电话叫我过去,布置做这做那,我得放下手中的工作去完成领导交办的事项。为了掌握工作主动权,兼顾秘书固有的工作范畴,我从实践中慢慢悟出一点道理,比较明晰的有这几条:

　　一是秘书心中要有全局观念,把握时事全局、工厂全局和政治思想工作全局是秘书的基本素质;

二是秘书脑子里要有服务意识,为领导服务,为政治部全体人员服务是秘书的主要职责;

三是秘书要有甘当配角的思想,配合组织、宣传等部门做好政治思想工作是秘书的工作内容;

四是秘书要有敢于负责勇于担当的精神,严守纪律,保守秘密,清心寡欲,出了差错主动承担责任是秘书的起码品质;

五是秘书要有较好的文字能力和协调能力,起草文件、写讲话稿、做会议记录、出工作简报和组织会议、会商协调是秘书工作的基本功。

这几条我最看重的是守纪律,懂规矩,守口如瓶。身为秘书,脑子里装着太多太多的东西,不该说的不说,不该做的不做,严守政治纪律、组织纪律、保密纪律。就拿文件处理来说,十一厂是师级单位,中央、省市、军队不少红头文件通过机要渠道发到工厂,工厂保密室签收登记后,第一道程序是将文件送到秘书室,由我和肖秘书根据文件内容作出呈厂领导和有关部门或阅示或办理或传阅的处理意见,然后保密室按照处理意见走下面的程序。除红头文件外,还有大量的保密材料,如参考消息,有中央的"大参考",省市党委的"内参",上面登载的部分文章是各级要员或记者在调研采访中披露的带有普遍性的重大问题或总结的经验教训,文中讲述的事实触目惊心。

红头文件、保密材料的处理事关重大这是一方面,另一方面秘书处于权力圈内,了解工厂发展规划、生产计划、制度调整、财务状况、人事变动和领导之间的关系等,这些事说大不大,说小不小,都带有一定的保密性。我从当秘书那天起就约束自己,一要肚里放得住事;二要嘴上把得住关;三要俯下身子做人。

遵守规矩履职,按照职责办事,我的秘书工作还算得心应手、有声有色,受到刘主任的夸奖,被政治部各科长认可。宣传科陈科长是老革命,文笔又好,他对我的请教从不推辞,我写的比较重要的文稿有时先请他看看,修改后再报批。前文提到的那篇姚师傅的事迹报告材料,就是经他润色赞同后才脱稿的,不过我和他仅仅是工作关系,接触比较多,并没有私交。

在那个年代,思想政治工作深受"左"的思想影响,政治口号、思想教育、党团活动都有"左"的色彩,扣帽子、打棍子、穿小鞋是看待人处理事的法宝,我们从事政治工作的这些人既是"左"的思想的崇拜者执行者,又是受害者。

有一事让我难以释怀,1964年秋,一天下午下班前,厂党委副书记找干部科林干事、肖秘书和我三人开会,布置晚饭后到干部科集中执行紧急任务,不准对三人之外的人讲,严格保密。什么任务这么紧急这么神秘?到干部科一看,办公桌上堆满了干部档案袋,我们的任务是打开档案袋,逐一查看,把不好的东西抽出来,如成分不好、历史有污点、受处分被调查等,一直忙到后半夜。看了多少份,抽出多少页,至少我说不清楚。过了很久才知道为什么抽档案,是上级指示,把所谓有历史、家庭问题的人清理出去,以纯洁军工队伍。为了让接收单位相信这些人没问题,所以在档案中做文章,我和肖不明事情真相,稀里糊涂做了件违法乱纪的事,心里总有一种负罪感,对不起那些曾受到我们尊敬的生产技术和工作骨干。唯成分,求纯洁是当时政治生态的一种表现,谁也抗拒不了,何况我们这些普通党员呢?

小组办公室
进出『四清』领导

　　四川乃至全国农业连续几年获得好收成，市场越来越繁荣，副食供应越来越充足，成都春熙路、盐市口等著名商业街人气越来越兴旺，我们每月粮食定量还是那么多，但肉蛋鸡鸭已敞开供应，不但能吃得饱，而且能吃得好、吃得省，食堂菜肴有十几个品种，3分钱一份的蔬菜有好几样。我每当排队等候打饭时，看看菜单心里总会盘算，要个荤菜还是要个素菜？要一个菜还是要两个菜？心想节省一点，一天的伙食费2角多就够了。虽然工资低，但物价不高且稳定，对我很重要，对像我这样的大多数人同样很重要。物价稳，人心安。

　　职工生活有了保障，精神面貌大不一样。工厂审时度势，把职工群众的积极性引导到生产工作中来，从而谱写出一篇篇艰苦奋斗、敬业爱岗的动人乐章。我感受最深的是支起发动机包装箱当办公室，这是当时因陋就简的一个缩影。车间把有限的使用面积都给了生产班组，业务组、车间领导或挤在一起办公、或在厂房边搭个棚当办公室。工具车间成立时，找不到一块业务组工作的地方，于是就在车间前的空地上，支起几个连体发动机包装箱作为办公场地，做各自的业务。为此，《空军报》记者曾到工厂采访，撰写长篇报道介绍工厂艰苦奋斗、为空军争光的先进事迹。

随着经济形势的好转,工厂的改扩建工程进入紧张施工阶段,发动机厂房、机加厂房、锻铸厂房、试车台等厂房相继交付投产,外场的飞机总装、特设修理、附件修理、指挥塔台等厂房先后完工交付,飞机跑道大修加固延伸完成;一批单身职工宿舍、家属住宅楼和生活设施也投入使用,职工生活得到一定程度的改善。我也搬进了前院的单身楼,宿舍里装了日光灯、配了长桌方凳,图个安静,有时我就在宿舍里写点东西。

基建完工验收交付后,工厂的生产能力大幅提高,部里下达的阿沙73发动机试修指令,从成立试修办公室做技术准备,到分解、修理、配套、总装、试车,历时一年半于1963年底报捷。工厂形成了多机种、多款发动机的修理格局,修理能力上了新台阶,成为空军航空装备修理骨干企业,空军领导、总部首长到成都都要到五七〇一厂检查视察、看望职工。四川省委、成都市委对十一厂也很重视,在工厂召开过多次生产技术、劳动定额、财务成本和行政后勤等方面整顿和管理现场会,介绍推广十一厂恢复发展中的成功经验。

作为科室的人员,我多次参加接待工作,有一次厂长、书记亲自召开会议,布置重大接待任务,会上作了详细分工,分工我负责茶水供应。厂长点到我,提出三条要求:1. 负责茶具清洗存放;2. 负责烧水送水;3. 保障茶水供应安全,绝对不能出问题。我哪敢大意,忙着做准备,隔了几天告知接待任务取消,我那绷紧的神经才放松下来。

1963年,全国陆续开展社会主义教育运动,开始在农村是"清工分,清账目,清库房,清财物",继而在城乡是"清思想,清政治,清组织,清经济",再后在城市是"反贪污受贿,反投机倒把,反铺张浪费,反分散主义",后来统称"四清"运动。

我们工厂的"四清"运动是1965年夏天铺开的,它不是走地方这条线,是按照军队的统一部署,挺有来头,大有声势。兰州军区空军(当时工厂归兰空领导)、空军工程部和成都市委派了七八十人的联合工作队进驻,刘队长和林副队长负责领导工厂的"四清"运动。当时工厂选派了好几个人参加"四清"运动领导小组办公室工作,我是办公室秘书组成员,负责编写简报。开始要求很严,运动进展动态要一天一报。简报怎么写、写什么内容、写到什么度都由工作队把关,一份简报要折腾几个来回,我也是不得已而为之。第一阶段、第二阶段还算顺利,后来麻烦来了,在一些问题上工作队和工厂出现分歧,工作队内部声音也不一致。最关键的是对工厂这几年的发展怎么看?对工厂领导班子尤其是厂长、书记的表现怎么看?对工厂的干部队伍特别是中层干部怎么看?

办公室里我们工厂的几个人私底下议论认为:兰州空军分管工厂,但对工厂不熟悉,尤其对人和事难以评说;成都市委只管党的关系,不涉及工厂生产人事方面问题;空军工程部是工厂的领导机关,主管工厂人、财、物,对工厂最了解,应该对工厂有个确切的评估。运动进展缓慢,领导在等待,群众在观望,我也无事可做,只好暂回秘书室。

后来,听说空军工程部领导发话,指出十一厂的"四清"运动揭发问题揭得不够,查找主要问题不深入,厂领导"下楼"(指做检查)下得不好,造成这样的局面和工作队领导旗帜不鲜明有关系。

1966年2月,上级对"四清"工作队作了调整,兰州空军的人走了,空军成都指挥所的人来了。丁政委亲自坐镇指挥,"四清"运动领导小组进行了改组,领导小组办公室也作了调整,凡工厂的人一律退出,我当然也在退出之列,回到秘书室,转换角色,作为群众继续参加"四清"运动。

丁政委领导的工作队重整旗鼓,重新发动群众,向全厂职工表示决心,一定要按中央的要求和军队的验收标准,搞好工厂的"四清"运动,不获全胜决不收兵。

『四清』连着文化大革命

正当"四清"运动领导小组重新发动群众查找问题、揭发"四不清"干部，要把"四清"运动进行到底的时候，无产阶级文化大革命以排山倒海之势席卷全国，大鸣大放大字报铺天盖地。工厂文革领导小组应时而生，与"四清"工作队联合办公，但这样的领导机构难挑领导文化大革命的重任，反而成了运动的对象。1967年初，在上海"一月风暴"的推动下，造反派夺了工厂和车间科室的权，领导靠边站，党委散了，"四清"工作队也不辞而别。

工厂虽然处于无政府状态，生产受到严重影响，但职工群众的革命热情却越发高涨。我和大家一样响应毛主席、党中央号召，参加文化大革命。开初，高举毛主席语录红宝书，声嘶力竭地高呼："造反有理，革命无罪！""打倒走资本主义道路的当权派！""扫除一切牛鬼蛇神！"等口号；接着，加入革命组织，参加游行，批斗走资派，大鸣大放大字报；继后，清理阶级队伍，"三忠于""四无限"，唱语录歌跳忠字舞，编织、雕刻毛主席头像、佩戴（收藏）毛主席像章，早请示晚汇报，斗私批修；后来，批判林彪反党集团，批林批孔、批邓，打倒"四人帮"等文化大革命那些事儿，都参加过、亲历过、狂热过、闹腾过，但有条红线没有越过，一没有打过人，工厂批斗领导层时，只举手喊口号,决不动手打人;二远离武斗,坚决反对自相伤害残杀;三参加组织只限于厂内活动,拉出去或到外地干什么,不盲从不听蛊惑。

文化大革命初,政治部的人比较保守,跟着喊喊口号而已,雷声大雨点小,没有什么动作,后来在宣传科罗干事的鼓动下,一部分人才行动起来造了某位领导的反,责令他做检查。我参加了几次批斗会,也写了不少大字报,大家集中火力批判这位领导的资产阶级思想,严肃指出他不务正业、热衷于抓厂文工团排演节目,宣扬封资修,用资产阶级糖衣炮弹侵蚀瓦解工人阶级队伍,是地主、资本家在党内的代言人,是复辟资本主义的急先锋。反正"四大"(大鸣、大放、大字报、大辩论)上纲上线,调门越高立场越坚定,斗志越坚强。批也批了,斗也斗了,这位领导成了一只死老虎,政治部的人被指是"保皇派"。后来他被全厂的造反派揪出,列为工厂的二号人物,打倒领导层的几个人成为工厂文化大革命初期的主调,大大小小的批斗会固定的几个领导都是主角,再抓一些配角陪斗,造声势显效果。

文革中工厂先后成立了两大群众组织,一个是"成都工人革命造反兵团11纵队",一个是"红卫东革命兵团",这两大组织都是成都大的造反组织的分支,他们的革命行动既受上面的指挥,又有结合工厂实际提出的口号和目标。其他小的革命组织有好多个,各派标语、口号、大小字报满天飞,玳璂被大字报轰过,我也在大字报中被点过名。派性膨胀,火药味十足,革命与被革命,造反与被造反,保守与狂热,像二月的天说变就变,让人丈二和尚摸不着头脑。

1967年7月,上级一声令下,解放军进厂支左,工厂成立了军管会。军管会乘势而为,积极开展各项艰苦工作,引导说服各派群众组织头头认清形势,消除派性,统一认识,促进大联合,整顿秩序,恢复正常生产。但受社会上大环境的左右,树欲静而风不止,在成都两派大打出手、武斗升级的影响下,1967年12月12日,工厂两派也爆发了武斗,双方各有三百多人参加,势均力敌,水火不容,所幸持续两个多小时便偃旗息鼓,没有造成人员伤亡,但对工厂的冲击是致命的,无政府主义泛滥,相当多的人离厂出走,将近半年时间生产处于全瘫半瘫状态。

面对停产,科室人员基本坚持上班,维持面上的工作,保证水电供应、食堂按时开饭。我也随大流上班来下班走,有事没事到办公室坐坐,但大家见面都很谨言慎行,说些筛边打网的事,忧心忡忡、不知所向是当时人们的一种心态,感觉虽然非常自由,但日子并非好过。

1968年入夏,离厂职工陆续回厂,车间有了人气,机器设备又运转起来,"抓革命促生产"口号从墙上挂的、地上写的逐渐变成职工行动。8月,锣鼓阵阵,爆竹声声,工厂成立了军管会领导、革命干部和群众组织头头三结合的革命委员会,车间也相继成立了革委会,工厂组织架构在停摆了将近两年后,在新的历史条件下产生了新的工厂领导班子和办事机构,革命群众无不感到欢欣鼓舞,欢呼无产阶级文化大革命的胜利。

工厂革委会成立后,加大宣传和落实抓革命促生产力度,在批斗走资派、清除走资派流毒的同时,搞了轰轰烈烈的清理阶级队伍的运动。10月

23日这天下午,召开全厂职工动员大会,会上一举抓了十几个人,震慑全场,台上喊:把反革命分子×××揪出来,马上两个民兵就冲上去一左一右的把他抓上台,同时响起口号声,杀气腾腾。在相对平静的片刻间,个个心动加速,脸露恐惧,不知下一个是谁?解放前过来的人更加惶惶不安,担心下一个会不会临到自己头上。台上站了一排被抓的人,个个低着头、弯着腰,面如土色,开会前他们还是职工、革命群众,瞬间成了反革命、成了清理对象。他们怎么想?他们的家人怎么面对?当抓出最后一个反革命宣布散会时,大家才如释重负,脚步匆匆地走出这一辈子也忘不了的清理阶级队伍动员大会会场。

事后,我心生疑虑,感到这样做与文革的口号是不是相悖?我周围的人也有议论:文化大革命不是要打倒走资本主义道路的当权派吗?不是要揪出睡在身边的赫鲁晓夫吗?军管会支的哪门子左?但只敢私下言说,不敢公开表白,口号还是要跟着喊的,开会还是要抢先表态的,人们都学乖了。

清理阶级队伍那段时间,一边是抓革命促生产形势大好的舆论宣传;一边是在调查审讯中某人触电死了、某人自缢身亡、某人跳楼自杀等小道消息。听到这些我感到莫衷一是,难识真伪,难辨是非,只好跟着形势走。清理阶级队伍搞了一年多结束,接着成立落实政策办公室,医治留下的后遗症。经甄别平反昭雪、落实政策,清理对象陆续得到解放,回到工作生产岗位。他们以大局为重,不计前嫌,抛却恩怨,继续发挥着老同志老师傅的传帮带作用,为空军航修事业奉献一份光和热。

下放飞机分解班劳动

　　文化大革命开始两三年,工厂文革领导小组、军管会分配我做过两件事:一是到设在家属院的毛泽东思想学习班办公室做些跑腿打杂的具体工作,比如制订学习计划,安排教员讲课,组织布置批斗会会场等,还有守电话、烧开水、贴标语等。我和干部科的一位姓戴的同志配合默契,每期都能圆满完成任务,没有发生纰漏,尤其组织批斗会,既要在态度上与造反派保持一致,又要在做法上坚持要文斗不要武斗,只动口不动手。1966年冬至1967年春,随着全国其他地区及四川形势的起伏,这项工作断断续续搞了几个月。二是1968年清理阶级队伍,抓了那么多阶级敌人,要看管要审讯。1969年我又被派到一线,在外场的一个秘密地点,三人一组二十四小时轮流值班,负责看管一个被抓的人。领导要求看管人员要立场坚定,认真负责,绝不能出意外事故。其实看管对象就是我们每天抬头不见低头见的老熟人。泡了将近一个夏天,人家解放了,我们也解放了。

　　人家解放被派到班组劳动,我们解放又到哪里去呢? 政治部的牌子虽被砸烂,领导虽被打倒,但办公室还在,大家每天基本按时作息,学习学习再学习,读报读报再读报,两报一刊(《人民日报》《解放军报》《红旗》杂志)的重要文章轮流读、反复读,领会精神实质,跟上大好形势,将无产阶级文化大革命进行到底。1969年国庆后传来好消息，我们比较年轻一点的人下放车间劳动，我的去处是外场原一车间飞机分解班。闹了几年革命，这下可以脚踏实地做些工作了，所以我认为这是一条令人鼓舞的好消息。

工厂当时的主产品之一是飞机大修，这个机种是二十世纪五十年代从苏联引进的，承修了好几年，不少飞机进厂二次三次翻修。分解飞机是飞机进厂大修的第一道工序，飞机进厂办完手续，经过故检后，由分解班推进厂房，按系统分工施行分解。

我被分在动力系统，在吴师傅的带教下边学边动手，首先拆除发动机舱盖，接着按程序拆螺旋桨、拆附件，把所有油路、电路、控制结构等与机体联结机构完全分解开，再把左右发动机吊下来，在地面工作，继续拆解其中的部件和管路，然后将发动机主体油封装箱送库房，部分附件和导管分别挂牌交下道工序。动力系统分解完成，其他系统也基本同步交付。一架飞机分解完工约五至七个工作日，正常生产月产五六架，当下只有三四架任务。

分解工一般被人看不起，但这个岗位很重要。在分解过程中，要求分解工严禁敲、打、撬等野蛮操作行为。一件器件被文明分解下来，修修就可以用，如果用野蛮手段硬拆下来，等于一件废品，只得换新，如果没有备件还得申请采购,既增加了修理成本又延误了工期。分解班多次发生野蛮分解行为,班前会班长强调的一是安全,二是质量,这两条几乎成了班长的口头禅,时时在我们耳边回响。就这样仍时不时出事,一个机装分解工将襟翼作动筒撬坏了,一个进厂不到一年的农民工竟把水喷向尚未油封的发动机,为此,吴师傅挨了批评,这位年轻人也受到延迟转正的处分。

飞机分解工不自信,似乎矮人一等也有点客观原因,主要是工作环境差,成天和飞机上的尘土、油渍打交道,干净的工作服一爬飞机就脏了。我到分解班领了两套工作服、一双翻毛皮鞋,三四天就要换洗一次,先用航空煤油擦拭,然后用碱水浸泡清洗,就这样毛衣内衣内裤还是受到污染,不可避免地把油渍怪味带回家。不过玳瑁在发动机车间劳动,煤油味更重,这样我们就互相理解,没有怨言,时间一长也就适应了。古人云:"入芝兰之室久而不闻其香,入鲍鱼之肆久而不闻其臭"就是这个道理。

到飞机总装车间任支书

冬去春来,1970年的阳光普照大地,已闻惯了航空煤油怪味的我又一次被改变生活轨迹。当时车间都改称连,飞机总装部分从原飞机车间独立出来改为一连,原车间邢副主任被指派为连长,我被指派为指导员。虽名称改了,但口头上还是习惯称车间、主任、支书,这里用指派以区别于干部任免,因为还处在文化大革命非常时期,头上的乌纱帽没有经过程序由上级任命,是工厂领导研究决定的。邢主任和我觉得这是一份责任,二话不说,服从组织安排。

我走马上任,感到肩上担子不轻松,因为没有基层任职的经验,又正处在文化大革命时期,人心不易聚拢,飞机总装更是检验飞机修理质量的最后总关口,把控难度较大。我认为事物总是一分为二的,既有不利因素,也有积极的一面,有半年多飞机分解班的劳动实践,有比较好的总装职工队伍,有邢主任懂技术会管理这样好的老干部坐镇,我的脚步沉着而坚定。

飞机总装原有的生产班组框架不变,即保留机装一、二、三、四班,无线电组、电器组、仪器仪表组、军械组和电缆班,新成立调度、技术、管理三个组。全车间一百二十多人,组织机构、人员各就各位,班组长重新任用,建立新的党、团支部和工会分会。

有了组织保证,我们要抓的第一件事就是整顿生产秩序,从打扫卫生、清理各班组工作间、清点工具箱开始,每人工具箱必须逐一清点,互清互点,确保账物相符、品种型号一致,不留一丝隐患。第二抓劳动纪律,严格考勤,要求班组长以身作则、党团员起带头模范作用,克服懒懒散散、谁也管不了的无政府状态。第三抓革命促生产,凡学习、批判、通报告知等会议按工厂布置,车间统筹兼顾不加码,保证每个机装班、每架飞机按计划进度、按工时定额组织生产。第四组织劳动竞赛,调动积极性,树立第四机装班为样板,开展质量、进度、安全、协作为内容的赶超活动,周议月评,优胜者发流动红旗。经过几个月的努力,车间面貌有了改观,提前上班按时上班的人多了,迟到早退的现象少了;上飞机干活、加班加点的人多了,偷懒溜号的人少了;按章办事、遵守工艺的人多了,吵嘴耍浑、胡搅蛮缠的人少了,每月按计划交付飞机,装配质量逐月提升,总检验收故障率有所下降,用当时的话说取得了革命生产双丰收。

此刻我心里明白,时事政局摆在那里,时刻影响着每个人的言行,稍有不慎就会前功尽弃,回到原点。我们只能审时度势、顺应形势、切合实际地做好本单位工作,把抓革命促生产落到实处,落到每日每月的计划中,落到产品质量和生产安全中。

我的办法就是靠自己的奉献和实干,每天第一时间到车间,下班最后一个离开厂房,走进外场食堂已空无一人,饭菜也卖完了,只好买两个馒头夹咸菜充饥。晚上有工人加班,我必到场,等到最后给他们发夜餐券。每天下午下班前整理现场、打扫卫生,我一般都在他们的行列中。在分解班领的工作服脏了洗、洗了脏,基本不离身,我就是他们中的一员,只有开会、讲课时,我站在上面,他们坐在下面,我是个领导,除此,我和工人一样,一样的为上班操心,一样的在工作中流汗。不一样的是他们爬飞机,我爬方格,彼此都为了一个目标：干活，挣钱，吃饭，养家。因此，我讲话工人爱听，我号召干什么事，大家能齐心合力完成。文化大革命中的批判、学习是一个接一个，总装车间从来不落后，连勤务劳动我们也打头阵，比如到人民公社生产队参加双抢（抢收抢种）劳动，到成都青白江区清理废钢铁，厂里任务布置下来，我找骨干一交代，呼啦啦一个个都跟着上，每次都能按工厂的要求完成任务。我在总装车间将近两年，养成了早晨起床去车间，晚上回家倒床就睡觉的习惯，什么辛苦呀，压力呀，挑战呀，都成了甜蜜的梦境。

七年之后官复原职

1972 年 9 月，工厂恢复车间科室建制，砸烂的政治部又重新挂牌，被下放的回归原职，七年之后我又回到秘书岗位。那个年代，思想政治工作主要还是以文化大革命为中心，一波接一波，一浪赶一浪。1971 年至 1973 年，学习贯彻中央（1971）68 号文件，深入揭批"林彪反党集团"的反革命罪行；1974 年初，开展批林批孔运动，文化大革命又掀起高潮。工厂成立了批林批孔领导小组，下设办公室，办公室下面又分几个组，我和两位姓李的青年同事分在一个组，负责宣传材料分发和基层情况收集，记得当时的批判重点是孔老二的"克己复礼"，林彪的"复辟倒退"，围绕这一主题开展大批判，层层召开批判会，全厂也召开过几次批判大会。

经过"九一三"事件，人们的政治热情大大减退，少了一分盲从，多了一分思考，批林批孔面上看起来很热烈，标语爬满墙，口号震天响，但实际效果不是那么回事儿，为什么批林时要搭上批孔，批林批孔要达到什么目的，可以说大部分人并不理解，而下面的传说、小道消息却很多，我们作为办公室的成员只能按照上面的精神行事，不敢越雷池一步，运动了大半年，批林批孔收场。

政治部重新挂牌后，刘主任调往宝鸡市，周主任主持工作，不久，周主任也调到东郊一个国防企业任书记,原空军成都技校的王政委接替任主任。领导换了,但秘书工作依旧,除正常的业务工作外,我坚守老传统,常下车间做些调研,尤其到飞机车间了解抓革命促生产的情况。

1973年工厂整顿,把飞机分解清洗、钣金修理、附件修理、总装、喷漆合并为飞机车间,这样便于飞机修理线总体协调,减少扯皮,有问题自己解决。但面广人多难于管理,革命生产难以兼顾,新任的车间冯主任几次向周主任请求,希望派我下去协助工作,周主任和我谈话叫我下去两个月,我心里明白飞机车间摊子太大不好搞,但它又是锻炼人的地方。我按照领导的意见,下车间着力抓政治思想工作,也就是抓革命,组织学习批判,开展党团活动,让冯主任集中精力促生产,解决生产线上的难点,确保生产任务完成,两个月到期我即撤回。

有段时间锅炉房缺人,厂部安排政治部派人跟班劳动,我们几个年轻人都派上了用场,下去的四五个人和工人编在一起,白班、夜班两班倒。工业锅炉是个大块头,运行起来完全靠体力劳动,运煤、上煤、看火、疏通、消结、清渣等每个环节劳动强度都很大,除看火候、查汽表水表带有技术含量的活外,其余劳动我都抢着干,到煤场拉煤,一车车拼尽全力;开炉门上煤,一铲铲不怕炙烤;到炉底清渣,一趟趟毫不含糊。虽然很累,但较单纯,没有精神压力,两三个月干下来,脸变黑了,身体壮了,真是难得的收获。

结婚生子水到渠成

经过三年爱情长跑，我和玳璨的感情稳定而牢固，到了水到渠成、瓜熟蒂落的阶段。1965年12月31日上午，我俩到成都市金牛区簇桥乡登记结婚，领了两张类似奖状大小的"结婚证"：

滕生庚林玳璨自愿结婚，经审查合于中华人民共和国婚姻法关于结婚的规定，发给此证。

成都市金牛区簇桥人民公社，经办乡长刘益如（盖章）

成都市金牛区簇桥乡人民委员会（盖章）

1965年12月31日

下午，收拾行装进城，借用宣传科罗干事的住家作为婚房，没有仪式，没有婚宴，没有亲朋，没有花烛，连一幅双囍都没有，就我们俩，穿着上班的衣服，喜结连理，进入洞房，完成人生一大喜事。玳璨说："从今天起我不再是姑娘了。"是的，我们是夫妻了，你不再是黄花闺女，我不再是单身青年，你是我的结发妻子，我是守在你身边的丈夫，我们从今有了法律意义上的家，让我们共同担负起家的责任，自青丝慢慢变成白发，永不变心。

1966年元旦，我们赶往火车站，启程回江都老家，带着新婚妻子见父母。2日晚住西安，3日晚住江都，4日赶头班车到了小纪的老家。而立之年的儿子终于成婚,想了几年的儿媳妇终于谋面,把老两口高兴得话不知怎么说、步子不知怎么迈,忙乎着安排吃早茶。弟妹们见到大嫂和相片中一样觉得很亲切,生桂会来事,下河摸了很多河蚌招待嫂子,以表庆贺。玳瓅初进家门一点也不认生,帮助母亲做这做那,不顾河水冰冷刺骨下河边清洗衣服,两手冻得像胡萝卜似的。

我们在家过了小年,腊月二十四送灶王爷上天;过了大年,除夕夜全家欢聚吃年夜饭,团圆和美,喜庆吉祥。我还是1955

图(16) 婚后第一年家人团聚合影

年在家过的年,这之后的十年漂泊在外,一到过年就想家,想父亲母亲,想过往的过年情景,穿新衣,收压岁钱,放鞭炮,吃鱼吃肉喝鸡汤。现在过年,虽然有些传统淡化了,但家家户户还是很忙碌,掸尘、洗被褥,擦香炉蜡烛台,蒸馒头发糕,炒花生蚕豆,办年货,贴对联。市面上更是人流如织,买卖人把大街挤得水泄不通,一片红红火火的景象,让我重新感受到家乡浓浓的年味。玳瓅从小生活在大城市,今天也体味了一把苏北乡镇的民风民俗,尝一尝过大年的喜庆。

年已过完,假期也到,母亲脸上渐生愁云,她的心思我能看透,是舍不得儿子媳妇。结婚有家了,没有了一年一次的探亲假,这一走不知什么时候再见面,我们一齐安慰,让老人家放宽心。告别父母弟妹,到了南京,玳瓅北上回京探望哥嫂,我因假期已到回成都上班。

虽然结婚了,但没有房子,还不能算名副其实的家,我们还是各住原来的单身宿舍。入夏,厂里才分给我们一间10. 99平方米的居所,在新8号院6幢4单元101室,与同事张家同住一室,他住两间,我住一间,两家共享一个小厨房、小厕所、小阳台。

有了一间房,有了一个窝,婚后团圆了,让我们高兴了一阵子。领到一张大床、一张没有抽屉的条桌和两张方凳,这就是我们的全部家当。有了家一天三顿仍吃食堂,不过有时也开伙,用家骏送给我们的结婚礼物煤油炉做点简单的早餐或晚饭,我会做家常饭菜,玳瓃从头学,享受新婚甜蜜,沉浸在自由自在的两人世界里。

结婚生孩子,是很自然的事,我们没有刻意安排。不过有一天玳瓃说该来例假的时候没来,是不是有喜了? 到医院一检查,果真怀上了。年过30岁,我要当爸爸了,当然高兴。那时我们不懂,也没有在意,如增加营养,注意保护等,9月下旬发现有血迹,立即住进厂医院保胎,结果没保住小产了。大人要紧,好好休息调养,有健康的身体,不怕孩子不来。

1967年上半年没有动静,心里反而有些不安,怕那次流产留下后遗症,影响坐胎,便到省中医医院看医生,吃了几副中药,药到病除,喜讯随之而至。玳瓃身体好,心情也好,初期还比较注意,处处小心翼翼,到中期该干什么她就干什么,吃饭走路上班一切如常,没有一点儿娇气,每天腆着大肚子,家、办公室、食堂跑来跑去,毫不在意。

1968年4月10日左右,玳瓃有断续的反应,13号那天临盆感觉明显,上午送成都妇幼保健院,安顿好后不像马上要生的样子,我就回厂了。第二天14号上午进产房,儿子破宫而出,母子平安。

生才看望后,过来报喜讯:嫂子生了,是男孩。

大喜过望,大喜过望! 我立即赶到保健院,看望母子,玳瓃初为人母,眉梢间洋溢着喜悦。看到出世一天的儿子,怎么像个寿星佬,额头上有好几道皱纹,正依偎在妈妈的身边闭目养神,逗逗他,嘴角动一动,表示对爸爸昨天没有第一眼瞧见他心里有些不快，我心里直呼对不起，对不起妻子，对不起儿子。

为了催奶不让儿子饿着，我赶到金花桥买鲫鱼、母鸡、鸡蛋，熬成浓浓的鱼汤送到保健院，保证儿子吃到母乳。

因为是顺产，三天后便出院，我叫了一辆三轮车，母子裹得严严实实坐在上面，我骑自行车紧跟其后，途中出现惊魂一幕，离南门大桥不远，陡然枪声大作，大街上的行人吓得四处逃窜，我们也受到惊吓，但不敢停留，硬着头皮闯过南门大桥，心才静下来，宝宝在妈妈的怀里正香甜的睡着没有受惊扰。

儿子觉少，常夜里啼哭，他妈妈只好抱着哄他睡觉，让人恼火的是他哭的时候两只小脚互相蹭搓，蹭破了嫩皮，渗出了血印，如果不抓紧治疗感染了麻烦就更大，玳璨月子里根本休息不好，吃饭也不香，弄得精疲力竭。产前以为自己能对付，谁知麻烦一个接一个，不得不请院子里的杨妈来帮忙。好不容易盼到满月，我突发牙病，到川医拔牙后流血不止，肿痛难耐，有一两个晚上只好把宝宝交给杨妈。

儿子起名叫滕云起，按照老家祠堂排辈，应是"友"字辈，叫"滕友×"，当时文化大革命破四旧，自然不能按老祖宗的辈分叫"友"字了。想到他的父亲叫生庚，即生根之意，长在地上，根在土里，不为人知，终无出头之日。儿子应在地之上，跳离土壤，跃出大地。借腾云驾雾之说，腾云，离土壤离大地，直上云端。但游走于天空，没根没系，没依没靠也不行。应脚踏大地，时而起来直上云际，时而落下，回归大地，这样又有根又能飞，最为理想，所以起名叫滕云起。云起云落，云卷云舒，时起时落，起来冲天，落下及地。当时起了滕云起的名字没有想这么多，孩子长大了走向社会，由芜湖而杭州，由杭州而南京，由南京而大连，由大连而北京，越走越远，越飞越高，云起云落成了他工作生活的一部分。

名字起对了真灵验,在他过 38 岁生日时,从几千里之外飞回北京,正可谓昨天在新加坡送走晚霞,今晨到北京迎接朝阳。他的路在蓝天,他的事业也离不开蓝天,他的家庭他的生活和蓝天息息相关。他的命和他的名字连结在一起,他的事业在他的名字里,父母总是在儿子生日那天,要说的祝福话,也就是他出生时给他起的名字所寄托的希望。

儿子出生那年,正是文化大革命闹得最凶的时候,白天上班闹革命,晚上开会学习搞斗私批修,不得已把他送给

图(17) 我们与儿子摄于 1968 年 12 月

王婆婆日托,每天夜晚,他的两只小眼睛紧盯户门,盼父母来接。当时好多东西凭票供应,生活清苦,孩子和大人一起吃食堂,到了星期天,才能给他改善伙食,买肉包饺子,妈妈想得周到,特别给他包小饺子,让他先尝先吃,孩子吃到妈妈包的饺子,可开心了,吃几口就瞅着父母嬉皮弄眼地笑,一顿能吃十几个。

北京的大哥大嫂知道成都供应紧张,给我们寄来奶粉、白糖、肉松之类的食品,孩子从小就感受到亲情的温暖。

滕云起是大名,第一眼看到他的生才叔叔又给他起了一个乳名。当时提出两个,一个是"波波",一个是"培培",我们采纳了"培培",因此,他小的时候,无论亲朋,无论走到哪里,都叫他培培,长大后,仍然改不了口,一是习惯,二是亲切,三是顺口。他自己打电话给老家的叔叔姑姑,也自称"培培"。

女儿出世小家在聚分中前行

1969年夏，我还在看管队的时候，无意中玟璪怀上了，既然来了，就不要拒绝。我们当时的收入都很低，玟璪36元，我41元，加在一起月收入才77元，既要养活儿子，又要孝敬父母。自从我走向社会有收入以后，无论当老师时的24元工资，当兵时的津贴6元、8元、12元到18元，到工厂时的41元，都按时寄钱回家，十几年如一日。虽然有了孩子，我仍然不忘家中父母，如果再添一丁，两头照顾压力就大了，于是就想到把培培送回老家，送到爷爷奶奶的身边，我们寄钱回家既孝敬父母又养活儿子，还能减轻我们的家务负担。

1970年初，趁生才回家探亲之际，我们托他把培培带回小纪。走的那天比较匆忙，当时培培有些小毛病，上午带他进城看医生，回家后接到生才的电话说拿到今晚的火车票，整理衣物搞得手忙脚乱，心情也是七上八下，养了二十一个月的儿子马上就要离开，连日托照看的王婆婆都舍不得，我们父母更是痛在心尖上。不过儿子不知道，他还小，在火车卧铺车厢里，看到的一切都觉得新奇,过道里走走,铺位上坐坐,特别对过道中的弹簧椅感兴趣,用力按下来,手一松又还原,反复在玩,十分专注,玩到兴致时还哈哈地笑出声,在他忘情时,我们悄然下车,和生才挥挥手,拜托了,一路平安。

生才一路辛苦,到了江都没有了正常的班车,只有加班车,是那种带篷子的卡车。他把侄子背在背上,用双手兜住他的脚,防止寒风从脚底钻进,屁股只能一半坐在板子上,在路上颠簸了一两个小时才到家,母亲看到生才一个人进门,就问不是把培培带回来的吗,生才不慌不忙把大衣解开,哇,孙子睁大眼睛看着奶奶哩。一切都很陌生,开始几天都依偎在叔叔身边。

培培到了小纪,给石桥河东老家带来了欢乐,76岁的祖母看到重孙,好似收到了上苍送来的一份礼物,老人家精神上得到安慰。57岁的父亲也终于盼来了孙子,在与同龄人交往中说话有了底气。55岁的母亲在养育了一代人之后,又开始为孙子辈操心,苦中有乐,乐在中华文明的传承中,乐在滕氏门宗香火的延续中。亲朋好友有时要上门送些鸡蛋之类的食物,都会说一声:这是给你孙子吃的。父母听到这话特别顺气开心,把培培带到街上玩,别人问起,都会提高嗓门说这是我孙子,从成都带回来的,觉得特有福气。

1970年6月9日上午9时,玖璨在工厂医院顺产,小宝宝是我们爱情的又一结晶,是我们生命的延续。因此,用我们两人的姓给她取名叫滕林,乳名林林。给老家发电报报喜:培培添妹。一男一女一枝花,是上苍赐给我们一双儿女,我们有了一个完满的家。

生林林相对于生培培要顺畅简单一些,妈妈给宝宝洗澡,爸爸做饭、洗尿片;妈妈奶水正常,能让宝宝吃饱;林林睡觉比她哥哥强,月子里晚上能睡,白天不怎么闹,这样妈妈也能休息好,顺顺当当做了月子。又过二十六天产假到期,把宝宝送到幼儿园哺乳室,玖璨就正常上班了,按规定上下午到哺乳室给宝宝喂一次奶。林林出生五十六天就开始过集体生活,和另一伙伴睡在一张摇篮里。

　　1971年春,工厂派我到市里参加一个为期两周的脱产学习班,期间林林发烧出麻疹。妈妈出门拿订购的牛奶时,宝宝蹬掉了被子,受凉并发肺炎,病情加重,不得不打抗生素消炎。炎症控制住烧也渐退,同时把麻疹也逼回去了,该发的麻疹毒素没有完全发出来,这给她的身体健康带来后患。爸爸在林林最需要的时候没有在她身边,深感对不起女儿。

　　文化大革命在继续,学习、批判没完没了,我在总装车间任党支部书记,没有精力顾家,玳璈属臭老九,也得老老实实参加这个学习、那个批判。林林自出麻疹后,体质有所下降,住过川医儿科医院,住过市儿童医院。动不动生病,把我们搞得很紧张。有一天早晨起床一摸像似发烧,我们急忙抱起她往市里赶,还没到汽车站,她就闹

图(18)　我们与女儿摄于1971年

着要吃要喝,只好停下来满足她的要求。当她吃饱喝足时,精神来了,让我们虚惊一场。

　　经与父母商量,1971年9月上旬,我带林林回老家,让她和哥哥在一起由爷爷奶奶抚养。一进家门,见到分别五年多的父母,见到离开近两年的儿子,我紧紧抱着儿子激动得说不出话来。亲情像一根红线穿进三个针眼,联结着我们家三代人。

　　定神一瞧眼前是新家,虽然是1969年底重建的瓦房,但对我来说是第一次见到,里里外外摸摸看看,觉得父母太不容易了,他们这　辈子吃过多少苦,受过多少罪,1940年祖屋被日本鬼子烧毁,几经逃难搬迁,七年后才在

宅基地上盖起茅屋；1960年茅屋破损无力修缮，不得不忍痛搬出；又经八年艰苦奋斗，现在终于第三次回到老祖宗这块宅基地上，有了一个稳定的窝，有了一处属于自己的居所，我为新家惊喜，为父母高兴。

一双儿女不在身边，我俩并不轻松，1972年春，玳璓被派到工厂在德昌彝族境内办的一个农场劳动，我无后顾之忧，全身心投入工作。那时最怕车间出什么事故，一出生产、技术、质量、安全、生活问题，就有可能和政治联系起来，上纲上线，甚至被拔高到阶级斗争新动向的高度，我这当支书的就要忙几天，救火扑火，应付检查，安稳人心，保持车间革命生产大局稳定，心悬着不敢有丝毫的懈怠。玳璓在农场工作也很积极主动，脏活累活抢着干，再苦不叫苦、再累不叫累，遵守农场规章制度，主动和同寝室同组的人交流思想，保持心态平和、心情舒畅。

我们一家四口分在三地，尤其我俩结婚六年多，生育了两个儿女，第一次分开这么长时间，每到夜晚免不了互相思念，书信来往成了我们表达牵挂和爱恋的最好方式，口头上不好意思说的，在书信中可以直白倾诉，让夫妻之爱在字里行间流淌。玳璓说看到你的信让我有初恋的兴奋，仿佛回到了那阳光灿烂、树绿花香的春天里。我亦有此同感，她的书信好似浸人心肺的暖流，每每激起一朵朵浪花，愉悦中让我畅想，期盼中有一股力量。

春种秋收，在即将进入收获季节时，玳璓带着泥土的芳香回厂，我也在国庆后米汤泡饭——归还原汁（职），家庭安定下来有了生机。

1972年12月下旬，得知我们的邻居卢总会计师要到上海出差，我俩合计想请卢总顺便把林林接回来，想法一说卢总满口答应。

卢总为了接滕林，在镇江下车过江转车，傍晚才到江都，长途车没有了，生宝、生喜就用自行车轮流驮着卢总赶往小纪，和父母见面、商定接送方案。这一趟小纪之行，让卢总吃了不少苦，尤其坐在自行车的后架上，冒着冬夜风霜，在碎石路上颠簸了两个多小时，不是热心人不是至交，哪能接手这等差事。

　　卢总返程日期敲定后发电报告知小纪,生喜、生宝按时把林林带到镇江车站顺利交接。1973年元旦,在成都火车站,母女相见,妈妈把分别了十五个月的宝贝女儿紧紧搂在怀里。问候卢总,一路辛苦;感谢卢总,邻里情深。人生旅途中这段美妙插曲,常成为江都、成都回忆往事必提的一段佳话。

　　1974年9月下旬,我有一次出差机会陪程科长①到南京,然后他办事,我准备到无锡看望工厂一个长期病休的职工。这是一次良机,顺便回老家接儿子,他在爷爷奶奶身边已经五年多了,该接回来准备上学。另外还有一个愿望打算带林林同行,这个曾经在小纪待了十几个月的丫头又过了一年多长得怎么样,再让爷爷奶奶看看。

　　但是我和程科长的机票已经订好,带女儿同行难成。说来巧合,天公作美,这天正好机动科的一位徐姓同事到上海出差,我们试探着请他帮忙把滕林带到南京,他没有推辞,滕林见到徐伯伯也表示愿意。我到南京的第二天上了同次列车和徐会合,再坐一站在镇江带林林下车,生宝接站,送我们回家。

　　我先到无锡,看望慰问病休的职工,后到上海与病休职工的家长交流交代事宜。时值国庆中秋佳节,前往福州路造访玳瑢的三哥林宗棠家,我和玳瑢恋爱结婚十年有余,这是第二次见到林家的亲人,那年三哥是上海重机厂的总工程师,是闻名全国的万吨水压机的副总设计师。二十世纪六十年代前几年,中国人靠自力更生艰苦创业精神,研制成功万吨水压机,解决了制造大型机械加工设备中的这一关键难题,全国振奋,他们研制团队作报告的录音,工厂曾播放过,我和大家一样听后很受鼓舞,不想几年之后能见到这位大名鼎鼎的机械专家。初次见面,二哥二嫂热情有加,国庆那天晚上特备

　　──────────
　　①即上文提到的组织科程科长——编者注。

家宴款待,我有点受宠若惊,但席间的轻松愉快,让我享受到的是一份满满的亲情。

国庆后回到小纪,做返程准备,期间,带着培培、林林陪母亲到真武看望生茂,他当时在真武供销社负责废品收购站,收购站的前面是一条横卧真武的大河,河中不乏捕鱼人正忙碌着驾舟捕捞,生茂招待我们吃了新鲜的鱼虾和从河里刚抓上来的螃蟹,我们祖孙三代真是口福不浅。

这次离别是很伤感的,祖母担心这一别就再也见不到重孙了;母亲心里也有数,两个孩子这一走,三年五载恐难见。祖母的担心、母亲的顾虑不是没有道理,那时就那个条件,成都小纪之间往返一趟不是那么容易,但我还是违心地宽慰她们说:老人家不必烦恼,现在通讯交通方便,花8分线寄张相片回来,或者暑假带他们兄妹坐火车回来,见面不难。

父亲执意要把我们送到南京,生宝、生秀在江都上班也请了假,我们一行六人当晚住光华门标营一个系统的五三一一厂招待所,第二天上午参观长江大桥,一路上父亲不时的掉眼泪,我知道他心里难过,五年多和孙子同睡一张床,每天睁开眼就能见到孙子,下班回家要见的第一人也是孙子,有时还把孙子带到单位玩。有次发生意外在粮管所摔了一跤,右眼眉毛处磕破一个口子,老人家火速把孙子抱到医院,消毒缝针,为此还和医护人员吵了一架,嫌人家动作慢了。宝贝今天就要回成都了,心头肉马上就要被割舍,父亲此时此刻心情可以理解,我不时安慰两句。

千里送行终有一别,下午,火车一声汽笛虽然把我们分开了,但浓浓的亲情依然会穿越千山万水让我们日夜相守相望。

拾

舍离小家，为下乡知青及带队干部服务

大难临头贤妻坚强面对

四口之家团聚了，房子虽小，但是个温馨的窝。除了一张1米5的大床外，又领了一张双层床，请人打置了一个大立柜、一个碗橱和一张小圆桌，买了一把竹椅，把不足十一平米房子布置得井井有条，高低错落，物归其位，还留有一块起居吃饭的地方。就这么一个紧紧凑凑的巴掌小家，照样接待亲朋好友来访，春节请客吃饭。

1972年4月，全国职工普调工资，我和玑璙都涨了一级，我从41元调到47元，玑璙从36元调到41元，虽然只有几块钱，却为上有老下有小的家庭增加了一点收入，实属关键且及时，皆大欢喜。我们的收入和生活水平属于大众化那个档次，平常的吃穿不愁，但不富裕不轻松。

北京的大哥大嫂一直关心着我们，自有了培培、林林后，就时不时寄钱寄物。大嫂文化大革命中进了"五七干校"，他们的两个儿子林卫平、林卫国一个下到云南、一个上了东北，一家分在四处，就这样大嫂仍然分心地惦记着我们两个孩子，新年寄糖果、肉松，中秋寄月饼，冬天寄猪油、白糖，平时寄布、毛线等，我们倍感温暖，也增强了克服困难的信心。

我见过林宗彩大哥，那是1971年冬，大哥到攀枝花出差，路经成都住交际处，玳瓅带我前往看望，我知道大哥是北京钢铁学院的教授，曾留学美国，是中国知名的冶金专家，任几届民盟中央常委，后来当选全国政协委员，在钢铁系统有很高的声望。初次见面我不免有些拘谨，但大哥平易近人，和蔼可亲，很快拉近了我们之间的距离。我们到照相馆照了相，到餐馆吃了龙

图（19）　1972年秋在成都与林宗彩大哥合影

抄手，相处时间不长，大哥那学者风范、兄长气度给我留下了深刻印象。

　　大嫂林祥秀也是学院的老师，我们尚未谋面，但从她的书信中看到了一位眉目慈祥、心地善良、举止高雅的女性形象，她不但用十几年光阴把玳瓅培养成人，十几年后，又把玳瓅的孩子装在心中，我觉得她不仅是玳瓅的嫂娘，也是我的嫂娘，大哥大嫂的恩德，我们虽然不能涌泉相报，但可以像细流不断涓滴报答。我们也如实地告诉孩子他们曾经受到的雨露滋润和阳光抚慰，牢记在那个特殊年代受到的特别关爱。

当我们左手拉着儿子、右手牵着女儿欢度1975年元旦时,万万没有想到仅过了四天,大祸降临,险些造成丧亲之灾。元月五日这天平平常常,晚上,玳璟送一位从北京来成都探亲的邻家媳妇到火车站,返程中在下南门大桥时,由于下坡再加夜间没有标志,连人带车一下栽进马路边人工开挖的沟里,伤情很重,被送到川医急救。

当见到爱妻时,着实把我吓了一跳。她的整个脸庞、尤其右半边脸肿得高高的,眼睛睁不开成了一条线,鼻子轮廓也模糊不清,讲话声音微弱但还清晰。经过处理后,医生说头部外伤,需要进一步观察,可以回家休息。

接下来几天,要到川医复查治疗,多亏工会电影放映员小吴帮忙,我们每次坐他送片子的三轮摩托,解决了往返交通一大难题。

经多次检查拍片,她的神经、筋骨没有器质性变化,但头部被撞击,免不了胀痛,水肿消退也有个过程。

在整个治疗中,玳璟表现特别沉着、坚强,不吭一声,还照顾着两个孩子饮食起居,小家没有被灾难击倒。经过一个多月治疗休息,水肿慢慢消退,脸形逐渐恢复,小家重现生机,有了小小的欢乐。但还不能说渡过难关,因为伤筋动骨一百天,养伤是必需的,后续治疗检查也要遵从医嘱。

在这节骨眼上,政治部领导决定派我到旺苍带知青,工厂范围内的知青大部分安排在绵阳地区的旺苍县,按照中央的精神、成都市的布置,各单位选派干部下去协助当地加强知青管理,下派的人叫知青带队干部。

我问为什么派我,领导说你曾在车间当过领导,反映不错,派你带知青一定能完成任务。我很纳闷,我干过基层就该我去,这不是干得越多越倒霉吗?事后我向领导表态,我不是不愿意去,妻子伤病,又有两个年幼的孩子,处在困难当口,我要求缓去或下一批去,但领导就是不松口,说这是政治部党支部委员会集体研究决定的,不好改变。我说支委们可能不了解我的家庭情况,请求再议一次,一个科长阴阳怪气地指着我的鼻子说,你滕生庚有什么资格要求我们开支委会。

　　好大的帽子扣过来,这让人寒心,但硬顶也不是办法,最后玳璨咬紧牙关支持我去,她说鬼门关都进了一回,还有什么困难不能克服的呢?她一人把家撑起。她的理性,她的坚强,她的大度,让我敬佩,让我感动,空话无益,唯有用工作业绩才能回报。

　　到市里报到,又让人意外。成都市的绝大部分知青都下乡在绵阳地区十八个县中的十四个县,各单位派的带队干部有二三百人,加强对这些带队干部的管理与服务,成为知青工作的重要一环。成都市成立了绵阳地区知青带队干部领导小组,组长是市委组织部白副部长、副组长是市房管局党委李书记,市机械局党委李书记也兼职了副组长,配两名工作人员,一个是中学教师陈老师,另一名就是我。我想不明白,无论走到哪里,干什么工作,都是浮在上面,我渴望下到基层,脚踏实地地尽一份责任、干一番事业,但总是事与愿违,如浮云一样飘来飘去。唉,既然市里定了,我还能说什么。

带队干部服务及驻绵阳为知青

领导小组成员驻绵阳地区第一招待所，这里离地区知青办公室较近，便于工作联系协调。我们几人待在绵阳的时间并不多，大部分精力和时间都放在下面，到各县走访调研，和带队干部座谈了解知青安置，做好上下左右情况沟通联络工作。到达县城，首先要拜访当地知青办，向他们说明来意，并听取他们意见，然后到公社、到大队、到知青点，甚至到知青住处、带队干部落脚点，看望、慰问、交流，收集带队干部自身困难和要求。我们五人或集体或分组或单个行动，十天左右回到绵阳，汇报交流，分析动态，和知青办通气，与带队干部单位沟通，研究布置后续工作。白部长工作抓得紧，我没有想家的时间。

图（20） 1976年，我与白部长合影留念

绵阳地区北边的五个县青川、平武、北川、广元、旺苍都是山区，山高沟深，交通不便，看望带队干部、探访知青，完全靠两条腿跋山涉水，有的地方山高路险，上午出发，下午才到达目的地。有时在大山里转来绕去，搞得晕头转向，走了半天又回到原点，弄得哭笑不得。有次在大山里遭遇东边日出西

边雨，个个淋得像落汤鸡。有回在北川被山洪围困了两天才赶到知青点。为方便走山路、探溪水，人手一根竹竿当拐杖，我找的一根拐杖是紫竹，八节1米5长，很结实，伴我走了不少山路，几十年舍不得丢弃，一直将它保存在身边。李书记年龄稍大，身体也不是太好，做好旅途保护，我觉得是自己的一份责任。

图（21）　1975年我在旺苍

知青带队工作有艰辛的一面，也有多彩的一面。有次我们到平武的一个公社走访，正遇上知青和带队干部都到一个水库工地劳动，我们二话不说立即赶过去，看到热火朝天的劳动场面，也腿脚痒痒地加入劳动行列，整整干了半天，消息传开，广播喇叭里传出"成都干部也来工地劳动啦"的赞扬声。冬天有次到旺苍，适逢县里召开三级干部会，我们也应邀列席了会议，听了县委书记和县长的报告，享受了两天会议伙食。青川盛产木耳，当地知青办找土产公司批条子，一人买了两斤木耳，这是当时的珍贵食品，在市场上难觅踪影。有次我们到了北川甘溪的一个知青点，和驻点干部一起参加他们的收玉米劳动，收工回来将嫩玉米磨成浆，和上面、烙成饼，这是一次难得和知青、带队干部一起共进的晚餐，亲眼看到这些青春火热的男孩女孩吃着说着笑着，兴致高时忘情地敲盆敲碗唱起来，在他们脸上没有劳累只有欢乐，我们似乎也融入到这个集体。

1976年春节，我跟着李书记在盐亭县下面一个公社度过。盐亭是个贫困县，自然条件不好，吃的水看起来很清凉，但一加温煮开就成了乳白色，沉淀后下面是一层厚厚的白色沉淀物。年关前后，我们看望了公社留守知青和带队干部,要过年了,大部分知青归心似箭回家了,但也有少数知青因种种原因留在农村,我们挨个儿登门看望,给他们拜年,祝福新年交好运。并同留守的带队干部商量,对生活困难、情绪不稳定的知青做好安抚疏导工作,确保留守知青过好年。

　　初二那天,武装部长代表公社领导请我们吃饭,准备了四样菜:粉蒸咸肉、烧鱼、咸鸭蛋(当地特产)、蔬菜,生花生果子下酒,主食是菜馅儿的糯米团子。我们二人都不会喝酒,但难挡主人的热情,不得不举杯对饮,表示对主人的尊重和感谢。一顿饭让我们几多回味:这可能是当地的习俗,用传统的饮食款待远方的客人;抑或是武装部长拿出最好的食物招待成都来的领导。不管怎么说,当地人这么困难,我们轻易间把人家过年的东西吃了,真过意不去。

走遍绵阳地区14个县市

　　在领导的支持下,我多次单独下乡走访,带着领导的意图和我个人的设计,搞一些调查研究,足迹遍布绵阳地区14个县市,到过青川、平武、北川、广元、旺苍、剑阁、梓潼、绵竹、江油、安县、盐亭、中江、绵阳、德阳,接触过不少带队干部,看望过很多下乡知青,有很多的感慨和体会。

　　知识青年上山下乡大有作为,这是毛主席发出的伟大号召,得到广大知识青年的衷心拥护,得到社会各界的广泛支持。千千万万个初中生、高中生奔赴农村,接受贫下中农再教育,在农村这个广阔的天地里锻炼成长,开天辟地第一回,那真是鼓舞人心。

　　我在下面走访听到的看到的既有一片叫好声,也有令人揪心的地方。如集体安置即知青点里,这些男孩、女孩住在一起,劳动在一起,生活在一起,相互关照,彼此激励,容易形成积极向上的氛围,也便于公社、大队管理,防止意外。但有的知青点由于管理跟不上,青春萌动的少男少女有的为了打发时间,有的为了寻求精神慰藉,发生了不正常的男女关系。这类问题影响团结,影响青年健康成长,甚至对他们的前途产生负面影响。

　　落户在贫下中农家的知青,有正面的典型,如有一个女知青属个别安置,和这户农民相处得很好,下地劳动总是给她安排轻松活,吃住有保障,除了干些农活外,其他和城里没有区别。在长期的劳动生活中,这位女知青和农民家的儿子渐生情愫,恋爱了,结婚了,表示一辈子在农村扎根。

走访中我遇到过一个男知青,中午时他还躺在床上,说浑身没劲起不来,问是不是生病,他有气无力地说几天没吃饭了,我看他空无一物的屋子,没有米,没有面,没有油,只在墙角处堆了些土豆(马铃薯),我明白了,这是他从生产队分到的口粮,一个大小伙子,几天只吃没油没盐的土豆,哪来的精神哪来的劲? 有一位女知青向我诉说,她住在一处较偏僻的茅屋里,遇到夜里有敲门声,直吓得在床上打哆嗦,闹得不敢睡觉,得了神经衰弱。我很同情他们,除了做一些安抚工作外,还尽我所能及时向知青办反映,和带队干部通气,尽快向领导汇报,为帮这些孩子脱困搭一把手。

除了面上的工作,我将心思主要用在学习和调研上,翻翻过去的日记,有个连续20天的简单记录,记载着我当时的思想工作状态。

1975年7月26日到北川,因大雨27日仍留在北川,28至30三天在擂鼓,31日、8月1日两天回到绵阳,2日到通口,3日到永庆,4日到双潭,5日到龙凤,6日又到通口,7、8两日到甘溪青年队,8日到甘溪,10日到江油,11日回绵阳,12、13两日再到北川,14日返回绵阳。

20天里在10个地方往来穿梭,为的是摸清知青的安置和孩子们的生活、劳动、思想以及带队干部的工作情况。工作之余,被大雨困顿之时,也看点书,当时带了一本列宁的《国家与革命》单行本,每天看几页,写点学习心得,现摘录几则。

7月26日　北川　大雨

列宁:国家是阶级矛盾不可调和的产物和表现。在阶级矛盾客观上达到不能调和的地方、时候和程度,便产生国家。反过来说,国家的存在表明阶级矛盾的不调和。

学习心得:地球上开始有人类的时候,并没有国家这个说法,后来人类划分为阶级,才出现了国家。国家是一个阶级统治另一个阶级的工具。在奴隶社会里,有奴隶和奴隶主,在封建社会里,有农民和地主,这两个阶级的矛盾是不可调和的,是你死我活的斗争,奴隶主、地主运用国家机器,对奴隶、农民实行残酷的、野蛮的、长期的压迫和统治,而奴隶、农民则进行长期的、艰苦不屈的反抗斗争。中国几千年的历史就是阶级斗争的历史。

8月5日　龙凤　晴

列宁:权威和自治都是相对的概念,运用它们的范围随着社会发展的不同阶段而改变,把它们看做绝对的东西是荒谬的。

学习心得:革命需要权威,有了革命权威,全国才能意志统一地干社会主义,步调一致才能得胜利。当领导讲话没人听,怎么能够把党中央的指示、政策贯彻下去?怎么能够率领广大群众进行社会主义革命和社会主义建设?权威从那里来,就看思想政治路线端不端正。

世界上没有绝对的东西,因此也没有绝对的权威。林彪为了给自己脸上贴金,大喊大叫'大树特树''绝对权威',提法上是荒谬的,从来没有单独的绝对权威。权威或威信只能从斗争实践中自然建立,人为建立起来的权威好似沙滩上的楼房,总有一天会垮下来。

8月9日　甘溪　阴雨

列宁:马克思继续写道,"……在资本主义社会和共产主义社会之间,有一个从前者变为后者的革命转变时期。同这个时期相适应的也有一个政治上的过渡时期,这个时期的国家只能是无产阶级的革命专政。"

学习心得:社会主义是由资本主义向共产主义过渡转变时期的一个社会结构,社会主义时期,资本主义的东西逐渐在消亡,共产主义的东西逐渐在增长,消亡着的资本主义同增长着的共产主义彼此进行着斗争,这个时期只能是无产阶级专政,不然"四个存在"始终存在,不但夺取了政权建立起来的社会主义国家不能逐步向共产主义迈进,反而会出现倒退复辟的情况,倒退到资本主义。因此,无产阶级专政在整个社会主义历史时期是非常重要的,是劳动人民的命根子。谁要是削弱无产阶级专政,谁就是无产阶级的叛徒。一切领导者、当权者,不管他嘴上说得多么漂亮,只要在行动上违背一点儿无产阶级专政的利益,他就不是马列主义者,而是走资本主义道路的当权派。走资派是社会主义革命这一历史时期主要革命对象。所以,列宁强调指出:"向前发展,即向共产主义发展,必须经过无产阶级专政,决不能走别的道路。"

……

一路走访,一路看书,一路思考。看什么书,思考什么问题,肯定要与那个年代呼应、合拍,阶级,阶级斗争,无产阶级专政,将无产阶级文化大革命进行到底等,我时刻牢记在心,所以,才写出这一篇篇学习心得,感觉心很敞亮,干工作有劲头。

走访调研虽然过程艰难,鼻子碰过灰,吃过闭门羹,但结果还不错。大半年时间,通过脚踏实地了解情况,思考问题,然后归纳整理,写了五、六期工作简报,内容包括:"某地知青现状及对策""知青带队干部的工作职责及注意事项""带队干部如何与知青、知青家长、当地社队沟通协调""带队干部应主动争取当地知青办的支持""知青和知青带队干部中的好人好事"等,积极主动为领导出谋划策。半年一次的带队干部回城学习汇报会上,白部长作汇报发言用了不少我写的工作简报中的内容。

与妻共勉工作家事两不误

　　我在各县奔波，既然承担了这份责任，就应尽力做好，不可一心二用。家里的事完全交给玳璆，她的身体本来在恢复中，哪里顾得上休息呢？又要上班又要养育两个孩子，家里家外一把手，够辛苦的！1975年秋季开学，培培上学了，是工厂的子弟学校，学校离家约一里多路，途经商店、小桥、农田，妈妈重视教育，一开学就立规矩，要求培培上学放学直来直去，途中不得停留玩耍，放学必回家，等大人下班回来才能出门，两个孩子都听话，这让妈妈省了不少心。

　　这年秋，玳璆要到东北出差，准备带上两个孩子到北京放在哥嫂家，返程再带回来，这样不误我们两人的工作，孩子也有人照看。不巧的是培培临行前生病发烧，我只好把他带到绵阳医治，还好打了几天针烧就退了，孩子不装病，有了精神就自己看书做作业，自己玩，一点不淘，赢得白部长、李书记的喜欢。培培因此一生中有了在绵阳生活十多天的经历。

　　1976年元宵节，我休假回家，正逢青羊宫大型灯会开幕，第二天晚，我们一人骑一辆自行车带着两个孩子前往看灯，园内人声鼎沸，热闹非凡。我们把两个孩子扛在肩上，随着人流看了不少景点，一处水浒传说引起培培、林林兄妹两兴趣，灯景中主要人物是宋江，如真人一般，他不停地向皇帝点头哈腰，一副谄媚卑微的嘴脸，引起笑声不断，小孩不知其意，问："宋江被招安什么意思，宋江是坏人吗?"爸爸一时语塞，心想这背后的故事谁能说得清楚，妈妈说："等你们长大就明白了。"

我们的组长白部长，是山西人，南下干部，组织能力很强，文字功底也不错，因此我们的共同语言多一点，在和他一起出差的时候，就有机会向他请教和聊些家长里短，加深彼此的了解。他的爱人姓马，是四川著名作家马识途的侄女，育有二子，大儿子在部队，老二上学，有个幸福美满的家庭。生才当选为党的十一大代表，不是生才本人告诉我的，是白部长问起，知道生才是我的同胞兄弟，就把十一大代表是怎样产生的，滕生才符合哪些条件才当选为十一大代表这些内部消息，向我透露了一鳞半爪，我深感白部长是可信赖的老干部。

1976年5月，知青带队干部期满轮换，大家集中在成都市革委会招待所新老见面进行工作交接。交接结束，由白部长做东，邀请我们领导小组的几个人聚会，特别交代我把孩子带上，领着大家参观成都新落成的动物园，吃了便饭。从此，我和白部长虽然没有工作关系，但一年来带队干部经历中人家对我的好不会忘却，每逢节假日就会想起，有时还会带着全家登门看望，一直保持着友情关系。

拾壹

不惑受命，筹办"七二一工人大学"

筹办『七二一工人大学』

1976年6月初，我回到工厂，还没来得及补休为家里做点什么，新的任务就派到头上，筹办工厂"七二一工人大学"。这年我40周岁，可谓不惑之年受命。

1968年7月21日，毛主席在《从上海机床厂看培养工程技术人员的道路》的调查报告批示中指出："理工大学还是要办，但学制要缩短，教育要革命，要无产阶级政治挂帅，走上海机床厂从工人中培养技术人员的道路。"

空军工程部为落实毛主席这一最高指示，1976年做了工作布置，要求有条件的工厂开办"七二一工人大学"。我初步领会精神后，脑子急转弯，从知青上山下乡，带队干部管理等圈子里，转到学校、教员、学员、课程的平台上来，开展筹备工作，边学边干，只争朝夕。

工厂对办工人大学很重视，成立了刘厂长、王副书记、霍副厂长为主要成员的领导小组，下设以霍副厂长为主任的筹备办公室，办公室由我和从科室抽调的叶工、小王做具体工作。

筹备工作从制订方案起步，我们先到成都四二零厂学习，掌握办学的基本要领，然后提出专业设置、学制、学员选拔、教员举荐等关键问题的意见，提请领导小组审议。

领导小组召开了几次会议,对专业、学制、学员等问题,开始各抒己见,最后达成共识。

专业:机械设计

学制:两年,全脱产

学员:从工人中来,到工人中去

教员:从工程技术人员中举荐

基本框架确定下来,办公室拟定了筹办程序,并一一得到落实。

第一步:制订实施方案。明确学校架构,专业设置,学制,教学人数、条件及来源等。经领导小组审议,报厂党委批准后下发全厂执行。

第二步:开展舆论宣传。让全厂职工了解为什么办工人大学、怎么办工人大学、教员如何举荐、学员如何选拔、专业课程怎样设置等,从而得到各单位支持。

第三步:学员选拔。工人能在厂内上大学是难得的机会,学习热情很高,报名踊跃。经本人报名、单位推荐、学校选拔、工厂把关等几道程序,最后确定二十九人取得入学资格。他们大多来自生产一线,有好几个人是班组长;他们有一定的文化基础,毕业于空军技校或念过高中,是生产技术骨干;他们很有上进心,一半是党团员;他们都还年轻,年龄在二十几岁至三十几岁之间,个别的超过40岁;他们入学符合七二一精神和工厂实际,有几位在生产一线工作的木工、炊事员、管道工也被录取。选拔总体顺畅,学员素质优良,但也烙下了深深的时代印记。

第四步:举荐教员。根据本期开办机械专业的这一设置要求,筹备小组广泛征求意见,举荐教员人选,期间遇到不少麻烦,想要的人单位不放,单位推荐的学校看不上。霍副厂长做了很多协商协调工作,最后经工厂核准,聘请俞老师、李老师、张老师、张老师、罗老师、吴老师、虞老师、褚老师八人为工大教员,他们中有六十年代的大学生,有五十年代的高中专生,都是一线岗位的工程技术人员,理论基础比较扎实,实践经验比较丰富,思想素质也比较好,是较为理想的教员队伍。

7月初,教员集中,由负责教务的叶姓同事①组织他们做开学前的准备,购置教材教具,熟悉课程业务,编写教学大纲、教案,制订课程进度,要求大家静下心来、尽快进入角色。

7月下旬,学员报到,建立党团和工会组织,成立班委会,选举产生班组长,然后由他们组织打扫环境卫生,整理布置教室。另外一项任务是在学校北面一块空地上,由营房科指导和支持,搭建两间砖木结构平房,一间作文体活动室,一间作库房,搭建工作交由学员完成。

开学前还有一项重要任务,就是思想教育和作风养成教育,要求学员要端正学习态度,解决好为什么上学,学习为了啥,遇到困难怎么办等问题,消除私心杂念,把精力和时间都投入到学业中去。要求教员要为人师表,担负起教书育人、培养人才的责任。要求大家进了学校就是教员学员的身份,遵守校规校纪、厂规厂纪,凡集体活动或参加工厂集会必须列队带进带出,养成雷厉风行、令行禁止的良好作风。

---

①即上文提到的与"我"共同负责具体工作的那位姓叶的同事——编者注。

抓作风养成 促教学相长

　　筹备工作基本就绪,7月30日下午,工厂召开有各单位领导和代表参加的大会,举行简朴而热烈的七二一工人大学开学典礼。全体学员教员胸戴红花,喜气洋洋坐在礼堂正中,会上刘厂长首先代表厂党委、厂领导讲话,宣布"中国人民解放军第五七〇一工厂七二一工人大学"成立并授校牌,王副书记宣读任职通知:霍副厂长兼任七二一工人大学校长,滕生庚任党支部书记。会上工厂向工大赠送四摞红宝书和用红绸缎系着的四十把铁锹、锄头等劳动工具,希望勉励全体学员勤奋学习科学文化知识,不忘产业工人劳动本色。典礼结束,大家以大礼堂正门为背景照了一张工大成立的

图(22)　1976年"七二一工人大学"成立纪念

"全家福"照片,记录下这历史长河中具有显著时代特征、值得纪念的瞬间。

开学第二天正式上课,按照工大的课程安排,上午四节课,下午两节课,课后和晚自习,学员完成作业。教员备课辛苦,讲课认真,辅导用心,批改作业仔细;学员听课专心致志,做作业刻苦钻研,不懂就问,不放过一个难点。学员常为破解一道难题、弄清一个定义虚心求教,教员耐心解答,全校充满一股求知若渴、好学上进的良好学风。

"七二一工人大学"办学宗旨是培养思想过硬又红又专的技术人才,我作为学校的党支部书记,对上政治课、加强思想政治工作格外上心,开学不久也就是9月9日那天,在充分准备并经霍校长同意的前提下,学校组织教学人员乘卡车长途拉练,到离成都一二百公里的遂宁一个石油钻井队参观学习,请他们讲王进喜式的石油工人艰苦创业的铁人精神。

到达目的地听到毛主席逝世的噩耗,大家立即组织悼念活动,置黑袖套、扎白花、写悼文、出墙报,住地是一片肃穆悲哀的氛围。第二天又在钻井平台上和石油工人一起举行了悼念仪式,聆听工人师傅讲述在四川找油、打井,一不怕苦二不怕死,宁可少活二十年也要为祖国献石油的动人故事。

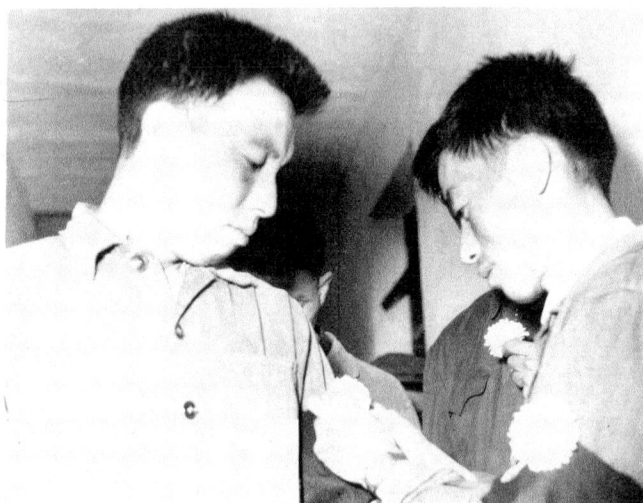

工大提前一天结束这次拉练锻炼,按照工厂的安排,学员们轮流在毛主席像前站岗守灵,还以民兵身份被工厂派到市里,在人民南路广场为万岁馆前的毛主席塑像站岗执勤。

图(23-1) 悼念毛主席逝世

工大在参加系列站岗、守灵、值勤等悼念活动后,化悲痛为力量,回到课堂,恢复上课,把耽误的功课补回来。随着各门功课陆续开课,学员参差不齐的矛盾逐渐暴露出来,最典型的是营房科的管道工官师傅,他接近50岁,高小文化。他的单位竭力推荐,学校也为突出政治性、突出七二一大学的工人性,破格录取了。他上大学感到特别不容易,公差勤务、劳

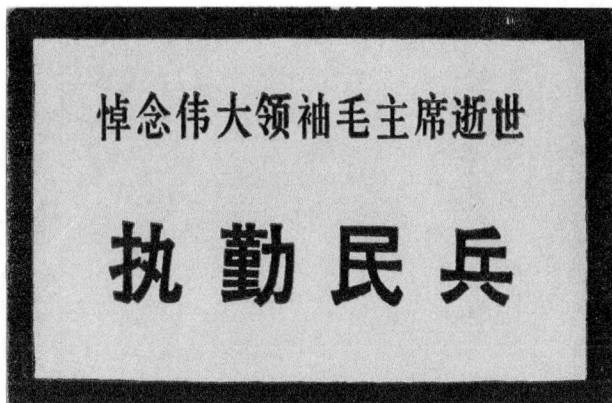

图(23-2) 执勤民兵证件

动值日他都抢在年轻人前面,浑身有使不完的劲,是一块干活的好料子。但一进课堂他就犯迷糊,提不起精神,问他听得懂吗,他说能听懂,叫他把老师讲的课重述一下,他一个字也说不出,更不要说做作业了。还有好几个学员听课很吃力,跟不上讲课的节奏,作业难完成,教员课余精力都放在他们身上。学校因势利导,发动互助互学,开展一帮一、一对红活动,学有余力的同学主动伸出手,左牵一个右带一个,除个别人外,都在百米线上奔跑,期中测验并不理想,挂红灯的人挂红灯的课目不少,但期末考试有了改变,及格面扩大,看到了希望。

　　1977年春,按照教学计划,学校组织全体师生到夹江空军某航校学习,一是接受传统教育,该校具有抗日战争、解放战争时期培养造就一大批空地勤人员的光荣传统;二是与航校学员同堂听课,进行教员与教员之间的教学座谈,学员与学员之间攻读交流;三是考察教学管理和作风养成教育。学习三天,行程紧张,一切按照航校的规矩行事,我们的住地离教室较远,开始路程所需时间估计不足,队伍走到半路时感到时间不够,领队果断下令:跑步走! 一直跑到教学楼前,走进教室一看表离上课时间只剩3分钟。师生后来反映这次夹江之行时间短但收获大,对端正教与学心态、改进教与学方法、提高教与学效率无疑起到了鼓劲加油的作用。

七二一大学是工厂办的大学,除按照教学规律行事外,很多还是要跟工厂走,文化大革命搞批林批孔、反击右倾翻案风,打倒"四人帮"后搞揭批查等,工厂有什么布置,工大就要有什么行动,紧跟形势,在政治思想上与党中央保持高度一致。1977年元旦刚过,为纪念敬爱的周总理逝世一周年,工大组织出版大型墙报,学员教员纷纷投稿,抒发对人民好总理的深切哀思、深切敬佩、深切怀念。经大家努力,一幅图文并茂的大型墙报于忌日那天立在工厂大门内,立马引来一批批职工争相观看,并引起共鸣,重现一年前周总理逝世时那种悲壮场面。

按照学校的做法,工大放寒暑假,但假而不休,寒假学员一律回原单位参加劳动,到第二课堂继续学习。暑假组织教学实习,学员教员混编组成两个实习组,一组承担"防滑铝压制机"设计制作,一组完成"直5飞机千斤顶"设计制作。

产品设计、计算、制图等工作,由教员主导学员参与,大家都很卖力。李老师负责千斤顶力学计算,他废寝忘食,草稿纸用了一大摞,抢在开工前拿出了设计方案。出图后立即投入生产,由学员主导教员参与,个个都想露一手发挥所长,从计划安排、生产准备,再到备料、场地、协作、加工、组装、试验等各个生产环节,对他们来说是驾轻就熟,环环相扣,一路绿灯。

我每天到两个组查看,帮助他们解决一些难题,但得到的回答都说没问题,可以按作业计划完成。其实麻烦还是有的,千斤顶制作比较顺利,防滑铝压制机装配公差配合不好,经几个"臭皮匠"攻关,问题得到了解决。暑假结束,两项产品制作完成,经现场试制试用成功,产品达到设计要求,受到工厂有关部门的好评和关注。

这次暑假实习,工大学员拿出了自己设计制作的产品,既体现了理论联系实际、学以致用的办学宗旨,又彰显了工厂办大学、工人上大学的优越性,同时也说明我们这一年来所付出的努力取得了阶段性成果,学习氛围、精神面貌等各方面表现受到厂领导的肯定,受到学员单位的赞扬,职工群众也投来信任支持的目光。

恋家情结，毅然决然到芜湖

　　1977年5、6月间，有两个消息，让我纠结不已，一个是空军在安徽芜湖建厂，原五七〇二厂丁政委早已在那里主持筹备工作，刘厂长也奉命调往芜湖，只要向刘厂长表个态愿意去新厂，就能如愿；一个是白部长官复原职，回到市委组织部，他透露市里要成立一个新局，问我想不想去局办，开头困难会多些，但前景不错。我又走到一个人生的十字路口，何去何从，关系到我的后半生，也牵涉到我的小家。思来想去，反复权衡，有一个想法占了上风，若调往芜湖，离江都老家近了，离父母近了，想家的时候，想父母的时候，随时有可能回老家看看。再说调往芜湖，只是地理位置的变化，没有脱离空军，没有脱离航修系统。自1956年入伍当兵，这十多年来一直为国防服务，一直为部队尽责，完全适应了这种相对封闭的清苦生活，有了一种朴素却很真实难舍难分的感情。如果麻烦白部长到政府机关谋个差事，每天上下班就要在路上奔波，要想省事，就要把玳璪也弄到市里去。向单位申请房子，在城里安家，解决孩子上学，这不是想办就能办到的事，也许三年五载仍悬在那里。最后跟玳璪统一认识，顺江而下去芜湖，只有一个理由：离家近，看父母方便，了却一个游子多年在外的心愿。

1977年夏，生才生病住四川医学院附属医院内科，我去探视，顺便把调往芜湖的心思告诉他，这突如其来的消息先让他一怔，张张嘴想说却没有说出口，接着眼泪直流，以至哭出了声，我也鼻子一酸，握着他的手痛哭开来。兄弟俩面对面、手握手地哽咽了好一会才止住泪水。我们忆起过往，1964年春节前，他从西安赶到成都看望哥哥和未来嫂子；1967年分配工作，他有多项选择，考虑到哥哥在成都，毅然决定到成都七八四厂工作。没想到他找了本厂职工、成都姑娘梁淑琪结婚成家生女，在成都扎下根，而哥嫂一家却要调走，到一个离父母较近的地方安家落户。1977年国庆，我和玳璇带着培培、林林到东郊和生才一家（淑琪、磊磊、婆婆）团聚，吃了团圆饭，拍了惜别照。从此，兄弟俩心系东西，十几年后孩子们长大，才在小纪老家爷爷奶奶身边重逢。

工大师生听说我要走，都感到惊愕，认为滕书记一手创办七二一工人大学，还没有看到开花结果，就要离去，有的人觉得伤感，有的人认为惋惜，我的内心也不平静。一年来，无论在课堂、在会场和其他场合，我既是他们的领导、教员，又

图（24） 1977年国庆留念

是他们的兄长、朋友，他们的苦就是我工作的着力点，他们的痛就是我要攻克的堡垒。曾经同他们一起苦恼过、徘徊过、欢乐过，一下子说走就走，真有点舍不得。学员们自己动手准备了一桌欢送晚宴，个个向我敬酒，表衷肠地说：像你这样的干部，少有，以后也难找！

图(25) 1977年10月全家摄于南京中山陵

1977年10月8日傍晚，我们举家告别五七O一厂，告别成都，踏上旅途，奔向一个新的天地。送行的人坐满了一辆大客车，运输队陈队长开车，最后和他握手告别时，他若有所思地说：又走了一个大好人，一个能人！“谢谢，谢谢陈队长，谢谢五七O一厂，谢谢厂工会、政治部、飞机车间、七二一大学的同志们和朋友们！”我高举双臂向送行的人们使劲地挥手。

铃声乍响，汽笛长鸣，火车开跑，成都从我的视线中渐渐地远去，往事像烟云从我的心底慢慢地升起，哪能忘我当初从广东羊城踏进四川蓉城，只是个背着背包提着柳条箱的单身汉，受到岷江的水和川西坝的土养育滋润，在这方土地上立业成家，从一人变成了两人，从两人又变成了四人。玳瑔与我同舟共济，相濡以沫，虽然物质生活比较清苦，但精神层面是健康向上的，对低工资、领票证、吃食堂、穿工作服、晚上开会学习都能坦然面对，习以为常。生活中哪怕有一点点改变，都有一种满足感，1967年花两三块钱买了一把高脚靠背竹椅，为回家能舒服地坐一坐高兴；后来，相继买了一辆永久牌和一辆凤凰牌自行车，为家里添置了大件心里总是美滋滋的；1973年请李木匠制作了一个大立柜，衣被有地方放了，每当看看摸摸新立柜会感到生活的乐趣，第二年又打制了一个五斗橱和一个书橱，玳瑔亲自油漆，也是忙得乐呵呵的。看到家一年年在变化，看到一双儿女一天天在长大，既是一种欣慰，更觉一份沉甸甸的责任。今天我们与成都依依惜别，举家东迁，十六年前我单身坐着火车来，今天全家乘着火车走，有着不一样的心情，知足，感恩，奋斗。

　　10日凌晨到达南京,原五七〇一厂政治部主任、现南京七二〇厂党委书记、我们的老领导、好朋友周书记①亲自接站,受到他家三代人的热情接待,像回家一样小住三天,游览了中山陵、玄武湖等名胜古迹,品尝了他的岳母、夫人做的浙江风味菜肴。12日午饭后,他们的大女儿送我们到中华门站坐火车,下午到达目的地芜湖湾里车站,下车出站步行十分钟,到了我们的新家——中国人民解放军八四四三工程筹备处,即中国人民解放军第五七二〇工厂建厂筹备处。我们从成都市的八一信箱里走出来,今天,又落户到芜湖市的五〇一信箱中,在这形似方寸实质广阔的天地间、在这特殊历史背景下继续书写人生。

---

　　①即上文提到的政治部的周副主任——编者注。

航修路上再出发

　　从成都调往芜湖的共五家人，我们在成都包了一个30吨的火车车皮装运家具，结果比预计的快，11号这天车皮就到了湾里车站。到芜湖的第一天晚上筹备处安排我们住招待所，第二天忙乎了一天，在防震棚内安好了家，第三天就上班了，我被安排在筹备处办公室，玳璨分在筹备处加工房，尔后，两个孩子也进了筹备处子弟学校，子弟学校就设在工地的防震棚内，培培上三年级，林林上一年级。吃饭问题开始吃食堂，没过几天，领票证，买粮油、买蜂窝煤，自己生火做饭。

　　家中接到信知道我们到了芜湖，都非常高兴。10月下旬，我们在防震棚接待了父亲，他说你们在四川时，曾想去玩玩，终因路途遥远没有成行，芜湖过去就知道这地方，接到信后你妈妈就催我赶快过来看看。我担心条件不好让父亲过不惯，其实不然，父亲白天到工地这里看看那里转转，心情极好，他问："你们这是什么单位？好大啊，转了半天也没看过来。"我告诉他这个厂盖好是用来修飞机的，他为儿子媳妇在这里干大事而发出会心的微笑。

　　防震棚内安家，我们经受的第一波考验是和老鼠打交道。这里的老鼠真厉害，上天入地非常活跃，一到晚上它们在由牛毡纸做成的顶棚上往来窜扰，沙啦沙啦的声音搅得人心烦意乱，睡不踏实；白天它们躲在洞里，趁人不备时跑出来啃咬家具，把一个洞堵上，它们就从另一个洞钻出来，让人防不胜防。而更恼火的是没有过几天,两个孩子身上长了大大小小的水泡,亮亮的如电灯泡,晚上睡觉在床上一滚,大的水泡被压破了,被子床单上留下大一块小一块的脏斑,像万国地图。厨房是几户人家共用,卫生间是公共旱厕,一开始我们就要求自己和小孩要养成良好的习惯,遵守公共道德,爱护公共卫生。防震棚虽然简陋,但不乏大家庭的关爱和友善。

生活中的困难那是小事,我们的精力都放在工作上,除做好本职工作外,参加建厂劳动几乎是每天遇到的事情,水泥、木材、沙石、煤炭我们装卸过,大批工装家具我们搬运过,修筑道路、整理场地我们参与过,培育苗木、植树绿化、生产蔬菜我们都有一份包干指标。装卸水泥、煤炭最脏最累,我们都

图(26)　新的人生旅程

争先恐后地上阵。每次劳动下来,虽然汗水(泪水)和着水泥或煤灰使自己变成大花脸,像换了一个人,但收获的却是劳动后的愉悦和身为新单位职工的自豪。

八四四三工程被列为国家重点工程,安徽省、芜湖市全力支援,安排最好的建筑、安装公司承担主体工程施工。

八四四三工程也是军队建设的一个重点项目,空军派出工程兵一个大队、运输一个连进驻工地参加工程建设。

八四四三工程于1976年6月正式破土动工,工地聚集了筹备、设计、施工、保障等单位近千人建设大军,在昔日沟塘交错、树草丛生的七百多亩土地上展开大会战,面对热火朝天的建设工地,我们心潮澎湃,庆幸自己在把青春献给空军航修事业之后,今天又遇上这个好机会,人到中年,航修路上再出发,全身心投入,为建好一座现代化的航空装备修理工厂,早日为航空兵部队作战训练服务垒一块砖加一片瓦。

到了年关,有几幢家属楼竣工交付,我们家从防震棚搬进21号楼乙门304室,两居室,有厨房卫生间,40多平米,全家人高高兴兴在新居送走了1977年。

太阳升起,1978年到来,时年我42岁、玳璨38岁、培培10岁、林林8岁。以此画一条线,我的前半生结束,权且打个句号。

迎接新的一年,开启我的后半生,与爱妻一道扬帆远航,继续人生旅程。

拾贰

走南闯北，
心中装的依然是我的父母我的家

润物无声的母爱

我小的时候,对母亲的感情特别深,觉得母亲特能吃苦,特能忍让,特能持家,特别善良。对母亲言听计从,从不说个不字。长大懂事后,对母亲的尊重、孝敬、服从是从做家务劳动开始的,协助母亲忙家务、分担母亲一部分家务负担是我们做儿女天生带来的自觉和后天养成的习惯,是一份责任。

母亲看到孩子们一茬一茬的长大,个个得力,心里高兴,同时也意识到一个个长大了要吃要穿要上学,负担不是轻了反而更重,压力不是小了反而更大。母亲的持家之道是自强不息,因此她更加勤勉,领着子女靠勤俭持家度日,一年到头不得闲。

春天里,挖野菜,走遍附近的田埂麦地,马兰头(马郎头)、马齿苋、蒲公英、荠菜(地菜)、小根蒜一挖一篮筐,当蔬菜吃或腌制当小菜。

图(27)　母亲顾惠英

夏季到,拾麦穗、拔麦桩,母亲带着我们几个大孩子,南到宗村、东到华阳捡拾麦穗,清早出门,天不黑不回家,最多一年拾了三百多斤麦子,非常不容易。我们被人家麦田主人赶过骂过,只要一见有人赶,大家拔腿就跑,跑得上气不接下气,摔过,哭过。拔麦桩是另一种辛苦,遇到根深难拔的麦桩,一个人使出吃奶的劲也拔不动,要两个人一齐出力才能有所收获,手脚被刺伤磨破不敢说,用口水抹抹、忍忍也就过去了。

夏季另一项家务是制酱、制酱油豆,母亲经验老到,先将蚕豆黄豆浸泡,再蒸煮、晾干,然后上架温焐,经数日发酵酶变,一粒粒豆浑身发酶变成土黄色时,第一步完成;接下来熬制盐水,盛入敞口的小缸中自然冷却后,将蚕豆黄、黄豆黄分别下到不同的缸中,完成第二步;第三步,在夏日的大太阳下经十数日至月余暴晒,蚕豆酱、黄豆酱制成。蚕豆酱黄豆酱既是做菜的佐料又是下饭的小菜,酱油豆则完全当小菜吃。

夏秋之交忙吃麻、纺线;秋季糊帮骨;秋冬时节结网、纳鞋底、做鞋、缝寒衣,遇到晴好天气,出门铲巴根草,为雨雪天备柴火。

冬至前腌制咸菜、萝卜干、焖萝卜饷,这些活很费工夫,前后要忙十多天,切块、晾晒、洗净、腌制、翻转、装罈保存,哪一道工序都不能马虎。

母亲是吃麻捻丝的能手,我小时候常看母亲劳作,先将麻打湿,分成小股小股的,然后再细分,按照一定标准捻成细麻线。这是手工活,靠眼、手、嘴并用,左右手协调。白天,母亲只要一空,就坐在那里忙活,一根线接连不断,几十米,几百米,上千米。吃麻也是技术活,几斤粗麻,要捻成符合统一标准的细线,没有细心耐心,是力力做个成的,母亲怕生英生桂吃不了这份苦,就没教给她们姐妹做,连年总是她一人默默地完成,母亲为家庭所付的心血仅此一项就能看个明白。一捆粗麻捻成连绵不断的细丝，足足有几大竹匾，厚厚的若干层。母亲特别提醒小小孩，别碰竹匾，还要采取预防措施，防止老鼠夜间捣乱。

麻丝晾干后，接下来就是纺线，在院门外的小巷中摆开阵势，母亲带着几个大孩子一齐动手，牵线的牵线，摇车的摇车，把关的把关。纺一根成品线至少两股多则三四股，一根线长度15米左右。纺一根线耗时三五分钟，大半天都泡在上面。

麻线纺成，下一道工序就是上梳结网。母亲起好头、定好尺寸——这一步很重要，是打基础，如同盖房子，基础尺寸决定房子大小——网眼大小、数量，决定网面幅宽和长度，决定售价多少，能不能卖个好价钱。母女三人轮番上阵，白天结、晚上结，停人不停工，母亲甚至有些苛刻，规定姐妹俩结满几寸才能睡觉。不过说是说真到她们睁不开眼了，母亲就催她们睡觉，接过来自己继续结，不到深更半夜不歇手。结网看似简单，这里也有技术含量，不能乱线，不能假结，不能漏网，结出来的网要板板实实，打开要在一个平面上，尤其不能漏网，越到最后越要小心，因为收购渔网以最后网眼数和尺寸计价。

母亲吃麻、纺线、结网是她开源的举措。

我们兄弟姐妹九个，脚上穿的鞋都是母亲亲手做的，尤其在困难时期，糊口为主，没有钱买鞋，糊帮骨、纳鞋底、缝鞋帮就成了与吃麻结网同等重要的家务劳动，是她节流的有效办法。俗话说新三年旧三年，缝缝补补又三年，还有新老大旧老二，缝缝补补给老三。在我们家九年以后的衣服、老三穿剩的衣服仍然舍不得丢掉，母亲用它来糊帮骨，什么意思呢？就是将不能再穿的旧衣服，尚结实的部分剪下来，无论大小厚薄颜色，洗净晾干，打一盆浆糊，将一片片布平整地粘在一起，做鞋底的多粘几层，做鞋帮的少粘几层，整理晒干便成帮骨，剪成鞋底锁边，一层一层叠在一起，所以形容鞋底厚实叫千层底。

最艰难是纳鞋底，一针一针，千针万线，鞋底越厚越难纳，一定要戴上针箍、用上小锥，一针一针顺行按格向前走，保持针脚前后左右一致。小时候看到母亲有空就拿起来纳几针，连串个门也带上边聊边做，纳一双鞋底耗费母亲多少精力和时间，五双哩，十双哩，一家人的哩，母亲度过多少个不眠之夜，恐怕用鞋底是无法计量的。母亲纳的鞋底非常结实牢靠，我在扬师上学三年，穿的都是母亲做的鞋，有几次鞋帮破了，鞋底还好好的，按照吩咐把旧鞋带回家，经母亲拆旧换新，我穿上脚照样能混一学期。

后来，生英、生桂跟着母亲学会纳鞋底，开始时深一针、浅一针，扎破过手，流过血，流过泪，但做得多了，熟悉老练了，反而为能掌握这门家务绝活而得意。生桂上卫校时，有次母亲给了十双鞋底叫她抽空做，她不敢懈怠，坚持每晚纳几行，被同学发现，出于同情，也想一试身手，一人分了一双，七手八脚，个把月就完成了，母亲直夸她人缘好、能干。

有一幅画，是写一位满脸皱纹、头发花白的母亲行针走线缝制衣服的感人情景，题目是"慈母手中线，游子身上衣"。我看到这幅画，就想起自己的母亲，从小到大、直到当兵之前我身上的衣服都是母亲一针一线缝制的。弟弟妹妹更不用说了，他们身上的衣服哪一件没经过母亲手，每到新春佳节，个个都穿上了新衣新鞋，光鲜的新衣和门上鲜红的对联、地上雪白的元宝墩交相辉映，把过年的气氛衬托得格外喜庆。前文提到的1955年我在竹泓小学任教时，天还没有怎么冷，就收到从小纪寄来的大衣，面料虽粗，但做工很细。润物无声的母爱都珍藏在这密密的针线中，是现实版的慈母手中线，游子身上衣。

母亲为了这个家，为了孩子，吃尽千辛万苦，天底下女人尝过的酸甜苦辣，她都尝过、品味过，单帮她跑过，集期她赶过，货郎担她挑过，没柴没米她讨过。每当母亲离家外出时，我们几个大大小小的孩子，就盼母亲早点回来,尤其到了傍晚时分,就会跑到母亲回来必经的路上等候,等呀,盼啦,眺望啊,左等右等见不到母亲,就会情不自禁地哭起来,那是心里害怕,怕母亲在路上出什么事。一旦见到母亲的身影,马上破涕为笑,情不自禁地喊出声:"看见了,妈妈回来了。"我们也连忙奔过去,接过她手中的东西。这个家不能没有母亲,我们这群孩子不能没有妈!

有吃,先让给父亲、孩子,哪怕是一粒花生的享受,她也不沾边;有穿,还是先让给父亲、孩子,哪怕是一双袜子,她也是最后受用。多一个儿女,她的爱就多一份,而她的苦就增加一分,九个儿女她个个爱,九条生命她个个亲,她为老大不知流过多少泪,她为挽救老巴子(父母最小的儿子)的小命,抱着、挑着到他乡求医。九个孩子谁有病痛、谁有难处都牵动她的心,因为每一个孩子都是她的心头肉,她不但给了我们生命,而且养育我们成人,她的身教言教都很到位,要求孩子做的她不但率先示范,而且用浅显的道理启发你、打动你,成为我们家的家风家训。

母亲常说:"上梁不正下梁歪,中梁不正倒下来。"她教育我们长大成家立业,一定要坐得端、立得正,什么时候都要走正道,这样房子才稳固,家才能守住。

母亲常说:"穿不穷,吃不穷,计划不周一世穷。"她告诉我们既要勤俭持家,也要计划持家,再艰难的生活只要计划好了,也能过出有滋有味的日子来;浪吃浪喝,再有钱也会败家。

母亲常说:"穷不丧志,富不癫狂。"她要求我们穷要有志气,不做损人利己的事,不入偷鸡摸狗的行;日子好了,要谦虚做人,切不可趾高气扬,目中无人。

母亲常说:"冷是冷的风,穷是穷的债。"她提醒我们困难不怕,缺吃少穿不怕,就是不能借债,有债在身,等于一块石头压在心上,那日子还能好过?

母亲常说:"拿人的手短,吃人的嘴软。"她告诫我们不要贪心,别人的东西再好是别人的,有了贪念之心,就等于把自己交给别人使唤,迟早要出问题。

母亲常说:"远亲不如近邻,邻居好,赛金宝。"她勉励我们无论在哪儿安家,首先要和邻居搞好关系,互帮互助,以邻为善,不占人家便宜,不议人家的长短,不看人家的笑话。

母亲没有什么大道理,她只是把老祖宗的治家格言继承下来,再传给儿女,教育我们怎样做人,如何立世。母亲从小上过年把私塾,有一点文化,她从生活中学习,实践经验非常丰富,讲做人的道理,不是用生硬地说教逼我们接受,而是用生活中的点点滴滴潜移默化地影响我们,是那种润物细无声的教化,让我们终生受用。

母亲心地善良,但也有忍痛责打的时候,尤其在教育子女中非常厉害。记得我小学毕业无事可做时,偷偷跑到河边麻锅家看赌博推牌九,第一次发现被父母训斥痛骂了一番,第二次被逮个正着,抓回家罚跪,吃了棒槌,打得我哭叫着直求饶,幸被三孃孃拉开,不然还要多受皮肉之苦,棍棒出孝子一点不假。生喜上学调皮,期末成绩报告单操行得了丙,被母亲打了一顿;哪个人没有挨过母亲的巴掌和棍棒,曾在身上留下青一块紫一块的印记?母亲对屡教不改的孩子非常愤恨,敲着他们的脑袋说:糕是两钱蒸,意思是说一蒸(一份)米糕卖两个钱始终不变(一蒸糕的分量不变,出售的价格不变),形容一个人一旦沾染坏习惯、坏品行不易改掉。这是母亲巧用比喻激励孩子的上进心和荣誉感。

母亲不是一本正经的"门神",她也有开心的时候,会活跃家里的气氛,尤其冬天结网、纳鞋底时,她会哼些小调,如《小小鱼儿粉红腮》《卖油郎独占花魁》等。当母亲唱《苏武牧羊》时,我们会随着节拍学起来:

苏武留胡节不辱

雪地又冰天

穷愁十九年

渴饮雪

饥吞毡

牧羊北海边

…………

历尽难中难

心如铁石坚

…………

夏天乘凉时，母亲叫大家把手伸来，查看每个人的指纹，说指纹里很有讲究：一箩巧，二箩拙，三箩四箩卖大钵，五箩六箩骑高马，七箩八箩把官做，九箩不得了，十箩哪里找。逗得孩子个个说自己箩多，长大有出息。

母亲还教孩子们说谚语，如：

蓝月巴巴，照应他家(音"格")，他家驴子，吃我家豆子，拿棒打它，叫我姐姐(音"贾")，姐姐探花，叫我大妈，大妈洗锅，摸到一个大田螺。

又如：

麻雀儿，一路滚，滚到扬州买白粉；买了白粉不会搽，只怪哥哥不买麻；买了麻来不会吃，只怪哥哥不买尺；买了尺来不会量，只怪哥哥不买床；买了床来不会睡，只怪哥哥不买被；买了被来不会盖，只怪哥哥不买菜；买了菜来不会烧，只怪哥哥不买刀；买了刀来不会磨，只怪哥哥不买鹅；买了鹅来不会杀，只怪哥哥不买鸭；买了鸭来不会缠，只怪哥哥不买田；买了田来不会种，只怪哥哥太无用。

这些说道除娱乐一下心情并没有实际意义，但却被孩子们津津乐道，一直留在记忆中，成年后、老年时兄妹们聚在一起，还翻出来说说作为对母亲的怀念。

母亲治家有方，得到长辈的肯定，受到同辈的夸奖，赢得晚辈的称赞。

家里如此,家外母亲的口碑也不错,街坊邻里都认为立志家的奶奶(老婆)善良厚道,待人谦和,被推选为居民组长。自当上组长后,母亲可上心了,镇上开会有个什么任务布置下来,她都能按要求通知到组内的每家每户。经济生活困难时期,有些票证如煤票、豆制品票等是通过居民小组发放的,母亲认真负责做好每次领发工作,从未出现过差错。邻里间出了什么不愉快的事,母亲知道后会不厌其烦地做好沟通化解工作。

党和政府有什么宣传、号召,母亲会积极响应,有些还付诸行动,身体力行。1954年发大水,她支持我下乡抗洪抢险;1956年工商业改造,她鼓励父亲带头加入集体经济;1957年除"四害",1958年大跃进、大炼钢铁,她都心有所系,把父亲当银匠用的铁墩、铁锤、铁钳等工具上交了;1964年生桂下乡插队,她虽然有些舍不得,但还是心安手快地准备行装,高高兴兴地把二姑娘送到农村;1965年学毛主席著作、读毛主席语录,她也是积极分子。

母亲家里家外的一言一行,对我们儿女来说是一份润物无声的母爱,是一本常读常新的教科书。

父亲是家中的顶梁柱

我们儿女对母亲的感情重些、强烈一些,对父亲的感情稍弱一些,这是因为父亲要忙生意,要赚钱养家糊口,每天早出晚归,和子女在一起的时间有限。而和母亲则是成天在一起,像小鸡一样生活在母鸡的羽翼下,母鸡走到哪里,一群小鸡跟着走到哪里。

图(28) 父亲滕立志

其实父亲是家里的顶梁柱,一家的生活来源全靠父亲。新中国成立前他开银匠店,既是老板又是伙计,既要动脑筋又要卖体力,前文已经讲过在那个年代他的辛苦、他做生意的不易,锻打、拔丝是百分百的体力活,要把五寸的银锭打成型,就要在铁墩上一锤一锤打出来,举起落下都要气力,是手臂和腰肌的功夫。拔丝也很累,把筷子粗的银条拉成牙签细,甚至拉成头发般的银丝,要费大力一档一档的延伸,腰背四肢一齐发力才能完成。小男孩戴的银锁有平面和立体两种,立体售价贵但难做,只要有人订货,再难父亲也要接单。先要把材料锻成银片,厚了增加成本,薄了烙模时易裂,父亲的本领就在这掌握厚薄度和烙模技术上,做出来的银锁立体饱满、图案生动、纹路清晰、配件多样,小孩戴在脖子上银光闪烁,铃声清脆,显示着家长的品位和身份,有些殷实家庭添了儿子、抱了孙子就会出不菲的价钱订制这种"长命百岁"银锁,父亲的手艺和辛劳在这交易中得到了应得的回报。

父亲这么辛苦也是为了全家,为了养育这么多子女,他肩上的担子也够重的了! 母亲心里有数,懂事的孩子也明白几分,这个家要保证父亲平安和健康,顶梁柱不能损,更不能垮,把父亲照顾好是天大的事,好东西都是父亲独享。

一到冬天就要给父亲进补,其实也没什么补品,一是炒制芝麻膏。父亲做银匠手艺,对眼睛有所伤害,视力下降,经中医授方,每年入冬,全家就忙着为父亲炒制芝麻膏,材料有黑芝麻(碾成粉)、桑叶(揉成末)、白糖、猪油等,炒制成满满一钵,父亲睡觉前吃两汤匙,服一个冬天,母亲规定孩子谁也不准碰。二是隔三岔五早上吃两只隔水蒸蛋,或喝杯豆浆,或吃碗百合。父亲喝的豆浆,是大孩子赶早起床到石桥口李家豆腐店打的,遇到下雨下雪照样出门,趁热端回来送到父亲床边。

平时,父亲起床后就到店里,中途买块撒酥烧饼当早饭;中午无特殊情

223

况不回家,大孩子给他送饭;晚饭,母亲招呼孩子先吃,咸菜、萝卜干是最好的下饭菜,父亲打烊回来,也没什么好菜,烧个青菜豆腐百叶,不然就是咸菜梗子浇点麻油,荤菜难得上桌。就这样,我们还眼馋馋地盯着他的菜碗,父亲高兴起来就夹块菜送到每个人嘴里,我们个个喜出望外,挤眉弄眼地兴奋一阵。父亲收店回来,经过刘二炒货店偶尔买包等外品的阴壳花生,一人给两个,我们吃到香喷喷的花生有像过年的感觉。

父亲小时候上过学,会用算盘会记账,能看书看报,国家有什么大事,社会有什么新闻,他能知道个大概,回家跟我们说说。父亲没有什么嗜好,不会喝酒,只会吸个烟,烟瘾不大;年轻的时候爱打个麻将,小赌,母亲哪能容忍,找到窝点去搅局,一年总要闹几次。人家夫妻吵架妻子一气回娘家,我们家却相反,父亲理亏就跑到宗村外婆家,外婆没办法还得给他个台阶下。搬至九龙口后,父亲就很少打牌了。

也许是手艺人出身的缘故,父亲做事心细认真,1956年社会主义工商业改造,他进了大集体性质的供销社,当一名售货员,卖食用油。每月盘点,他的账都很清楚,月月账物相符。后来食用油归到粮食系统,父亲连油带人划归当地的粮管所,他的身份又变了,是国家粮食系统的员工。有几年他分管居民定量粮票的发放与回收,这可是大事,关乎每个居民吃饭问题,容不得丝毫差错,父亲兢兢业业,一丝不苟,清点进出粮票,每到月头月尾工作量猛增,他从无怨言,只是加班加点把账扎好,一斤不少、一两不差是他每月交出的业绩单,数年如一日,像头老黄牛一直干到退休。

父亲是家中的顶梁柱,体现在他的敬业精神上。祖屋被日本鬼子烧了,祖父母在逃难中去世,父亲靠自己的双手在废墟上重新开业,在劫难中守业,在太平时敬业,这间南街上的银匠店在风雨飘摇中尚能坚守,在坎坎坷坷中依然挺立。

父亲是家中的顶梁柱,体现在他的敢于担当上。多少年来他带领全家一直走在苦难的路上,逃难到丁家垛正值国难当头,租唐奶奶屋住面临贫病交加,搬到宗村处于生计无着,住进九龙口又逢内战烽火,迁回河东虽然枪炮声远了但金银生意没了,作为一家之主,再难再苦,他没撂下一个,带领全家往前走。

父亲是家中的顶梁柱,体现在他认真负责的态度上。无论是战乱年代还是和平时期,无论是私营开店还是加入集体经营,无论是家里家外,他都能以认真负责的态度对待家庭对待工作。家每次搬迁,他事先都要做好安排;每个生命降生和后续养育,他都在胸中盘算;银匠店叫停,他及时改行卖杂货,没有让家中断炊;转到供销社、再转到粮管所,他能很快适应,没有落伍,没有掉队。

父亲是家中的顶梁柱,还体现在他对中华文明的传承上。他不忘祖宗,每年清明、冬至都要祭祖。清明前安排熟人修坟,清明这天上坟,一大早,父亲就带着我出门,到每座祖先的坟上挂幡烧纸,跪拜叩首,并向我讲述每座坟的祖宗是谁,我不懂事,当时明白事后便忘了。冬至这天晚上,父亲也会带着我们大孩子给祖先烧纸,告诉我们这份是烧给谁的,那份是烧给谁的,让天堂的每位先人都能分享一份子孙的孝心。

父亲敬业精神和敢于担当、认真负责的品质与母亲自强不息、吃苦耐劳、心地善良、勤俭持家的品质是相辅相成的,对我们子女都起着潜移默化的作用,从我们身上能看到父母的影子。

牵着生英的手同行

　　母亲1936年21岁时生了我,1957年42岁时生了最小的兄弟生辩,一头一尾相差近21岁,在农村这个年龄的差别就是一代人的差别。母亲生我们前面六个,我都在家有些记忆,后面三个,我已外出。从外地回来,进家一看,又多了一个弟弟,又添了一个妹妹。桌上多了一双筷子,意味着母亲又多了一分辛劳,但从母亲的脸上看不出来,她的心态很平和,觉得很自然,求不得、拦不住,这是上苍的安排,是她本人的造化。不过在那个年代生育是自由的,政府不管,社会不问,所以不少家庭都是几个几个、一窝一窝的孩子,我们家较为突出,兄弟姊妹共九个。

　　现在回过头来看,九个还不把父母累死啦!一个个地带,一个个的要穿衣吃饭,肯定忙得不亦乐乎,眼睛一睁,忙到熄灯。其实不然,人是高级动物,人的生育是有间隔有梯次的,不是动物那样一窝几个、十几个。我们家基本是两三岁一个,前面几个长大了,就能分担父母的负担。大带小,大的给小的摇桶儿(类似摇篮),端屎把尿,洗尿片子,洗脸洗脚,喂水喂饭,冬天帮助穿衣,夏天帮助洗澡,抱出门兜风,找回家吃饭。这些带孩子的琐事,父亲从来不问,母亲忙不过来,他们要忙于生计,要忙柴米油盐。如果哪些事做得不对,大孩子还要挨骂受罚,甚至被打,有时觉得很受委屈,反过来也会背地里在小的屁股上揍几下，抽一下他们胳膊，掐一下他们腿，以解心头之恨。

我们九个就是在这个家境中长大的，只记得父母的大恩大德，早已忘记哥姐留在身上的巴掌。一个个长大后，虽然各奔东西、立业成家，但互敬互爱，互勉互励，兄妹情深，姐弟谊长没有消减，父母在世如此，父母过世后，一份同胞亲情依然温暖着大家的心。

我们前面四个，生在前、长在前，生下来就受到兵荒马乱、饥寒交迫的煎熬，没有过过什么好日子，正因为如此，我们从小就知道人世的辛酸，懂得父母的艰难，唯有团结、友爱、心齐才能克服家中一波接一波的困难，保持积极向上的家风正气，使我们这辈人能健康成长。

图（29）　1964年兄妹四人于故乡小纪镇合影

我作为老大、排头兵，更感到自己坐得端行得正对弟妹的影响。"修身"我还没有这么高的悟性，但我从小对自己要求严格，上学很用功，虽然天资平平，但无论小学中学，成绩都在中、上之间，没有发生过逃学逃课不交作业的行为；结交朋友，都是正派人老实人，从不跟不三不四的人来往，染上坏习惯；生活相当节俭，1955年当上老师后才用上牙膏，1975年参加工作二十年才买了块上海牌手表；孝敬父母我认为是做人的第一准则，有了收入按时寄钱回家已成为习惯，玳璨有同样的孝心，视公婆如父母，与我共度患难，坚持了三四十年，直至1995年母亲去世。看一个人不是听他说得怎么样，主要看他做得怎么样，我以半生的实际行动践行了自己的理想信念，践行了对家庭的责任，上不辱祖先父母，下对得起弟妹。

我的身后就是生英，她生于1938年农历6月13日，属虎。她是我们家唯一的小学生，上了两三年学没有等到毕业就走出去工作了。她不是笨上不了中学，是迫于家中的困境，早上班就业，挣钱接济家庭。九个兄弟姐妹中她受的苦最多，我离开了家，生才离开了家，生桂也离开过家，只有她一直守在父母身边，成为母亲的好帮手。她从小就老实懂事，别看她是个不起眼的小不点儿，但她那忍饥耐寒、忍辱负重的精神让我敬佩，她堪称我们家的中梁，行事稳重，待人谦和，为家庭贡献了一份力量。

我们两个排行在前，最早参与家务劳动，缸里没有水了，兄妹两个一前一后抬个大桶、拎个小桶，往返河边码头，先用小桶提水，一桶一桶的把大桶装满，然后抬回家，喊一二三两人发力把水倒进缸，最少抬四五趟才能把水缸装满，一缸水用五六天，主要用于烧水做饭、洗脸漱口，诸如淘米洗菜、洗衣物、打扫卫生等直接下河边。

父亲店里守夜，开始也落在我俩头上，我十三四岁，生英十一二岁，我牵着她的手说："走！"她就跟在我后面，晚上同往、早晨同回。麦收时，兄妹下乡拾麦头；年关到，兄妹忙着掸尘；做饭时，一人灶下烧火，一人灶上掌勺；有时背着母亲偷吃东西，兄妹也配合默契。

我们兄妹俩在人生起步的路上真是一起挨过饿、受过冻，一起流过泪、流过汗，一起悲伤过、欢乐过，所以我一直对生英陪伴我度过童年、少年那个年龄段，心怀感激，她是我最亲的妹妹，是我的好妹妹。

为生才成长进步高兴

　　1955,年生才小学毕业,那时小纪还没有中学,只好跑到丁沟中学赶考,考回来觉得有点难,父亲说了他两句,他就赌气地说,考不取我就去死,结果榜上有名。在丁沟上了初中上高中,靠两条腿往往返返跑了六年,1961年高中毕业被保送到军校,父母没有白养,弟妹的支持也没白搭,但主要是他自己的努力。要强,踏实,有上进心、责任感,他的身上有很多优秀品质。

　　生才考取丁沟中学那一年,我正好扬师毕业走上工作岗位,有这个条件关心他,尤其到了部队,眼界开阔了,和生才的书信来往比较多,兄弟互勉,共同进步。1961年,我到了成都进军工,他上了军校到西安,地理位置一下拉近,兄弟的心也靠近了。1967年,他分配到国家四机部的工厂,也到了成都,想不到天转地转人转,兄弟俩转来转去转到了大西南,工作生活在同一个城市,进了同性质的军工企业。这下多好,兄弟想见,不要等哪年哪月哪日,星期天骑上自行车,一个多小时就能碰面。在十多年的风风雨雨中,兄弟俩一同走来,互相扶持,互相帮助,手足之情越发深厚。本来书信可以作证,但遗憾的是离开兴化、离开佛山、离开成都时把来往书信都处理了,只剩下寄到芜湖的几封信,其中1984年6月17日,生才从重庆四川省委党校写

的一封信最能表达心声,现摘录如下:

接到您的来信,很高兴。我边看信,脑子里出现了五十年代六十年代的一些回忆,看完信,我躺在床上,尽情地回忆着过去您给我的帮助与教育。扬州师范三年的寒暑假,您不是复习功课就是学习《毛泽东选集》,学习"辩证唯物主义和历史唯物主义",您和您的同学们走上街头宣传《婚姻法》,反对细菌战,演出反对美帝国主义杜鲁门、(南朝鲜)①李承晚的话剧……小纪镇上居民受到了有益的教育。竹泓小学您半年的教师生活精精益益(兢兢业业),生活艰苦朴素,每月24元的工资,要寄10元回家,帮助弟妹们成长。1956年初,您光荣的服兵役,我含着眼泪带着全家的嘱托赶往泰州,可惜您已经出发了。56年4月,我受当时社会和双亲的影响,写了一封不赞成您服兵役的信,引起您生了气,把我的信寄到了丁沟中学团委,团总支书记找我谈了话,为帮助我,把我的入团时间推迟了近两年,直到1958年3月份才解决,使我受到了很好教育。丁沟中学六年生活,大约收到过您近一百封来信,可惜这些信都一无所存,每一封信都包含着兄弟之情,革命道理,不时的帮助我,教育我,使我健康成长。我二十岁生日,您从部队给我寄来了生日礼物——一支英雄金笔,平常您将节省的三元、五元的寄给我,您的战友、同学张开榜、滕惟洪等都在关键的艰苦时刻支持过我。57年底,校医诊断我患了肝炎,我未参加期末考试就回家了,很快收到了姨嫂韩友梅的来信,是您将我的病情转给她,请她帮助,于是她来了信。58年初中毕业,急于工作,不想再读书升学,是您几次来信,支持我继续读高中,我在哥哥的支持下考上丁中,继读三年高中学习,高中毕业后,我被保送到西安军电读书,您不顾盛夏从千里之外赶到故乡为我送行,为我作诗题词,至今我刻于脑海未经忘怀:"光阴旋转十九载,喜看小树将成材;欲想成为中流柱,更需几春苦安排"。64年春节的前夕,在您的安排下,我初访蓉城,见到未婚的嫂嫂,我们

---

①原信为南朝鲜,现通称韩国——编者注。

又谈了很多很多，返回部队后，我于二月份写了第一份入党申请书，……。简单的有益的回忆，我的每一点进步、成长都离不开您的帮助和教育，我将牢记住这些，鞭我成长，日后有机会总还是要感谢哥哥您的。

……

生才1967年到成都七八四厂工作，从车间技术员做起，后提为车间技术副主任、车间主任，当选为中国共产党第十一次代表大会代表，光荣地出席了党的"十一大"，再到工厂党委副书记、厂长，一路高歌，一路汗水，十几年来他一直在努力，在他的身上变化的是身份，不变的是爱国爱家情怀。

这封信是他任副书记后被送到省委党校学习时写的，信很长，有几千字。他在信的开头讲的这一大段话，是真实的，是他感情的表白，是他内心对兄弟之情的肯定和赞美。作为大哥，寄钱回家，照顾弟妹是我应该做的，是对家庭的一份责任。因为经济能力有限，只尽了绵薄之力，不足以让弟弟挂在心上，我更希望的是一人力量虽然渺小，但老大做给老二看，接下来希冀老二做给老三看，老三做给老四看，像接力棒一棒一棒传下去，形成孝敬父母，尊长爱幼，同胞亲密，勤勉自强的家规家风，让苦了一辈子的父母心里有一份安慰，一份寄托，一份希望。

他在信中还讲了他的工作，他的追求，他的理想，他说：七八四厂已近而立之年，面对改革开放形势，如何转变观念、发展生产经营、搞活经济有大量的工作要做，压力很大。他表示决不辜负党的信任和重托，坚定信心，做好新形势下党务工作，让七八四厂跟上改革开放的步伐。

又一年，生才被任命为七八四厂厂长，他更加勤奋，在这个平台上施展才华，实现军工报国的理想，经几年打拼，四五千人的老厂重获新生，从成都东郊军工企业群中脱颖而出，荣获国家电子工业部、四川省的多项嘉奖。

我为生才的成长进步高兴，为有这样出类拔萃的弟弟骄傲。

生桂孝心后来居上

　　我和生英年龄相差两岁半,和生才相差近五岁,应该说是比较接近的,一同受苦,一同成长,彼此的亲情要重一点,在一起互帮互助,分别后的担心思念,在我们三人中流转。而生桂她小我7岁,我上扬师的时候她才9岁,当兵的那一年她才13岁,因此对她的关心、重视不多,甚至没有把她放在眼里。她接过接力棒,在家中的作用,我是从二十世纪六十年代初才有了感性认识。我和生才相继离家、生英参加工作,她就是最大的,下面有五个弟弟妹妹,父母也进入了中年,协助父母管理家务自然落在她的身上,背起书包上学,放学回家干活,从少年开始她就进入了这一角色。生英曾经担当过的,她也日复一日年复一年地重复着,有过之而无不及。她在母亲的熏陶下,养成了与母亲一样的优秀品质,心地善良,吃苦耐劳,热情大方,尊老爱幼,和睦邻里,父母在危难时能够挺住,家庭在贫困中能够站立,她的作用不能低估。但生桂对家庭最大贡献,是保护母亲,保护了母亲的健康。前面提过母亲身体好我们这个家庭就有爱,孩子们就会幸福。

　　母亲由于生儿育女,操持家务,超出了身体极限,落下了很多病痛,比较重的是上呼吸道感染、支气管炎,中年之后拖成老慢支,一到冬天,受点冷风

232

受点凉,咳嗽应时而至,小咳都受不了,经常咳得上气不接下气,如不马上医治,大咳起来母亲哪能吃得消。生桂就是在这关键时刻,发挥了其他八个人无法替代的作用。

1964年,生桂下乡到武坚公社校陈大队陈中生产队插队,由于表现好、人缘好,得到社队领导和乡亲们的好评,把她推荐到县卫校培养成赤脚医生。1968年她和军人马永才结婚成家,后来按照政策她成了随军家属,将户口从江苏农村迁到海南城镇,并在当地安排了工作,一切都还顺利,只等带着儿子到海南安家定居。在这节骨眼上,她改变了主意,不去海南了,要留在小纪,留在父母的身边,她太爱自己的母亲,舍不得离开病痛缠身的母亲,她不是开玩笑,更不是一时冲动,她是真心实意,没有半点儿私心,完全为了母亲,她又把户口从海南迁回小纪,1973年把工作落实在小纪卫生院,她成了小纪卫生院的一名合格的医护人员。

从此,母亲犯病,看医生、做检查、吃药打针,生桂全包了,她既是母亲贴身小棉袄,又是母亲的保健医生,母亲一旦哪里不舒服,她诊断不了,就请名医出诊,这样大大减轻了母亲的病痛。母亲的老慢支寒冬易发,她就把功夫做在预防上,找些中药,亲自熬好送到母亲的面前,增强母亲的体质,一年要吃十几味,谁能做到这一点?母亲五十出头就说身体不好,难得长寿,但在生桂的精心照料下,过了60岁,走了人生一甲子。母亲的老慢支的确顽固,也曾到南京等地治过,吃过用过不少偏方,但只能控制,却根治不了,生桂下的工夫还是有效果的,母亲又闯过十年,迈进古稀之年。

九十年代初,母亲把六个儿子叫到一起,说自己身体支持不了多久,你们六个应该怎样怎样,好像给我们交代后事、立遗嘱似的,我们把她带到医院检查,除了老慢支外,心肺等脏器还算正常,六个儿子宽慰老人家,有生桂守护神,母亲的健康就有保障,心放宽,寿就长了。

果不其然,1995年农历二月初七,我们兄弟姐妹九家及亲朋齐聚小纪,庆祝母亲八十寿辰。这一天喜气洋洋,寿幛,寿烛,寿香,寿桃,鲜花,鞭炮,生日蛋糕等一应具备,中午在家吃长寿面,晚宴在利民饭店举行,隆重而温馨。母亲特别高兴,她说她从来没有过过生日,大生日也没做过,今天庆祝八十,这么热闹,真没想到。

母亲拖着病怏怏的身体,能活到80岁,生桂是第一大功臣。母亲是家庭的基石,母亲在家就在,母亲平安家就稳定,母亲健康就是儿女的福气。母亲养育了我们九个,长大了个个要反哺,争着孝敬老人家,母亲健在才有这样的机会,才能把心愿变成现实。因此,我们八个对生桂的付出都铭记在心。大哥我每次回家,听到看到也深切体会到生桂对母亲的一片孝心爱心关心,既体现了中华传统美德,又是我们滕氏家族的典范,哥哥由衷地敬佩赞赏。

生桂不仅孝敬父母,对弟妹也很爱护,有一份责任心,她讲述的医治生宝、生喜癞痢头的故事让我难以忘却,她说在不察中老三老四得了癞痢头。这个病很讨厌,如不抓紧治,头上生疮,不长头发,红一块白一块,那多难看,长大怎么见人?于是她下决心要给他们治,求得土方,但治的过程很痛苦,每次先洗,揭去一块块痂疤,渗出滴滴血水,那个疼可以想见,洗干净后再搽药,又是一阵钻心的疼,经历了几个疗程。每次换药,都要费好大气力逮住他们,洗头、换药时,他们就挣扎,鬼哭狼嚎似地哭喊着。没有不达目的决不罢休的那种狠劲,是万万治不好癞痢头的。苍天不负有心人,生桂终于降伏病魔,让生宝、生喜哥俩得以康复,长出了一头黑发。

母
亲
说
九
个
儿
女
个
个
好

　　同胞九人中，生宝处在中间，上有两哥两姐，下有三弟一妹，在家中起着承上启下的作用。大哥、二哥相继离开家，对弟妹来说他就为大，一言一行举足轻重；对父母来说，他就是可信赖的主心骨，有事找老三，成为父母的口头禅。我也经常请生宝帮忙办事，如生才带培培回老家，电报发到江都，请他到镇江接站；1971年，我带林林回小纪，也是他到镇江接的站；后来几次接送他都帮了大忙。别人动动嘴容易，而要付诸行动就不那么简单，是件费神费时费钱的差事，他每次做得都很漂亮，大哥除了感激还是感激。亲身体会的事还有很多，我们调到芜湖后，几乎每次回家都要在江都中转，生宝、承桂接待安排得都很周到。1978年，我们第一次全家回小纪过年，到江都天大黑了，他们忙着给我们做饭，把床留给我们，他们一家不知睡到哪里去了。有一年他们先回小纪，为的是把房子腾出来留给我们住，并交代妹夫李勇做晚饭，天寒地冻，我们到江都有吃有住，感受到家的温暖。

　　生宝为人厚道、做事稳重，17岁那年初中毕业就走出家门，踏进社会，先后在小纪镇文化馆、小纪区区委、小纪区民政科做过临时性、突击性工作，1964年底应招进了江都化肥厂，成为国有企业的正式职工，经过车间、科室多种岗位砺练,1986年调进江都县政府经济委员会任职,从办事员做起,逐步升至纪检主任,他是我们这个家族唯一在政府机关上班的佼佼者,一提到生宝,大家都会竖起大拇指。

生喜的癞痢头被生桂治好,却留下一个美名,叫癞喜儿。癞喜儿很聪明,身体还没有完全发育好就到砂轮厂学徒,干笨重的体力活。他回家说吃不消,让母亲心里好难过,舍不得四儿子吃这份苦。唯有劳其筋骨,才会增长心智,后来跟师傅学模具,他心灵手巧的潜质被挖出,很快成为开模具的能手,如果父亲仍开着银匠店,他绝对能子承父业,青出于蓝而胜于蓝,成为手艺界的舵主。癞喜儿的另一面是从小调皮,不太守规矩,因此挨打受骂、旅途波折比别人多一点,但醒悟后,一路走来还算顺利,他一直在小纪工作,干到乡镇企业的领导岗位,家里家外口碑不错。

我从成都每次探亲回家,兄弟间都处得很好,记得有一次他开玩笑,在哥哥的背下塞了一块砖头,当我醒来翻身时,差一点伤了腰,我猜着就是他干的坏事,追着他报复,他东躲西避,兄弟俩做了场捉迷藏的游戏,被大家喻为寻开心。更滑稽的是一个夏天的半夜,忽然鸡惊慌地乱叫,不知谁喊了一声:不好,黄鼠狼拖鸡了!当时我一个,生喜一个,生茂一个,几乎同时跑出屋追出去,正好月在枝头为我们照明,一直追到河南垛,不见鸡的踪影,更不要说黄鼠狼了,回到家查查鸡窝,一只也不少。夜半鸡叫,它和我们兄弟仨开了一个大大的玩笑,让我们虚惊一场。

老七生茂、老八生秀、老九生辩三弟妹,大哥和他们共同生活的时间很少,对他们的了解是从父母口中得知的,知道他们长大成人后,也像哥哥姐姐一样,很懂事听话,孝顺父母,参加家务劳动,尤其买米买煤倒马桶这样的重活不用父母出力,买菜做饭也能为父母分担。

他们三个中学毕业后正式工作前,也当过临时工,生茂到小纪米厂扛过巴斗、筛过铁砂,到南京拉煤、筛煤,吃尽了苦头。1972年12月被招进真武供销社,有了一份稳定的工作,靠自己努力,在真武供销社多部门当过头头。

生辩先在小纪电机厂基建办做小工,后到华阳学校当了三个月炊事员,接着被派到华阳公社荷花大队小学当代课老师,1979年顶父亲班,进了粮食系统,在武坚、富民等地上班。

生秀沾了女孩子光,守在妈妈身边一年多,1972年招工分到江都特种工艺厂,在深刻车间当了三年学徒工。

他们三人参加工作离家在外,逢年过节都会回家看望父母,带东西孝敬父母,这是离家远的我和生才无法做到的。母亲常说九个儿女个个好,九个儿女个个孝。我们家的家风就看重这一条,孝顺父母,对父母好,无论大小都会得到夸奖,受到尊重,享受快乐。

父母对老大抱有希望,希望他快快长大,希望他长大有出息,希望他挣钱养家,希望他出人头地,但从未在老大面前直白地要求过。我能体会到父母的良苦用心,做父母的谁不想儿女成龙成凤,他们对我的要求一点也不过分。实际我也在奋斗,朝父母期望的方向努力,恨不得多挣钱接济家庭,让父母弟妹过上温饱生活,但我的天资平平,能力有限,就是个普普通通的人,难以让父母的希望变成现实,想想也很内疚。但父母从来不责怪我,在我的记忆中父亲当知道我只有四十几元工资时,淡淡地说过一句:"收项不高啊。"我40岁出头还是个秘书,母亲在不经意间问过:"升不上去啦?"我说:"难!"母亲再也没问过类似的事。因此,我们在父母面前都很轻松,没有势利的压力,没有蔑视的惶恐,没有过错的抑郁。回到父母身边,你想睡你就睡,你想吃你就吃,你想懒你就懒,完全放松,自由自在,因为他们心中有数,相信儿女是正派人,走在正道上,不会给他们惹麻烦,故他们对老大的平凡也就心安理得了,弟妹们对大哥也多了一份理解,多了一份感激。生喜弟曾说过大哥寄回来的钱是救命钱,不然他们就要挨饿,就要饿死。四弟言重了,但反映了那个年代哥哥尽力资助,虽然绵薄,却起到了雪中送炭的作用,从而聊以自慰——对祖国尽忠、对父母尽孝、对家庭尽责,这就是被父母叫了一辈子的本分生庚。

亲戚走走格外亲

父亲的亲生父母滕家和、莫氏曾经是南京人,在战乱中由南京逃往泰州,由泰州回归小纪。父亲兄妹共三人,妹妹即上文提过的南京孃孃滕立正,弟弟即我在上海时投奔的叔叔滕立本。滕立正嫁给周百川,育有周玲、周安、周宇一女二男;滕立本娶孔秀英,育有滕生惠、滕生权、滕生贤、滕生轩一女三男。

父亲过继给自己的伯伯滕家兴、杨氏,居住小纪,滕家兴、杨氏育有三女,大女儿滕立宾嫁给王落鹏,育有王红娣、王启英、王纪明二女一男;二女儿滕立珍嫁给田启沅,育有田盛年、田盛安、田盛明、田盛华、田盛来四男一女;三女儿滕立民19岁到上海大华橡胶厂做工,自由而富有,24岁时被大姐叫回来嫁给卞立曾。卞立曾前妻也是我们的亲戚,即我家祖辈育有四个女儿,其一嫁给李家生儿育女,其女与在樊川开香店的卞立曾结婚,育有二男,后因病早逝。也许有这层沾亲带故的关系,滕立民成了卞立曾的续弦,育有卞方姣、卞方英、卞方玉、卞方芹三女一男。

滕氏家族,家字辈早已作古,立字辈全部仙逝,生字辈相继进入老年,最大的已80多岁,最小的也近60岁,他们大多有了孙子辈,散居在各地,过着幸福安康的生活。

这个家族，除上海、樊川的亲戚外，都生活在小纪区内，姑妈妈①一家、三孃孃一家和我家有好几年都住在石桥河东，互为邻居。因此，我们生字辈这一代人从小就在一起玩耍，平时上学同出同回，放学凑在一起摔铜板、打弹子、跳房子、踢毽子、耍骨子。随着季节变化，还玩出过不少花样。

春夏养蚕，结伴采桑叶，拿着蚕宝宝相互比，看谁的宝宝长得大，结茧时又比谁结的蚕茧多；夏夜捉萤火虫，装在玻璃瓶里当电筒，相互照射，都说自己的瓶子最亮；秋天逮蟋蟀，在烂草堆、砖瓦堆中翻找，没有正规的容器，就用破罐子纸盒子代替，一有机会就聚在一起斗蟋蟀，相互较劲，有时斗不过对方，吵嘴打架也发生过；冬天喂洋虫，这种洋虫有麦粒那么大，全身红色，散发一股香味，大小孩爱玩，拿个百雀灵盒子，里面放些枣仁红花甘草莲子之类的食物，把虫也装进去。一般一盒喂一二十个，有时相约在一起，个个把盒子打开，一股甘美的香味扑鼻而来，感觉精神特别爽。再看看这些小家伙在不停地爬动，像跳动的点点星火，温暖着我们的心，撩起一股少年狂，你碰我一下，我蹭你一下，你给他一拳，他回你一掌，打打闹闹好不开心。

过年时，家长要把大孩子叫到家中吃饭，除姑妈妈家的大女儿外我最大，是各家的常客。到三孃孃家吃饭，盛年、盛安陪同，吃着说着很亲切，三

①即上文提到的作者父亲的养父母所生养的第一个女儿。后文的三孃孃为他们生养的第二个女儿——编者注。

嬢嬢会做菜,冷盘热炒红烧煲汤都有,只恨肚子装不下;到南京嬢嬢家吃饭,周安很客气,但周玲话不多,太太烧的菜味道特别好,我最爱吃糖醋鳜鱼和油炸春卷;到姑妈妈家吃饭,有表姐在就有话说,后来她到上海谋生,再去吃饭与表弟表妹只简单交流,姑妈妈做的菜也不错,她不停地招呼我吃这吃那,往我碗里夹菜,弄得我停不下筷子。

长大后,虽然天各一方,但表兄弟的亲情和小时候的友情还在延续,王红娣、王纪明、田盛年、田盛安、周安、周宇等人跟我都有过书信来往,或见面交流。我年龄处在第二的位置,再加最先外出闯荡,受到他们追捧,一提起舅舅家的大表哥都有些羡慕。

母亲这一边,外公顾德勤、外婆黄氏,育有姐妹四个,母亲排行老四,大姐顾广德嫁给杨茂功,育有杨希珍、杨希震一女一男;二姐嫁到蒲塘,育一男王道存(小名叫存狗);三姐(婚后随夫姓叫牛党英)嫁给牛雨前,育有牛根年、牛根娣、牛根宝二男一女。

母亲去宗村时会带着我,看望外婆,也走走亲戚。但我最盼过年去,母亲把我留下,我跟外婆睡一个被窝筒子,给外婆焐脚,天天有好吃的。早上打盐水蛋,中午有鱼肉,花生蚕豆随便吃,特别正月十五上灯,晚上可热闹啦。

小孩当先出场,牵着、提着、举着兔子灯、元宝灯、莲花灯、鱼虾灯、走马灯走上街头,游走嬉戏,夜幕下这月色、灯火、童音童声,为闹元宵奏响序曲。

大人们在南头结集,他们是从周边村庄来的,准备了丰富多彩的节目,挑花篮、划旱船、舞龙灯、河蚌舞、踩高跷、耍狮子、送麒麟等,按次序排好,在观众的簇拥下从南头出发。街上的店铺点亮灯笼或架起汽灯做好准备,看到人马来了,马上放鞭炮,表示热烈欢迎,要想看什么节目,再放鞭炮、甩烟,那么这拨人就停下来表演。如果想多看几眼,再甩烟,抛红包,遇到节目精彩,老板又大方,表演一套又一套,掌声笑声叫好声不绝于耳,整个表演队伍行进得非常缓慢,观众也不知疲倦地挤来拥去,高潮一波接一波。我和很多小孩一样,像鲫鱼过隙在人潮中游来游去,把每处的热闹看个遍,直至夜深了才回家钻进外婆的热被窝。

我长大后到宗村,除守在外婆身边,也到大姨妈三姨妈家走走,三姨妈比母亲个子高,面貌差不多,和母亲一样和善热情,见到我去问长问短,留我吃饭,但三姨妈家的奶奶面带凶相,我有点怕,不敢接近,会找个机会溜走。

大姨妈长得富态,耳朵有点背,同她打招呼得提高嗓门,到她家能见到姐姐,她洁白的脸上有一双大眼睛,长长的独辫在背后摆来摆去,是我们这一辈人中的美女。但她不善言谈,我们叫她一声姐姐,再也没有多话。她的爷爷奶奶热情大方,见到面就会吩咐老姑娘(指我母亲)家的孩子来了,打个蛋茶,留下来吃饭。大姨妈家的儿子很少见面,他在泰州上小学中学,高中毕业那年考取上海医学院,名字登在上海的文汇报上,他是我们同辈中跳出龙门的第一人。

二姨妈,在我小的时候就知道她已不在人世,母亲曾带我去过一次蒲塘,二姨父和存狗兄的形象早已模糊不清了。

用真心实意结交朋友

我这辈子没有遇到过贵人，在我坎坷的半生中多次处在关键的节点上，走在十字路口，却没有出现贵人给我指点迷津，让我官运财运亨通。然而，事物总是辩证的，正因为无官无财一身轻，完全本分本色，才结交了朋友，找到了知音，收获了友谊。

上小学，结识的朋友是少年时期那种单纯的朋友关系。小纪小学初创的时候，我和维洪同班，我们同龄，我生于正月初七，他是十月初十的生日，他是独子，我是家中的老大，他父亲摆个杂货摊赖以为生，我父亲开个杂货店养家糊口，相近的年龄、家境、性格让我们走得很近，并得到父母的认可，尤其他的父母更希望他和我在一起，他们认为独子难养，混在生庚家的这一堆里就不愁养不大了。后来回小学复读我和维洪又在一个班，并认识了正常升学上来的家骏。

家骏比我俩小两岁，上有三个姐姐一个哥哥都在上海，下有一个妹妹，父亲开草行，日子比我们两家好些。家骏慢慢和我们黏在一起，也得到家长的支持，觉得和生庚在一起放心，他腿勤嘴甜，常在我们两家串门，一进门就叫小爷（即叔叔）娘娘（即婶婶），博得两家父母的欢心。1952年，我上了扬州师范,第二年家骏到上海上学,维洪也进了江都师范培训班,经六十余年沧桑,曾经的童心犹存,尤其和家骏的关系从未断过,几百封书信往来,把我们的心始终联结在一起,他已成为我们家中的一员,成为我弟弟妹妹的小哥哥,他在上海居住的梧桐路、泰康路都留下了我弟弟妹妹的足迹,家骏和他的妻子对我的关切和支持、对我们家的友好和照顾,我牢记在心,我们兄弟姐妹也不会忘记。

图(30) 1961年,我和家骏在上海

读扬师,不像小学交朋友那样简单,既要谈得来又要有心灵的沟通,经过一两个学期相处,我渐渐找到知音。建民首先走进我的心田,课余时间常交流思想,讨论成长过程中遇到的烦恼,讲的都是掏心窝的话。接着与余仁也有了共同的语言和爱好,常结伴跑图书馆,相约到浴室洗澡,互相讨教功课中的难题。毕业前我们三人约定保持好朋友关系,每年暑假聚会一次,谁料后来因我当兵远走,中断了与余仁的联系,建民也英年早逝,如果他还在这个世界上,我在江都必然多了一个落脚点。

在部队,我没有流动过,不像有的战友天南海北地跑,而是相对固定在某雷达团团部,就认识那么多人,信得过的、谈得来的那些人调走的调走,转业复员的转业复员。幸亏认识张开榜,他也扎根下来没动,因此,我俩有机会共事、交往、谈心,成了战友朋友加兄弟,他把我家的困难当成自己的困难,偷偷地寄钱接济。他转业后也遇到过贫病的煎熬,我父母弟妹知道后,寄过冬虫夏草,寄过钱和粮票。二十世纪九十年代张开榜、戴厚群遇到了一些不幸不顺,我们也感到痛心,从精神上物质上予以安慰帮助,我们两家真是患难之交,历经半个多世纪而不褪色。

进工厂,在成都待了十六年,其中头两年是自然灾害的困难时期,后来是将近一年的"四清"运动,接着是十年文化大革命,比较风平浪静的平和日子也就是两三年。经过狂热与沉默、造反与保守、真善美与假恶丑之间反复较量,多次洗牌,得到的友谊、结识的至交才是可靠的、持久的,让人终生受益。

和周书记、屠所长(中科院一研究所)一家的关系,是在那特别的年月建立起来的,后来他家调往南京,继后我们到了芜湖,两家仍保持着往来,平时通通信问候问候,遇到佳节放假时间长,我们就会应邀带上孩子上南京,到他家像回家一样,感觉暖融融的。和王维民夫妇的交往,是我在总装车间先认识任勇后接触王维民,觉得可以信赖才逐步加深的,1971年8月1日他们喜得贵子,当时我正好到他家探望,我说正逢八一佳节,孩子就叫建军吧,他们欣然接受了我这份祝贺。和陈国宣、王历洪开始是上下级之间的联系,我当支部书记,他们是积极分子,能够按照我的意图,在革命生产中起表率作用,他们有什么困难我会悄悄地帮助,如支持几斤粮票,打牙祭把我的一份分给他们,现在看似乎有小恩小惠之嫌,可当时解决的是个大问题。

我离开总装车间时,小王调回老家,小陈则常与我联系,将我视为兄长和良师益友。他比我小一轮,爱学习爱动脑子,中午吃饭时,我们凑在一起,他会问这问那,对时事有自己的见解,不随波逐流,我很喜欢这样有朝气有思想的青年。我们调离成都时,收到他赠送给滕云起一本大部头的《古代汉语词典》,他的好学可见一斑。君子之交淡如水,不曲意迎合,不占人便宜,不追名逐利。我调到芜湖,曾回成都多次,每次都有相见如故的感觉,受到小陈一家的热情款待,吃住游送,照顾得无微不至,让我都不好意思。

写到这里,还有两人让我念念不忘,就是前文提到的组织科程科长、宣传科陈科长,我和他们没有特别的私交,属上下级关系,但在那困难时期,吃不饱肚子的日子里,程科长一顿饭、两顿饭的请吃,那真是雪中送炭,对我们既是物质上的支持，也是精神上的鼓励，体现了一个老革命的胸襟和情怀。陈科长是另一种支持，他关心着我的思想进步和业务长进，凡我登门求教，他总是有求必应，甚至动笔指导我修改文稿，此外，还关注着我的心态变化，用旁敲侧击的方法纠正我的不良情绪，我深感这也是"雪中送炭"，体现了前辈对后生的一份责任，一种期盼。在回忆往事时，两位科长的好，我都能说出一二三来。

我的朋友圈内还有一段奇缘。1956年我调回团部当打字员，认识了收发员小张。1957年移防至佛山后，我们同住一间寝室，晚饭后在一起打篮球，慢慢熟悉后就有了交往，有时一起乘火车上佛山逛公园，1958年底我探亲归队，得知他调走了，想想一两年的相处，一下子失去了联系，心里总有一丝失落，但复员到成都后也就淡忘了。想不到1964年的一天，我到位于城南的〇二八部队（空军某航校）办事，在那里碰见了他，如梦幻似的，五六年了，茫茫人海，何处寻觅？今天却从天而降，真是一种奇缘。原来那年他被急调到北京，参加一项竞技体育表演，是空军为迎接国庆十周年准备的献礼项目，完成任务后，被分配到航校当体育参谋（教员）。我和他虽命运各异，但相见如故，重续在佛山时那段同志亲、战友情，再加同属空军，同为航空兵部队服务，这样交往就更自然，说话没有顾忌，因此往来比较多。几年后我和他都成了家，玫瑰和他的妻子见面也能谈到一起，送培培回老家那天晚上，我们应邀就住在他家。期间，经他联系，我还见过老领导，是我1956年在广州一连当兵时的指导员，十多年来指导员也经过多次变动，现任雷达兵某团政委，见面时他脱口而出："你不是我们连的文化教员吗！"岁月流逝，他对属下的那个兵还有这个印象，真是难能可贵。后来，航校迁往夹江，我去过两三次，一是公干，二是看看老战友幸福的一家。

前文多处提到玳瓃北京的大哥大嫂，但意犹未尽，他们对玳瓃的关怀，后来对我的关心，再后来对培培、林林的关爱，我一辈子不会忘记，追溯以往却没有留下只言片字，但我珍藏着二十世纪八十年代的几封家书，字里行间传递的是人间真爱，迸发的是人性光辉，现摘录大嫂书信如下：

书信一：

寄上小包一个，内有澎体纱三两，因为碰到这颜色还很好看，三两你自己很够织一件背心（商店同志说的），两块的确良小格子的你做短袖衬衫，红的给小林林做裙子，这颜色还可以吧！天气热了，饮食要注意，最好吃点大蒜，我们都好。另有两袋全脂奶粉给孩子吃，如觉得好，我再托人买。

（1979年6月25日）

书信二：

布票20尺寄还，你们那里也是用到3月底吧？还来得及，北京的布票都延期到3月底。……寄上20元给孩子买吃的，因为他们书念得都很好，但是也要注意身体。

（1981年3月12日）

书信三：

这封信最主要的原因是：生庚化验血红素等为什么低，如果太累就应该休息一段时间，我知道生庚是一个责任心非常重的人，对工作、对同志都非常好，尤其这样就应特别注意身体，寄上50元，请专给生庚买几只老母鸡煮汤吃,每次汤不要太多,孩子多吃几块鸡肉,汤都给生庚喝,要注意营养,什么东西都不要买了,就吃好点。

(1982 年 4 月 28 日)

书信四:

关于培培考学问题,我们也谈论过,我觉得孩子念书好,又是三好学生,他的情况、志愿、爱好,老师是最清楚的,所以你们最好和培培的班主任联系、商量。报考时第一志愿是最关键的,第一志愿要报有把握的才有希望,大意是不行的,所以我觉得你们还是要和老师好好再谈谈。

(1986 年 6 月 23 日)

每当看到大嫂的来信,总会让我心潮起伏。自与玟璨结婚十多年来,北京对我只是一种美好的向往,1980 年,好不容易有个机会到北京出了趟差,我终于见到了久仰的大嫂,亲身感受到长嫂对妹夫的那般亲切那股热情,完全是那种久别回家的感觉,从那以后,大嫂对我们的关心有增无减,可以说她一心挂四人,以上四封书信足以证明她以慈母般的心肠牵挂着玟璨,牵挂着两个孩子,牵挂着我。我曾说过大嫂是玟璨的嫂娘,也是我的嫂娘,今天重读大嫂的书信,更加增进了发自我内心的呼唤,只要我在北京,就会到钢院宿舍看望大嫂,心里叫一声嫂娘。后来,就会到八宝山革命公墓大哥大嫂墓碑前献花祭拜,说:"大哥大嫂,我来看你们了,代表玟璨和孩子来看你们了。"接着会叫一声嫂娘! 我想念您! 阴阳虽然两隔,天地依旧相亲。

后记

　　2014年，于我是一个非同一般的时间段，是我退休近20年最繁忙的时间，抑或是我一生中最忙碌的时间，忙什么？爬格子，也就是我退而不休，自加压力，自找乐趣，延续我的秘书事业，继续爬格子，寻开心。

　　自2013年12月11日，写回忆日记，从小时有记忆开始写，一天一篇，至2014年元月21日，一共写了三十九篇，六万多字，平均一天一千六百字。这都是些素材，为写家史做资料准备。过年正月初四（2月3日），花2400元买了款平板电脑，练了几天，学会手写。拉纲目，打腹稿，开启家史创作。正在兴头上，厂里任务来了，2月17日，厂部办公室上门送来《空军航空修理史》征求意见稿，上下两册近百万字，我只好把家史写作停下来，抓紧时间审校航空修理史，一天看两万多字，不光看，还要提出修改意见，相当的吃力，眼看花了，手也抖了，坚持四十天，至3月27日，总算交了差。

　　马不停蹄，我继续家史写作，写了改，改了写，上午写一段，下午删一半，今天写一节，明天加几行，修修改改，脚步停不下来；白天动手，夜晚动心，躺在床上睡不着，回味前面写的怎么样，构思后续如何写，偶然想起一字一词一句，立即开灯把它记下来，怕天亮醒来忘记；白天有时人在心不在，闹出几多尴尬，想不到写点东西也会走火入魔；但还觉得不够，用"书山有路勤为径，学海无涯苦作舟"勉励自己，再勤奋一点，再苦干一点。一字一字向右爬行，一行一行向下延伸，一页一页向前翻转，4月12日，从江都采访回来，平均每天写千字左右，至6月17日，草本（第二稿）收笔，前后用时四个月，写成十一章六十六节十万余字。这是心血，实实在在的心血。

家史草本刚打印装订完毕,不料工厂又派下新的任务,要求对新修《厂史》审校,同样上下册两大本近七十万字,不好推辞,不便叫苦,6月18日就把精力投到厂史上来,连早带晚,有时午休都免了,认真阅读修改,不放过任何一处差错,连续又是三十天,看完上、下两册,找出技术性差错1248处,提出三个方面十七条意见和建议。这之前的5、6月,厂办布置要"口述历史"材料,写了七八个"建厂故事"几千字;政治部办厂史展览写的解说词,拿来请我审校,不能应付,必须字斟句酌,时间、地点、人物、事件把握定断,来不得丝毫的马虎。

在完成上述任务的同时,进行交叉作业,见缝插针,对第二稿进行修改。7月形成第三稿,请曹家琪校阅,小改小动后,打印两份,一份于8月初带给云起,一份于8月下旬寄给生才。9月,再次对第三稿修改补充,月底打印两份,一份寄给生宝,由弟妹传阅。一份送到芜湖市地方志办公室赵科长(退休后返聘)手里,他是"方志"和"年鉴"方面的专家,请求赐教,于11月初反馈意见出来,他以书面形式批阅如下:

您的《半生往事》读后感触颇深,短短十万字,记述了国事、家事及个人史,字里行间饱含着您对国家、对父母、对亲人的深情厚谊,读来让人非常感动!作为一个退休多年的老同志始终不忘奉献的精神,令人十分钦佩,值得学习。

您的《半生往事》整篇以时为序,以你为主线,以工作、亲人为辅线,贯穿几十年,条理清楚,叙述清晰,结构严谨,文字功底深厚,用词造句有你自己独特的风格,看得出您为此书花了心血,下了一番工夫。

我在阅读中只做了一些小改小动,谨此参考。

另外,有两点建议:一是将"拙作选登"删掉,尤其是"游记"和"札文"两篇,读来有点乏味……;二是增设"滕氏近宗世系图",留给后人,有很好的实际意义,让后人了解家族,不忘祖宗。

根据赵科长的赐教和反复回忆,对第三稿修改订正,于年底形成第四稿本,十一章六十七节,近十二万字。

几多耕耘,一点收获,但心仍放不下,2015年1月将第四稿本寄给云起,并转给家住双裕小区的刘老师。他不辞辛苦,于2月14日回复:

大作拜读,遵嘱对文中字句略加调整,尽量保持原作内容风格,改动之处是否妥当,尚请亲自定夺。

老师所改之处皆点睛之笔,我深受感动,日后到北京当面致谢。

2014年10月6日至18日,云起带父母到台湾探亲旅游,看望玳瑁的四哥四嫂及其子女等亲朋,游览了高雄、花莲、桃园及台北、新北市内十几处名胜古迹,宝岛归来用一个多月时间整理游记,写成"宝岛游日记——赴台探亲旅游十三天纪实",两万余字,传给四哥四嫂,以表达兄妹台湾相见浓浓亲情的感激之情和受到热情接待、周到安排的感谢之意。

一年多来,这么密集的任务,这么繁重的文字工作量,真是在我几十年的人生阅历中少有,事前不敢想,事后回望不知怎么走过来的,但现实证明一条:我不老! 我能!

四稿还仅仅是个征求意见稿,凭记忆讲述半生往事,错漏之处不在少数,修改的余地很大,尤其离生才的设想,离云起的要求相差甚远。生才建议把家的每一重大转变,要放在当时的历史背景下叙述,这就难了,要上网查资料,弄清当时政局,比如国共两军的拉锯战,什么人领导的部队在什么地域中打内战? 比如工商业改造,当时怎么改的,是什么政策? 云起的意思是写成一个个小故事,用一根线把它串起来,这样可读性强,晚辈才愿看爱看。他们的建议意见很好,我也想写成这样的本子,但非一人之力能够完成,说到底还是我的把握能力和文学水平所限,五六级工的水平做不出七八级工的活来,实感遗憾。

2014年清明节、11月两次回江都,主要为父母扫墓,顺便和弟妹们聊聊往事,说说他们的成长经历,补充纠正我记忆中的缺项和错误;也找了几个小学同学、扬师同学座谈,交流中帮助我澄清了不少细节,充实了一些内容。这个稿本包含了很多人的贡献,在此一并感谢。

一年时间,我的精力全放在工作上,家务都由老伴承担了,这是她一贯对我支持的继续,四十余年如一日,如果这个稿本得到肯定的话,军功章有我一半也有她一半,谢谢了,我的好老伴。对云起、滕林两家给予的支持也表示感谢。

我用平板电脑手写,洋洋洒洒十万余字都保存在电脑里,怎么输出打印出来,曾得到江都侄女婿朱建军的帮助,输出打印五份(一至六章)。全本完成,由于没有接口,怎么输出打印,在多处碰壁后,先由外孙贲滕救急将平板电脑的草稿输进电脑,并帮助编排,形成书本式样,存入U盘,便于打印。后生可畏,我当感谢,我亦欣慰。后由滕林操作,父女多次共同修改排版,一次要花三四个小时,没有这份耐心、热心是完不成的。

2014年12月

251

再记

2015年3月，兄弟姐妹九家齐聚小纪，为母亲做百岁冥寿，在真武庙一天做了两场佛事；4月，我们又回江都参加生英孙女的婚礼，在和弟妹们回忆往事时，互相启发，又有不少细节被挖掘出来。我按照刘老师的指点和弟妹们的叙述，对第四稿本进行修改订正，于7月形成第五稿本。

2015年10月，我和玎璨先后到了北京，顺便带上第五稿本，请刘老师再把把关。

另外，我心中一直在想有一个人如能帮助审校一下，定会有所收获。但又想人家忙着哩，旅游、书法、社交、公益等，成天累月安排得满满的，哪有时间看我这破文章？其实不然，当第五稿本送到她面前时，她的态度非常积极热情。随后，她搁置了手头的其他事情，集中精力校阅我的书稿，看得非常认真细致，提出了许多宝贵的修改意见。她就是朱旗，玎璨的侄媳妇。朱旗亦是名门之后，高知学历，从某研究所正处（高工）岗位退休，是我求知问学的老师。

朱旗的意见和建议很专业很具体很有水平，我十分敬佩。关于"序"，她建议应由自己人写，最好由生才作序，既和正文协调，又能体现兄弟之间的深情厚谊；关于章节标题，她的意见：全文章节标题语气要统一，语法要规范，题文要对应，某些章节标题需要调整，以求通篇风格一致；关于人物关系、人称和主语，她说作者心里明白的事，要让读者看了也明白才对，所以人物关系一定要交代清楚，作者以第一人称应一贯到底，叙述事情要有主语，切忌口语化；关于错别字，她认为有些错别字是在电脑打字时出的错，用

word中的工具可以将两者关联,改的一处另一处自动更改。技术性问题也不少,她都一一指出。

11月14日,我和玳璨回到芜湖,16日就动手修改书稿,于11月底完成。

生才作的序于12月31日用微信传来。

刘老师第二次校阅的稿本于2016年1月下旬收到,他附信如下:

生庚先生:如面!

重温大作,文如其人,不胜感怀,因伤迁延,深表歉疚。

草成一绝,聊作纪念。

家国情怀贯全篇,

孝悌双全世代传。

品端行正平生志,

伉俪相濡享天年。

刘 册

2016.1.20

信中所说"因伤迁延",是刘老师十月下旬意外摔伤,住进后沙峪空港医院,伤筋动骨·百天,刘老师在家养伤过程中审校我的书稿,修改大小问题一百五十余处,我感到不好意思,对不起了,刘老师,非常感谢,祝你康复如初。

猴年春节前后,再次按照刘老师、朱旗的意见和从网上查到的史料对第五稿本作了补遗订正,2月下旬形成第六稿本,十一章七十目,由道升帮助打印成册。

2016年3月底,回江都祭祖,给父母扫墓,和弟妹们团聚了几天,尤其同生才住在引江迎宾馆,交流的机会自然多一点,于我多少有些收获。4月、5月两个月,对第六稿本校阅修改,一是根据生才的回忆补充游击队打鬼子、一棺装几个的叙述;二是按照弟妹们的建议补充茅屋新居的左邻右舍;三是和表弟聊天时,他说我公公婆婆曾住在南京下关热河路,公公会唱京戏,唱"借东风"时有板有眼,虽然是小的细节,也作了增补;四是第九章部分内容经整合增加"七年之后官复原职"一目;五是第十一章补充"叫一声嫂娘"一目,这段内容考虑了一年,写与不写心里很矛盾,最后还是补进去了,如释重负,但文字表述还不能准确表达我的感恩心声;六是对小纪的变化,从社会视角看喜忧参半,既希望她保持原汁原味,留一份乡愁,又期盼她与时俱进,跟上时代,这段文字可能也没说清楚,写出我的原意。其他修正有若干处,初定稿为十一章七十二目二十余万字,5月、9月分别打印出第七稿本。

2016年10月回小纪老家,九胞团聚,庆祝敬忠兄七十大寿,祝贺生辩老兄弟六十岁生日。期间,我的老同学月英和我约伯才、秋云等到小纪聚会,在小纪又见到了乐存、如成等人,笑谈中问了如成小纪的历史面貌,有些我不知道的情况,我立即把它记下来,回到芜湖抓紧修改我的书稿,主要是对第一、二两章作了大幅补充,10月27日,将这两章邮给如成,请他帮助校阅,没有想到如成家务繁重,实在抽不出空来静心看我的稿子,但他又出于同学友情,转请好友守伦代阅。守伦不负朋友所托,仔细校阅,走访老人,不惜笔墨修改补充,恰到好处,并与如成一道绘制了记忆中的小纪地图。看到费心修改的稿子和图表,我深为感激,谢谢如成,谢谢守伦,并向如成说一声对不起,有机会我会登门看望慰问。

2016年11月,将如成和守伦提供的史料补进书稿,订正了语病和错别字,再次将第八稿打印成册,于12月初寄出,拜托守伦核校。守伦守信重情,放下手头杂务,校阅我的书稿,于12日回复:

生庚兄：

大作已全阅，深为感佩，特作诗一首，以表心迹。

读生庚兄《半生往事》有感

钱守伦

春来老树新，怀旧故乡亲。

千里思明月，一书融爱心。

生花惊妙笔，流水美清音。

往事堪回首，真情抵万金。

十几万字的作品仅有二十几处微小的错误，实在不简单。……

按照守伦回复所指"二十几处微小的错误"的指点，我举一反三，对通稿中类似的问题做了订正。

在征得同意后，于12月17日将再次修改的第八稿本让滕林用电子邮件传给朱旗核校，朱旗热心相助，用广角对老朽的拙作再次扫视了一遍，她那特有的慧眼发现问题29处，错别字、病句有之，叙述不清、前后矛盾、意思颠倒有之，大段记事中没有作为主角的"我"、所言无味有之，年龄数字不统一有之，等等，按照指点我都作了修订改正。

经三年九稿，我自己觉得这份书稿像个样子了，正如朱旗回复中所说："时隔一年再次拜读您的大作，有一种眼睛一亮的感觉；章节划分更合理了；章节的标题更醒目扣题了；段落有了很大的改动，把长段落划分成若干小段落，使得事情的叙述条理更清楚，层次更分明了，甚至大大增加了可读性，比如把歌词、歌谣都编成一句一行；原来比较浓重的口语风格有了改观。"

朱旗直言："这篇文章经过前面八稿不断修订补充，已经很丰满了，虽然问题肯定还会有，不过，我觉得该出手时就要出手了，不能无限期的修改。"

我觉得朱旗的建议很中肯，原本计划2017年上半年做好两件事，一是筛选二三十张有代表性有时代特征的照片放于书中首页;二是修订2003年完成的"简明家谱",打算来年清明节回江都祭祖时和弟妹亲戚核对补充,作为书稿的附件附于书尾。后考虑再三,家谱仅少量印刷,供亲友留存,不公开出版。这两件事做好了,争取下半年付印出书。

2017年5月至6月,又一次修改校阅,已是第十稿了。最后请汪新民把关,他是《空军航空修理史》的总编,在史志领域颇有建树,我接受他从专业的视角提的建议:一是对结构作了调整,第二章的两目调至第一章,第十章的知青带队、办七二一大学分设十、十一两章;二是取消目的序号;三是对大小标题按照醒目、精练、对称、连贯的标准作了大的改动;四是修正了若干技术性错误。谢谢我的三十几年的同事、挚友新民的大力支持。

四年磨一剑,经十一稿修改、补充、订正,定稿十二章七十四目十四万字,交安徽师范大学出版社出版。

传承家族、家庭文化,弘扬中华文明,我为此尽了一份绵薄之力。书中难免有错漏之处,敬请读者批评指正。

2017年7月

于无声处绽放——《半生往事》编辑手记

我在今年九月份,第一次读到滕老先生的书稿,虽然是初稿,但那时拿到手的稿子滕老先生已经亲自及请人增删修改了十一次。今书稿即将付梓,回望过去,不得不感慨是作者付出的心血赋予了本书生命。

初读几页,我就被滕老先生笔下小纪镇的小桥流水所吸引。有缘的是,滕老先生与我外婆出生成长自同一个地方。每每外婆回忆起自己的家乡时,画面正如同书中所描绘的,有曲折的流水,有夕阳映照下的青石板路,有喧哗热闹的街巷。外婆离家四十多年,历经各种人世沧桑,所留恋的仍是家中的祖屋在道路尽头等待着她的姿态。

时间都去哪儿了? 滕老先生和我外婆这辈人,一下子就走过了大半生。书中的"我",与扬师的同学,与竹小的同事,与军中的战友,与成都的朋友,朝夕相处多年,最后都匆匆一别,就踏上了新的征途。那些旧日的记忆,他们这辈人因为苦难的中国而烙下的印记,他们年轻时百转千回的痛苦和快乐,现在回头看,却如同昨日云烟,只是在闲谈中不经意地被提起,在文字中以温和的姿态呈现给读者。文字虽无声,却能绽放出巨大的生命力。

本书共分 12 个章节,以"我"个人的成长和经历为线,串起江苏小纪镇滕氏这一族兴衰变迁的历程,反映了上个世纪的家国巨变。滕先生跟我聊起过这本书的创作初衷时说,原本只是想写来留个回忆,从没想过出版的事。我的文笔不很好,总觉得不能拿出来供大家欣赏。这是滕先生自谦的话了。本书的文笔优美朴实,作者将自己少不更事,后投笔从戎,最后为祖国飞机制造事业奉献终身的经历娓娓道来。书中更有对家乡小纪镇的眷念,对父母兄妹的感谢以及对陪伴自己半个世纪的妻子的深情表白。作为本书的编辑,我曾经告诉滕老先生,出版的目的就在于,可以唤起更多滕姓族人美好的回忆。如今此书即将出版,我更殷切地期望,有更多与滕老先生同根同源的亲友,与滕老先生走过同一个时代的同龄人,与滕老先生一样对过往心怀感恩,无怨无悔的读者,能够读到这本书,能够体味他在书中表达的喜怒哀乐,能够唤起属于他们自己的回忆。

编辑常遇到这样的问题,是坚持专业性,坚持规范重要呢?还是保留作者的情怀重要呢?我想尺度就在注重情感表达而不逾矩。因此在编辑过程中,我保留了很多书中旧时对人对事的称法,再另行加注。书中所引用的信件也保留了原有的繁体用法,以期能最大限度地还原作者对这一段经历的呈现。书中还插入了作者提供的很多珍贵的照片和书信资料,对于破损和断裂的地方,我反复斟酌后,没有进行处理,均是原图扫描后插入,岁月刻画的痕迹是给这本书最好的礼物。书中最后的小纪镇地图尤为珍贵,是滕先生根据他和小学同学的共同回忆手绘而成。当时滕先生建议我们重新在电脑上画一张图,但我希望能使用他自己手绘的原图,其中的上色痕迹、手写标识都清晰地以原貌再现,使得这张地图成为作者和他少年时的同窗好友们珍贵的记忆。

我与滕老先生的相识,可以算是忘年之交,更常得他夫人玑璨老师的关心与爱护。记得有次在车上,滕先生与玑璨老师说,吴编辑,我看你这次气色没有上次见到的好,是不是最近太忙了,要注意身体。虽是寻常问候的话语,但我们能得到作者工作以外的嘱咐和惦记,实在是南方阴寒雨天气里的切切暖意。

《半生往事》的出版,是新年里滕家人收到的一份礼物,与滕老先生及夫人的相遇也是我收到的一份珍贵礼物。希望这本书的出版,能够不负滕老先生所托,为他和夫人的晚年生活带去快乐和温暖。

谨祝二老身体健康,阖家幸福!

吴 琼

2018 年 1 月 19 日